KB266614

Dante Alighieri

Commedia

Paradiso

희극
천국

1판 1쇄 발행 2026년 4월 5일

지은이 | 단테 알리기에리

옮긴이 | 김지언

발행인 | 신현부

발행처 | 부북스

주　소 | 04613 서울시 중구 다산로29길 52-15, 301호

전　화 | 02-2235-6041

이메일 | boobooks@naver.com

ISBN | 979-11-91758-13-9　(03880)

희극

천국

단테 알리기에리 지음

산드로 보티첼리 그림

김지언 옮김

부북스

차례

천국

천국 목차

천국

천국 1곡

1   모든 것을 움직이시는 분의 영광은
우주 속에 스며들고,
한쪽에서 더 그리고 다른 쪽에서 덜 반짝인다.

4   그 빛을 가장 많이 받는 하늘 속에
내가 있었고, 그 위에서 내려온 사람은 다시
말할 줄도 모르고 말할 수도 없는 것들을 보았다.

7   우리 지성은 소망하는 것에 다가갈수록
너무나 심오해져, 기억이 그 뒤를
따라갈 수 없기 때문이다.

10   참으로 신성한 왕국에서
내 마음속에 보물처럼 간직할 수 있었던 만큼이
이제 내 노래의 재료가 될 것이다.

13   아, 자비로운 아폴로여, 이 마지막 노고에서,
당신에게 사랑받는 월계수를 내어줄 때 바라는 만큼,
나를 당신의 힘이 가득한 그릇이 되게하소서.[001]

---

001 아폴로가 사랑하던 다프네가 변해서 된 월계수를 선사하는 시의 신(아

16   여기까지 파르나소스의 한 봉우리로

내게 충분했소. 그러나 이제 두 봉우리로

내게 남은 싸움터를 들어서야 하오.[002]

19   마르시아스를 사지의 칼집에서

뽑아냈듯이, 내 가슴속에

들어와 당신이 숨을 쉬시오.[003]

22   아, 신성한 힘이여, 당신의 힘을 입고,

내 머릿속에 새겨진 축복된 왕국의

그림자를 내가 그려낸다면,

25   당신이 사랑하는 나무 아래로 내가 와서,

소재와 당신이 나를 가치있게 만들

잎들로 된 월계관을 쓰는 것을 볼 것이오.

28   인간 욕망의 잘못과 부ㄲ러움으로,

폴로)이 시인을 자신의 피리로 만들어 주길 단테가 빈다.

002   천국을 그리는 시인에게 그리스 파르나소스의 한 봉우리에 살던 아
      홉 뮤즈들과 다른 봉우리에 사는 아폴로 신 둘 다의 도움이 필요하다.

003   미네르바가 만든 피리를 불며 아폴로를 무모하게 이기려 했던 마르시
      아스의 사지를 시의 신이 벌로 벗겨낸 것처럼(오비디우스,《변신》6.382-
      400), 아폴로가 만든 피리가 된 시인의 가슴속으로 시의 신이 들어와
      불어 줄 것을 단테가 바란다.

아버지여, 아주 드물게, 사람들이
황제나 시인의 개선식을 위해 잎들을 모으니,

31   누군가 갈망하는 페네이오스의
가지가 행복한 델포이 신에게
기쁨을 낳아줄 것이오.⁰⁰⁴

34   작은 불씨를 큰 불이 따르오.
내 뒤를 따라 아마 더 좋은 목소리로
키라의⁰⁰⁵ 응답을 위해 기도할 것이오.

37   세상의 등불은 필멸자들에게
여러 곳에서 떠오른다. 그러나
네 원들과 세 십자가들이 만나는 점에서,

40   더 나은 길과 더 나은 별과
같이 만나서, 세상의 밀랍을
더 뜻한 대로 알맞게 새긴다.⁰⁰⁶

---

004 아폴로의 피리와 영감으로 영광의 시인이 받을 다프네의 (페네이오스의
     딸) 가지는 (월계관), 교만한 마르시아스와는 달리, 아폴로를 (델포이 신)
     더 기쁘게 할 것이다.
005 아폴로가 사는 봉우리 가까이에 있는 도시 이름. 아폴로를 가리킨다.
006 네 원들(주야평분선, 천구의 적도, 황도, 지평선)이 그 안의 세 십자가들과
     만나는 점들 중 양자리(더 나은 별)와 만나는 춘분점에서, 해(세상의 등

43   그런 그곳의 아침과 이곳의 저녁이 지나갔다.[007]

　　　그리고 그곳의 반구는 거의 전부가 하얗게,

　　　다른 부분은 검게 변했다.[008]

46   왼쪽으로[009] 돌아선 베아트리체가

　　　독수리도 여태까지 그렇게 응시하지 않은

　　　해를 들여다 보는 것을 내가 보았다.

49   첫 번째 빛에서 나온 두 번째 빛이,

　　　마치 되돌아가려는 순례자처럼,

　　　다시 위로 올라가듯이,

52   그녀의 행위가 내 눈을 통해 내 상상력에

　　　스며들어, 우리의 습관을 넘어

　　　내 눈을 해에 고정시켰다.

불)가 떠서 봄(더 나은 길)이 시작되면, 따뜻해진 세상이 새롭게 창조되고 형성된다.

007　순례자가 아직 있던 연옥이 아침이었을 때, 시인이 이제 돌아온 지상은 그때 저녁이었다.

008　이제 연옥이 있는 반구는 정오로 밝게 빛났고, 지상은 자정에 어두워졌다.

009　정오의 해가 연옥 서쪽에 있다.

55   이곳에서는 우리의 힘에 허락되지 않는
        많은 것이 인류를 위해 원래 만들어진
        그곳에서는[010] 은총으로 허락된다.

58   많게도 적게도 견디지 못한 내가,
        불에서 이글거리며 나오는 쇠처럼,
        근처로 불꽃을 튀기는 것을 보았다.[011]

61   그리고 갑자기 낮이 낮에 더해진 것
        같았다. 전능하신 분이 하늘을
        또 다른 해로 꾸미신 것 같았다.

64   베아트리체가 영원한 바퀴들에 완전히
        눈을 고정하고 있었다. 그리고 나는 그녀에게
        저 위로부터 멀어진 내 눈빛들을 고정시켰다.[012]

---

010 순례자가 아직 있던 지상 천국.

011 아리스토텔레스와 프톨레마이우스의 천문학이 지구와 달 사이에 상정
     했던 불의 하늘을 순례자가 지나가고 있다.

012 햇빛을 더이상 견딜 수 없었던 (저 위로부터 멀어진) 단테의 눈빛들이 영
     원히 돌고 있는 하늘들에만 (해를 포함한) 고정된 베아트리체의 시선 속
     에 고정되었다.

67   그녀를 바라보며 나는 내 안에서,
        풀을 맛보고 바닷속의 다른 신들처럼
        된 글라우코스처럼[013] 되었다.

70   인간을 초월하는 것을 말로 표현할 수 없으나,
        은총이 준비하는 경험을 하는 자에게
        이 예가 충분하리라.

73   하늘을 다스리는 사랑이시여, 당신은
        새로이 창조하신 나만을 당신의
        빛으로 들어 올리셨는지를 아십니다.[014]

76   당신을 영원히 염원하는 바퀴가,
        당신이 맞추고 변화시키는 화음으로,[015]
        내 주의를 끌었을 때,

---

013 마법의 풀을 먹고 바다의 신이 된 어부 (오비디우스, 《변신》 13.898-968).

014 몸이 만들어진 후 하느님이 직접 불어 넣으신 정신만 (새로이 창조하신 나만을), 아니면 몸도 올라갔는지 하느님만 아신다. 성 바오로가 경험한 예를 단테가 다시 시적으로 인용하고 있다. "내가 그리스도 안에 있는 한 사람을 아노니 그는 십사 년 전에 셋째 하늘에 이끌려 간 자라 그가 몸 안에 있었는지 몸 밖에 있었는지 나는 모르거니와 하나님은 아시느니라"(2 고린도 12.2).

015 피타고라스와 플라톤에 의하면, 하늘이 움직이며 만들어 내는 음악의 조화.

79   해의 불꽃에 탄 하늘이,
        비나 강물이 호수를 아무리 불려도
        그렇게 펼칠 수 없이 넓게 내게 나타났다.[016]

82   소리의 새로움과 거대한 빛의
        원인에 대해, 여태 느껴보지 못한
        예리한 열망이 나를 애태웠다.

85   그래서 그런 나를 본 그녀가
        흔들리는 내 마음을 가라앉히려고,
        내가 묻기 전에 입을 열고

88   말을 시작했다. "네가 스스로를 둔감하게 하는
        잘못된 상상을 흔들어 떨쳐버렸더라면,
        볼 수 있었을 것을 네가 보지 못한다.

91   네가 믿는 것처럼 너는 땅에 있지 않다.
        너가 이곳으로 되돌아온 것처럼, 번개도
        제 자리에서 그렇게 빨리 도망쳐 달리지 않았다."[017]

---

016 아무리 높고 넓게 범람한 물보다 더 넓게 타며 펼쳐진 하늘의 불빛.
017 하늘에서 땅으로 내리치는 번개보다 더 빨리 단테가 땅에서 하늘로
     올라갔다.

94   미소 띤 그녀의 짧은 말에
        첫째 의심이 벗겨지자,
        더 새로운 의심 속에 빠져

97   내가 말했다. "이미 큰 놀라움에서 흡족히
        풀려나 있지만, 이제는 이 가벼운 몸체들을
        내가 어떻게 뚫고 통과하는지 놀랍습니다."

100   어리둥절한 아들 위로 자애로운 한숨을 쉰 후
        눈길을 보내는 어머니처럼,
        그녀가 나를 향해

103   말을 시작했다. "모든 것 사이에는,
        우주를 하느님과 닮게 하는
        형상인 질서가 있다.

106   여기서 고귀한 피조물들은
        언급한 표본[018]이 창출되어 따르는 표적인
        영원한 힘의 자취를 본다.[019]

109   내가 말하는 질서 안에서 모든 본성은

---

018 질서(ordine, forma, norma)

019 고귀한 창조물들 즉 천사들과 인간들은 창조주의 흔적을 우주의 질서
     에서 발견하고 영원한 힘으로 다시 돌아가기를 원한다.

다양한 운명을 타고서, 그들의 근원에
더 그리고 덜 가깝게 기울어 간다.

112   그래서 존재의 거대한 바다를 가로질러,
각자에게 주어진 본능이 데려가는
다양한 항구들로 그들이 움직인다.

115   어떤 것은 불을 달 쪽으로 데려가고,[020]
어떤 것은 필멸의 가슴속에 들어있는 원동력이 되고,[021]
어떤 것은 땅에 들어붙어 자신과 하나가 되게 한다.[022]

118   이성이 없는 피조물들뿐만이 아니라,
지성과 사랑을 지닌 그들도[023]
이 활이 쏜다.

121   이런 질서를 세우는 섭리가
자신의 빛으로 저 하늘을 항상 고요하게 하고,
그 속에서, 가장 빨리 하늘이 돈다.[024]

---

020   불과 같이 가벼운 물질 속에 들어 있는 본능.
021   필멸하는 동물을 움직이게 하는 본능(원동력).
022   땅에 심겨 있는 식물 속의 본능.
023   지성과 의지를 지닌 인간들과 천사들.
024   가장 평온한 청화천 안에 가장 빠른 원동천이 돈다.

124   이제 그곳으로, 정해진 자리로,
        기쁨의 과녁으로 화살을 당겨 놓은
        활줄의 힘이 우리를 데려간다.

127   재료가 알아듣지 못하고 응답하지 않아,
        형상이 예술의 의도에 번번이
        빗나가는 것이 사실이다.

130   그래서 그렇게 당겨 놓아도,
        다른 쪽으로 굽힐 힘을 가진 피조물이[025]
        이 길에서 벗어난다.

133   그래서 그렇게 불이 구름에서
        떨어지는 것을 볼 수 있다. 거짓 기쁨에
        휘어진 원초적 충동이 땅에 처박히는 것이다.[026]

136   강이 높은 산에서 저 아래로 흘러
        내리듯, 내 판단이 맞다면, 너가
        올라가는 것에 더이상 놀라지 마라.[027]

025　자유의지를 지닌 인간.

026　땅 속으로 급강하한 루키페르를 연상시키는 번개.

027　창조자로 돌아가는 창조물의 본능은 자연의 이치와도 같다.

139   장애에서 벗어난 네가 저 아래에
        앉아 있었더라면, 살아 있는 불이
        땅에서 고요한 것처럼 신기했을 것이다."[028]

142   그러고 나서 그녀는 다시 하늘로 눈을 돌렸다.

---

028   연옥에서 인간의 모든 무거운 짐을 벗고 가벼워진 순례자가 불처럼 천
      국으로 올라가는 것이 자연의 이치이다.

천국 2곡

1 노래하며 건너가는 내 배 뒤를
   따라오며 들으려는, 자그마한
   조각배 속의 당신들이여,

4 혹시 나를 잃고 헤맬 수 있으니,
   해양 깊숙이 들어오지 말고, 당신들의
   해안들을 다시 보러 돌아가시오.

7 한번도 항해되지 않은 항로를 내가 택하오.
   미네르바가 불고, 아폴로가 나를 이끌고,
   아홉 뮤즈들이 내게 곰자리들을 가리켜주오.[029]

10 여기서는[030] 채워지지 않는 생명의 양식인
   천사들의 빵을 목이 빠지도록
   오랫동안 애태웠던 당신들 다른 몇몇은,

---

029 지혜의 여신(미네르바: 아테네)이 밀고, 시의 신(아폴로: 아폴론)이 끌고, 모든 아홉 뮤즈들이 내 배의 방향을 가리켜주고 있다.

030 지상에서.

13   내가 맨 고랑을, 물이 다시 퍼기 전에,
      살피며 따라오면, 당신들의 배를
      깊은 바다에 제대로 띄울수 있소.

16   콜키스로 건너간 영광스런 자들이
      땅을 가는 이아손을 보며 한 탄복이
      당신들이 할 것에 비길 수 없을 것이오.[031]

19   하느님과 같은 왕국을 향해
      타고난 그리고 끊임없이 타는 갈증이
      하늘과 같이 빠르게 우리를 데려갔다.

22   베아트리체가 저 위를, 나는 그녀를
      바라보고 있었다. 과녁에 맞고, 날아가고,
      활시위에서 떠난 순간 만큼이었을 것이다.

25   내 시야를 그녀로부터 신비한 것들로 돌렸고,
      내가 거기에 도달한 것을 알았다.[032]

———————

031   인간 역사상 최초로 띄워진 배 아르고를 타고 이아손을 따라 콜키스로
      건너가던 선원들보다, "한번도 항해되지 않은 항로를" (7) 건너가는 시
      인 단테의 배를 따라가는 독자들이 더 놀랄 것이다. 이아손이 불을 뿜
      던 황소 두마리로 처음 일군 땅에 뿌린 용의 이빨들에서 군사들이 태어
      난 것보다 (오비디우스, 《변신》 7.100-148), 시인이 깊게 "맨 고랑"을 (13)
      따라와 보며 더 놀랄 것이다.
032   달에 도착한 단테.

　　　　내 근심을 숨길 수 없는

28　그녀가 나를 향해 아름다운 만큼 행복하게
　　말했다. "하느님께 감사한 마음을 올려라.
　　네가 첫 별과 맺어졌다."

31　햇살에 부딪히는 다이아몬드처럼,
　　빛나고, 알차고, 단단하고, 말끔한
　　구름이 우리를 덮은 듯 내게 보였다.

34　물이 하나로 남은 채 빛을 받아들이듯,
　　영원한 진주가 자기 속으로
　　우리를 받아들였다.

37　몸이 몸 안으로 들어가는 경우에,
　　한 차원이 다른 차원을 견디리라,
　　여기서는 받아들이지 않는다.

40　내가 몸이었다면, 하느님과 우리의
　　본성이 하나인 그 본질을 보려는[033]
　　열망에 불을 붙일 것이 분명하다.

033　신성과 인성이 하나인 그리스도의 본질을 지상의 인간이 알고자 갈구
　　할 것이다.

43   거기서는 증명하지 않아도,
      인간이 믿는 첫 진리에 따라 자명한,
      우리가 믿는 것을 볼 것이다.[034]

46   "내 여인이여, 내가 할 수 있는 한 헌신을 다해,
      나를 필멸의 세상에서 멀어지게 하신
      그분께 감사드리오." 내가 대답했다.

49   "그러나, 저 아래 땅에서 사람들이
      카인의 이야기를 지어내게 하는,
      이 몸의 어두운 자국들이 무엇인지 말해 주시오."[035]

52   그녀가 살며시 미소 지은 후 내게 말했다.
      "감각의 열쇠가 열지 못하는 곳에서
      필멸자들의 견해가 길을 헤맨다 하더라도,

55   이제 진정 경이의 화살이 너를 날카롭게
      찌르지 않을 것이다. 감각 뒤에 있는
      이성의 짧은 날개를 네가 알아보기 때문이다.

58   그래도 네 자신의 생각을 내게 말해 보아라."

---

034 비록 알 수 없는 진실도 천상에서는 보고 믿는다.

035 동생 아벨을 죽인 카인이 (창세기 4.1-18) 벌로 가시를 등에 지고 있는 모
      습이 달의 어두운 자국을 만든다는 이야기가 전해졌다.

그래서 내가 말했다. "여기 위에서 다양하게 보이는
것은 몸체들이 연하고 진하기 때문이라고 믿습니다."

61 그러자 그녀가 말했다. "내가 할 반론을
잘 들어보면, 네 믿음이 얼마나 잘못에
빠져 있는지를 충분히 보게될 것이다.

64 여덟 번째 하늘이 비추는 많은 빛들에서,
밝기와 크기에 따라 다른 별들을
너희들이 알아볼 수 있다.[036]

67 오로지 연하고 진해서라면,
한 힘만이 모든 것 안에 있을 것이고,
다만 많고 적게로만 나뉘어질 뿐이다.

70 다양한 힘들은 형상 원리들이 낳는
열매들이다. 네 이론을 따른다면,
다른 열매들은 하나만 제외하고 없어질 것이다.

73 더욱이, 네가 묻는 어두운 부분의 이유가
연해서라면, 이 행성의 물질이
부분 부분 희박하거나,

---

036 항성천에서 빛나는 많은 다른 별들을 볼 수 있다.

76   한 몸에 살과 지방이 많고 적게
      분배된 것과 같이, 이 행성도
      책 속의 종이들처럼 바뀔 것이다.[037]

79   첫 번째의 경우는 일식에서 나타났을 것이다.
      빛이 다른 희박한 부분을 뚫고 나오듯
      비쳐 나왔을 것이다.

82   그렇지 않다. 그러나 다른 것을
      살펴 보자. 내가 다른 것도 깨트리면,
      네 이론이 허위로 드러날 것이다.

85   연한 것이 사이사이에 흩어져 있지 않다면,
      빛이 그 반대를 지나가지 못하고
      어딘가에서 멈출 것이다.[038]

88   그러나 납을 뒤에 숨긴
      유리를 통해 색이 되돌아오는 것처럼
      그 반대에서 빛이 다시 쏟아진다.[039]

---

037 고기살에 기름기가 많고 적거나, 당시 책을 만들던 종이들의 두께가 일
     정하지 않은 것과 같을 것이다.

038 옆으로 부분 부분 흩어져 있지 않다면, 앞뒤로 옅고 짙게 (연한 것의 "반
     대") 혹은 얇고 두껍게 겹쳐져 있을 것이다.

039 거울은 농도가 진한 혹은 두꺼운 납이 뒤에 있고, 농도가 연한 혹은 얇

91   이제 네가 다른 부분들보다
        더 뒤에서 되돌아온 빛이
        어둡게 보인다고 말할 것이다.040

94   이 반론으로부터, 네가 시도하기만 하면,
        너희 학문의 강물들의 원천인
        실험이 너를 풀어줄 수 있다.

97   거울 세 개를 들고, 두 개는 네게서
        같은 거리에 두고, 다른 하나는 더 멀리 두어,
        처음 양쪽 사이에 네 눈들을 찾아보아라.041

100   그것들을 바라보며, 네 등 뒤에 있는
        등불 빛이 세 거울들에 부딪힌 후
        네게 돌아오게 하여라.

은 유리가 앞에 있다. 빛이 뒤에 있는 납에서 멈추지 않고, 앞에 있는
유리로부터 반사되어 나오듯이 달빛이 비친다. 감각이 지어낸 지상
의 이야기와 달리, 달빛은 골고루 비치거나 일제히 (일식 때) 사라진다.
040 멀수록 빛이 덜 밝게 비칠 것이라 의심할 수 있다.
041 처음 양쪽 거울 가까이 서 있어라.

103 크기는 다르지만 가장 멀리서도
똑같이 반짝이는 것을
네가 볼 것이다.[042]

106 자, 따뜻한 빛에 쏘여
입고 있던 눈의 색깔과 추위를
벗고 아래에 남은 것처럼,[043]

109 그렇게 남은 네 지성을
네 눈을 반짝일 살아 있는 빛으로
내가 형성하려 한다.[044]

112 하느님의 평화의 하늘 안에
돌고 있는 한 몸체[045]의 힘 안에
들어 있는 모든 존재는 잠재한다.

115 수많은 별들을 지닌 다음 하늘이

---

042 세 번째 거울 속 빛의 양 즉 크기는 다르나 질은 동일하다.

043 물. 단테의 등을 통해 세 거울들에 비친 빛은 십자가 모양을 만든다. 달이 단테의 몸을 받고 하나로 남듯 (물이 빛을 받고 하나로 남듯:34), 단테의 몸이 (물) 빛을 받고 하나로 남는 모습이 가정된 실험 속에서 재현되었다.

044 "형성하다 (informar)"는 별과 천사의 일이다 (천국 7.135, 138).

045 청화천 안에서 돌고 있는 원동천.

그 존재를 다양한 본질들로

나누며 돌본다.[046]

118 다른 하늘들은 다양하게

저마다 안에 지닌 다른 것을

그들의 결실과 씨앗에 뿌린다.[047]

121 세상의 기관들이,[048] 이제 네가 보듯이,

단계적으로, 위에서 받고

아래로 작용하며 나아간다.

124 내가 이곳을 지나 네가 원하는 진리로

어떻게 가는지 이제 네가 잘 보고,

네 스스로 여울을 건널 수 있도록 하여라.

127 대장장이에서 나오는 망치의 기술처럼,

축복받은 원동자들이 거룩한 하늘들에

움직임과 힘을 불어넣는다.[049]

---

046 항성천에서 존재가 다양한 본질들로 분배되고 보존된다.

047 항성천 아래 일곱 하늘들이 제각기 다른 영향력을 지상에 뿌리고 거
둔다.

048 하느님이 세상을 운영하는 수단들인 하늘들.

049 하느님의 (대장장이의) 천사들이 (망치, 원동자들) 하늘들에 힘을 불어넣
고 움직인다 (기술).

130   하늘을 운행하는 심오한 마음으로부터,

        많은 빛들로 아름답게 반짝이는 하늘이

        형상을 받아 새겨 넣는다.[050]

133   영혼이 너희들의 먼지 속에서[051]

        서로 다른 기관들의

        다양한 기능들에 따라 퍼지듯이,

136   자신의 단일성 위에서 도는 정신이

        자신의 선을 다양하게

        별들을 따라 펼친다.[052]

139   너희 속의 삶처럼,

        다양하게 맺어진 다양한 힘이

        소중한 몸체의 삶을 형성한다.[053]

---

050 하느님의 마음으로부터 항성천이 형상을 받아 아래 천사들의 마음들
    에 새겨넣는다.

051 몸속에서: "너는 먼지이고 먼지로 돌아갈 것이다(pulvis es et in pulverem
    reverteris)"(창세기 3.19).

052 항성천을 돌리는 천사들의 지성들이 다양한 힘들을 다른 별들에 펼
    친다.

053 사람의 몸의 다른 기관들이 지닌 다른 기능들처럼, 다른 행성들의 다
    른 힘들이 다르게 발한다.

142   기쁨으로 반짝이는 눈동자처럼,
       기쁨으로 넘쳐 흐르는 힘이
       별과 하나가 되어 반짝인다.[054]

145   진하고 연해서가 아니라,
       흐리고 맑게, 그들의 선에 따라,
       형성 원리[055]가 빛과 빛이

148   서로 다르게 보이게 하는 것이다."

---

054 물처럼 맑은 단테의 지성도 베아트리체가 알려주는 진리로 밝게 반짝
     인다. "네 눈을 반짝일 살아 있는 빛으로"(100).
055 창조의 원리인 다양성의 근원은 창조자의 정신 안에 있지 창조된 것
     의 물질 속에 놓여 있지 않다. 대장장이의 마음 속의 형상이 망치의
     힘에 의해 물질 속에 새겨지는 것과 같다. 망치질에 잘 순응하는 물질
     의 본질에 따라 (그들의 선에 따라) 대장장이의 정신이 더 맑거나 흐리게
     물질에서 드러나는 것이다.

천국 3곡 목차 (월천)

천국 3곡

1   먼저 사랑으로 내 가슴을 애태우던 해가,
     증명하고 반증하며, 아름다운 진리의
     감미로운 모습을 내게 드러냈다.

4   바로잡힌 굳은 믿음을 고백하려고,
     내게 허락된 만큼만 고개를
     바로들고 말하려 하자,

7   내게 나타난 광경에 꽉
     사로잡힌 내가 그쪽을 보려고,
     고백까지 올라가지 못했다.

10   투명하고 맑은 유리를 통해서나,
     바닥이 보일 정도로 깊지 않은
     고요하고 맑은 물을 통해서,

13   희미하게 되돌아오는 우리 얼굴의 윤곽이,
     하얀 이마 위의 진주처럼,
     우리 눈동자에 아련히 떠오르듯이,

16   그런 여러 얼굴들이 말하려는 것을
        본 나는, 사람과 샘 사이의 사랑을
        불질렀던 실수의 반대쪽으로 뛰어들었다.[056]

19   얼굴들을 알아보자마자,
        반사된 모습이라 짐작하며,
        누구의 얼굴인지 보려고 내 눈을 돌렸다.

22   아무것도 보지 못한 나는, 미소지으며,
        거룩한 눈들 속에서 불타고 있던 감미로운
        길잡이의 빛 속으로 바로 다시 눈을 돌렸다.

25   그녀가 내게 말했다. "네 어린 생각 때문에
        웃는 것에 놀라지 마라. 아직
        진리 위에 굳건히 발을 붙이지 못하고,

28   여전히 허공을 네가 돌아보기 때문이다.
        서원이 부족해 이곳에 배정된
        진정한 실체들을 네가 보고 있다.

31   그러니 그들과 말하고 듣고 믿어라.

---

056 샘에 비친 자신의 얼굴을 실물로 여겨 물에 뛰어들었던 나르키소스와
     반대로 실물을 비친 것으로 잘못 여긴 단테는 눈을 뒤로 돌린다.

그들을 만족시키는 진리의 빛에서
그들이 발길을 돌리지 않기 때문이다."

34   가장 말하고 싶어 보이는 그림자를 향해,
지나친 욕구에 숨가쁜 사람처럼,
내가 말을 시작했다.

37   "아, 맛보지 않고서는 결코 알 수 없는
영원한 생명의 빛의 감미로움을
느끼도록 선하게 창조된 영혼이여,

40   그대의 이름과 그대들의 운명을
내게 들려주시면 감사하겠소."
그러자 즉시 그녀가 미소 띤 눈으로 대답했다,

43   "궁정 전체가 자신과 닮기를 원하는
그분의 사랑처럼, 우리의 사랑은
올바른 욕구에 문을 잠그지 않습니다.

46   나는 세상에서 동정녀 자매였습니다.
당신이 기억을 잘 되새겨 보면,
내가 당신에게 더 아름다워진 나를 숨기지 않고,

49   내가 피카르다[057]인 것을 다시 알아볼 것입니다.
        내가 축복된 다른 이분들과 함께 축복받으며
        가장 느린 하늘 안에 있습니다.

52   성령의 기쁨 속에서만 불타는
        우리의 사랑은 주의 질서를
        따르며 기뻐합니다.

55   우리의 서원이 소홀히 여겨졌고, 또 어떤 점에서
        공허했기 때문에, 이토록 아래에서
        우리의 숙명이 보이도록 주어졌습니다."

58   그래서 내가 그녀에게 말했다. "이전에 알던
        당신들을 변화시키는 내가 모르는 뭔가 신성한 것이
        당신들의 놀라운 얼굴들 속에서 빛나오.

61   그래서 내가 기억하는 데 재빠르지 않았소.
        그러나 이제 당신 말의 도움으로,
        내가 당신을 더 쉽게 다시 알아보오.

64   그러나 내게 말해보시오. 여기서 행복한

------

057   단테의 고향 친구 포레제 도나티와 단테를 추방한 흑색당의 수장 코르
      소 도나티의 여동생이다. 코르소 도나티가 흑색당의 중요 인물과 결혼
      시키기위해 그녀를 수녀원에서 강제로 데려갔다.

당신들이 더 보고 더 사랑받기 위해
더 높은 곳을 당신들이 원하시오?”

67   다른 그림자들과 먼저 조금 미소지은 다음,
      첫사랑의[058] 불 속에서 타오르는 듯
      그녀가 기뻐하며 내게 답했다.

70   “형제여, 사랑의 힘이 우리의 의지를
      잠재우니, 가진 것만을 원하고,
      다른 것을 갈망하지 않습니다.

73   우리가 더 우월하기를 원한다면,
      우리를 여기에 가려내신 분의 의지와
      우리의 욕구가 서로 어긋날 것입니다.

76   여기서는 사랑 안에 있는 것이 필연적이고,
      사랑의 본질을 당신이 잘 살핀다면,
      이 하늘들 안에서 차지할 자리가 없는 것이 보일 것입니다.

79   오히려, 하느님의 의지 안에 남아
      우리의 의지들이 하나로 남음이
      축복됨을 이루는 본질입니다.

---

058 성령.

82   그래서, 이 왕국 층층이 있는 우리가
      온 왕국을 기쁘게 하는 것처럼, 우리를
      당신의 의지로 이끄시는 왕을 기쁘게 합니다.

85   주의 의지 안에 우리의 평화가 있습니다.
      주의 의지는 그것이 창조하거나 자연이 만든
      모든 것이 향해 흘러가는 바다입니다.”

88   최상의 선의 은총의 비가 똑같이
      내리지 않아도, 하늘의 구석 구석이
      어떻게 천국인지 내게 밝혀졌다.

91   하지만 한 음식에는 만족하여 감사하고,
      다른 음식에는 식욕이 남아
      여전히 음식을 요청할 때처럼,

94   그녀가 실패를 다 풀지 못해서[059]
      완성하지 못한 옷감이 무엇인지 알기 위해,
      내가 몸짓과 말을 했다.

---

059 옷을 완성하지 않아 실이 실패에 아직 남아있는지, 즉 서원을 끝까지
     지지키 않았는지.

97   그녀가 내게 말했다. "완성된 삶과 고귀한 공적으로
        더 높은 하늘에 계신 그녀의[060] 규칙에 맞춰
        아래 세상 사람들은 옷을 입고 베일을 씁니다.

100   죽음에 이르기까지, 사랑이 당신의
        기쁨을 만끽시키는 모든 서원을 받아들이시는
        신랑과[061] 밤낮을 함께하기 위해서입니다.

103   그녀를 쫓아가려고, 어린 내가 세상에서 도망쳤고,
        그녀의 수녀복 속에 나를 가두고
        그녀의 종교적 길을 서약했습니다.

106   선보다 악에 더 익숙한 사람들이 그 후,
        달콤한 수녀원에서 나를 납치했습니다.
        그 후 내 삶은 하느님이 아십니다.

---

060 성 프란치스코를 따르는 수녀원을 창립한 성 키아라 (Chiara d'Assisi,
     1194-1253).

061 그리스도: "예수께서 그들에게 이르시되 혼인집 손님들이 신랑과 함께
     있을 동안에 슬퍼할 수 있느냐 그러나 신랑을 빼앗길 날이 이르리니 그
     때에는 금식할 것이니라" (마태복음 9.15); "신부를 취하는 자는 신랑이
     나 서서 신랑의 음성을 듣는 친구가 크게 기뻐하나니 나는 이러한 기
     쁨으로 충만하였노라"(요한복음 3.29).

109   내 오른쪽에서 당신에게 빛을 비치며
        우리 천구의 모든 빛으로 불타오르는
        이 섬광이

112   내 이야기를 자기 이야기로 듣습니다.
        그녀는 자매였고, 신성한 베일의 그림자를
        머리에서 빼앗겼습니다.

115   그러나, 그녀가 억지로 도리에 반하여
        세상으로 되돌려진 후에도, 절대
        가슴속의 베일을 벗지 않았습니다.

118   이것은 슈바벤의 두 번째 바람에서[062]
        세 번째이자 마지막 권력을 낳은
        위대한 코스탄차의 빛입니다."[063]

---

062 돌풍처럼 거세게 몰려와 신속히 사라졌던 권력.
063 현재 독일 남서부 지방인 슈바벤에서 온 호엔슈타우펜 가문의 세 번
     째이자 마지막 신성 로마 제국 황제였던 프리드리히 2세의 어머니 코
     스탄차(1154-1198)를 프리드리히 1세의 아들 하인리히 6세(재위: 1191-
     1197)와 결혼시키기 위해 수녀원에서 강제로 데려왔다는 사실과 다른
     전설을 단테가 도입한다.

121   이렇게 그녀가 내게 말한 후, '아베
       마리아'를 노래하기 시작했고, 노래하면서
       뭔가 무거운 것처럼 흐린 물속으로 사라졌다.

124   가능한 멀리 그녀를 따라가다
       잃어버린 내 눈이
       더 큰 갈망의 대상으로 향했다.

127   내가 베아트리체만 쳐다보자,
       그녀가 내 눈길 속에서 번쩍거려
       처음에 견디지 못하여,

130   내 질문을 더 나중으로 미루어야 했다.

천국 4곡

1   똑같이 떨어져 움직이는
      두 음식 사이에서 자유로운 사람이
      하나에 입 대기 전에 굶어 죽을 것같이,

4   그렇게 똑같이 두려워하는 한 양이
      사나운 늑대들의 두 식욕 사이에 서 있을 것이다.
      개 한 마리가 두 사슴 사이에 서 있는 것같이.

7   그래서 똑같이 멈춰서
      두 의심 사이에서 침묵해야 했던 나를
      내가 질책도 칭찬도 하지 않는다.

10   그러나 말없는 내 얼굴에 그려진
      질문의 욕구는 말보다 더
      뜨겁게 드러났다.

13   느부갓네살이 저지른 불의의
      화근을 뿌리뽑은 다니엘처럼[064]
      베아트리체가 행하며

16   말했다. "하나와 또 다른 욕구가 너를
      팽팽히 잡아당겨, 네 근심이 네 근심을 묶어서
      밖으로 숨을 내쉬지 못하는 것이 내게 잘 보인다.

19   '선한 의지가 지속되는데, 타인의 폭력이
      어떻게 내 공적의 가치를 낮추는가?'
      라고 네가 추론한다.

22   또한 플라톤의 의견을 따르면,
      영혼들이 자신들의 별들로 되돌아가는 것처럼[065]
      보인다는 사실이 네게 의심의 여지를 준다.

25   똑같이 네 의지를 짓누르는 이 질문들 중,
      더 치명적인 것을

---

064 분노한 느부갓네살 왕이 꾸고 잊은 꿈을 기억해내고 해석해서 바빌론
     현인들의 목숨을 구한 예언자 다니엘처럼 (다니엘 2.1-46), 단테 안의 알
     고자 하는 열망을 헤아려내고 해소시키는 베아트리체.
065 하느님이 직접 모든 사람에게 영혼을 불어 넣는다고 믿는 그리스도교
     와 달리, 이교도 그리스 철학자 플라톤은 영혼이 별에서 왔다 되돌아간
     다고 중세에 라틴어로 유일하게 번역된 《티마이오스》에서 이야기한다.

먼저 다루겠다.

28   하느님과 가장 가까이 있는 치품 천사들,
     모세, 사무엘은, 네가 원하는 요한 누구라도,[066]
     내가 말하건데, 마리아일지라도,

31   네게 지금 나타난 이 영혼들의
     하늘과 다른 곳에 자리하지 않는다.
     더 많거나 더 적은 해들을[067] 지니고 있지도 않다.[068]

34   모두가 첫 번째 하늘을 아름답게 만들고,
     영원한 숨결을 저마다 많게 적게 느끼며,
     각자의 감미로운 삶을 다양하게 누린다.

37   이 하늘이 그들에게 운명지어져서가 아니라,
     덜 오른 정신을 표시하기 위해,
     여기에 그들이 나타난다.

40   너희 지성은 오직 감각된 것만을
     지성에 합당한 것으로 만들어
     이해하기 때문이다.

———

066 세례자 요한이든 복음서의 요한이든.
067 세월들.
068 천국의 모든 영혼들은 청화천에 영원히 함께 있다.

43   그래서 성서가 너희의 능력에
      부합하여 내려와, 하느님께 손발을
      부여해도 그건 다른 것을 의미한다.

46   그리고 거룩한 교회가 가브리엘과 미카엘,
      그리고 토빗의 눈을 다시 뜨게한 다른 천사도[069]
      너희에게 사람의 모습으로 묘사한다.

49   티마이오스가 영혼에 대해 논한 것과
      여기서 보는 것이 비슷하지 않으나,
      그가 말하면서 다른 것을 의도한 듯 보인다.

52   자연이 영혼을 형상을 위해 줄 때[070]
      영혼이 떨어져 나온 곳이라 믿는 자신의 별로
      영혼이 되돌아 간다고 그가 말한다.

55   하지만 그의 의도는 목소리에서 울리지 않는,
      혹시 다른 것을 따르면서,
      비웃음을 사지 않는 의미를 지닐 수 있다.

---

069   라파엘 (토빗 3.25).
070   물질과 결합할 때.

58   별들의 영향에 대한 영예와 비난이 이 바퀴들로
        되돌아간다는 의미라면, 아마 그의 활이
        어느 정도의 진실을 꿰뚫고 있는 것이다.[071]

61   이 원리가 잘못 이해되어, 이미 거의
        온 세상이 빗나갔고, 목성, 수성, 화성을
        신의 이름으로 부르는 오류에 빠졌다.[072]

64   너를 흔드는 다른 의심은
        독소가 덜하여, 그 해악이
        너를 내게서[073] 다른 데로 데려갈 수 없다.

67   필멸자의 눈에 우리의 정의가
        부당하게 보이는 것은 이교도의[074]
        부정이 아니라 믿음의 문제이다.

---

071 영혼이 별들의 영향력을 받았다는 다른 의미를 지니고 있는 말로 해
     석될 수 있다.
072 목성, 수성, 화성이 고대 로마 신화 속의 신들인 유피테르, 메르쿠리우
     스, 마르스의 이름으로 불린다.
073 그리스도교에서.
074 잘못 해석하면 그리스도교에서 벗어나는 고대 그리스의 플라톤과 달
     리, 그리스도 교리 중 믿음에 관한 문제이다.

70   너희의 인지 능력이 이 진리를
      잘 꿰뚫어 볼 수 있으니,
      네가 원하는 만큼, 내가 만족시킬 것이다.

73   폭력을 당하는 이가 가하는 자에게
      전혀 동의하지 않고도 가해졌어도,
      이 영혼들은 그 때문에 용서될 수 없었다.

76   폭력이 천 번을 굽히려 해도,
      자연의 불처럼, 굽히지 않으려는
      의지는 짓누를 수 없기 때문이다.

79   그래서 의지가 다소나마 굽혀지면,
      폭력을 따르는 것이다. 거룩한 곳으로
      다시 도주할 수 있었던 그들이 그러했다.

82   라우렌티우스를 철판 위에서 지탱시키고,[075]
      무키우스가 자신의 손을 엄하게 다루게 한[076]
      완전한 의지를 그들이 지니고 있었다면,

---

075 뜨거운 철판 위에서도 굽히지 않고 순교한 성 라우렌티우스(225-258).
076 로마를 정복한 왕을 암살하려다 체포된 후 자신의 몸을 태울 불에 손을
     집어넣고 끄떡도 하지 않은 용맹의 전설적인 인물이다.

85   풀리자마자 끌려나온 길로 다시
      뛰어들었을 것이다. 그러나
      그렇게 강한 의지는 아주 드물다.

88   너가 이 말들을 제대로 되새겨 보면,
      너를 번번이 괴롭혔을
      논거가 사라진다.

91   그러나 이제 네 눈앞에, 네가
      지쳐서 혼자 힘으로는 빠져나올 수 없을,
      다른 길이 놓여있다.

94   항상 첫 진리에 가까운,
      축복된 영혼은 거짓을 말할 수 없다는 것을
      내가 네 마음 속에 확실히 심어 놓았다.

97   너가 코스탄차가 베일에 대한 애착을 지켰다고
      피카르다에게서 말을 들었으니, 이 점에서
      그녀가 나와 모순되어 보일 것이다.

100   위험을 피하기 위해서, 형제여,
      매번 피할 수 없이, 해서는
      안 되는 일을 하는 일이 생겼다.

103   아버지의 요구에 따라
       어머니를 살해한 알크마이온이[077]
       효를 잃지 않으려 불효를 저지른 것처럼.

106   이런 경우 폭력과 의지가 섞여
       저지른 죄를 용서할 수 없다고
       네가 생각하길 내가 바란다.

109   절대 의지는 불의에 동의하지 않는다.
       그러나, 동의하지 않으면, 더 큰 불의에
       빠질 것을 염려하는 한에서 동의한다.

112   그러므로 피카르다가 표현할 때는 절대 의지를,
       내가 표현할 때는 다른 의지를 의미하니,
       우리는 함께 진실을 말한다.”

115   모든 진리가 흘러나오는 샘에서 나오는
       거룩한 강의 물결이 그렇게 하나와
       다른 나의 욕구를 평화롭게 잠재웠다.

---

077   그리스 신화에서 아버지 암피아라오스를 죽게한 어머니 에리필레를 살
       해한 아들 알크마이온(연옥 12.49 참조).

118 　"아, 태초의 사랑을 받은 사랑이여, 아, 여신이여,"
내가 연이어 말했다. "그대의 말이
나를 따뜻하게 적시며 점점 더 소생시킵니다.

121 　내 사랑이 은총에 충분히
감사할 만큼 심오하지 않지만,
보고 능히 하실 수 있는 분이 보답할 것입니다.

124 　그밖에 다른 어떤 진리도 존재하지 않으니,
그 진리가 우리의 지성을 밝히지 않으면,
그것은 절대 충족될 수 없어 보입니다.

127 　지성이 진리에 닿으면, 짐승이 굴에서 편히 쉬듯이,
그 안에서 평온히 머뭅니다. 닿을 수 없다면
모든 소망이 허무할 것입니다.

130 　진리의 발치에서, 싹이 트듯이,
의심이 자라나옵니다. 자연이 우리를
언덕과 언덕을 넘어, 정상으로 밀어올립니다.

133 　내가 이에 응하고 확신하며, 여인이여,
존경을 담아, 내게 어두운
다른 진리를 당신께 묻습니다.

136   사람이 채우지 못한 서원을, 당신 저울의
       무게가 가볍지 않을 만큼, 다른 선으로
       보상할 수 있는지 저는 알고 싶습니다.”

139   그렇게 신성한 사랑의 불꽃이 가득한
       눈으로 베아트리체가 나를 바라보자,
       내 눈이 압도되어 어깨를 내주었고,[078]

142   눈을 내리깔고 거의 정신을 잃어버렸다.

---

078   고개를 숙였다.

천국 5곡 목차 (월천/ 수성천)

천국 5곡

1   "내가 세상에서 보는 방식 이상으로

너를 사랑의 열기로 불태우고,

네 시력을 앗아간다 해도,

4   놀라지 마라. 이해한 만큼

이해된 선 속에서 발을 움직이는

완벽한 시야에서 나온 것이기 때문이다.[079]

7   보고나면, 유일하고 끊임없는 사랑을 불피우는

영원한 빛이 네 지성 속에

이미 반짝이는 것을 내가 잘 보고 있다.

10   다른 것이 너희 사랑을 유혹해도,

그것은 빛의 작은 흔적일 뿐,

비록 잘못 알아 본 것에서도 빛난다.

13   부족한 서원 대신, 다른 봉사가

영혼을 잘못에서 구할 만큼

---

079 선(성부) 속에서 사랑하는(성령) 베아트리체의 완벽한 시야에서(성자) 나오는 방식.

충분한 보상을 할 수 있는지 네가 알고자 한다.”

16 　그렇게 베아트리체가 이 곡을 시작했다.
　　그렇게 끊임없이 말하는 사람처럼,
　　그렇게 거룩한 전진을 계속했다.

19 　“하느님이 창조하시며, 당신의 자비로움에서
　　하신 가장 큰 선물이자, 당신의 선하심에
　　가장 상응하고, 당신이 가장 소중히 하시는 것은,

22 　지성적 피조물들,
　　그들 모두에게만 주어졌고 주어진,
　　의지의 자유였다.

25 　이 논리에 의하면, 네가 승낙할 때
　　하느님이 승낙하시는 서원의
　　높은 가치가 네게 드러날 것이다.

28 　하느님과 사람 사이에 계약이 맺어질 때,
　　내가 말하는 이 소중한 것이 희생되기 때문이다.
　　그 자신의 행위에 의해서이다.[080]

080　자유 의지(소중한 것)가 자진한 행위에 의해서 자유 의지 자체가 희생
　　　된다는 말이다.

31   그러니 무엇으로 보상할 수 있겠는가?
      네가 바친 것을 잘 사용하리라 믿으면,[081]
      훔친 것으로 좋은 일을 하려는 것이다.

34   네가 이제 가장 중요한 점에 대해 확신한다.
      그러나 신성한 교회가 그것을 무시하는데,
      그것은 내가 네게 밝힌 진리에 어긋나 보인다.

37   네가 삼킨 단단한 음식을 소화해 내려면,
      도움이 더 필요하니, 아직
      조금 더 식탁에 앉아있어야 한다.[082]

40   내가 네게 보여주는 것에 마음을 열고
      네 속에 그것을 간직하여라. 이해하고도
      염두에 두지 않으면 학식이 되지 않는다.

43   이 희생의 본질을 두가지가 구성한다.
      하나는 무엇을 하는가이고,
      다른 하나는 계약 자체이다.

---

081   하느님께 바쳤던 자신의 자유 의지를 다시 가져와서 잘 사용하리라
      믿으면.
082   조금더 배워야한다.

46   이 두 번째는 지켜지지 않더라도
        절대 철회할 수 없다는 것을
        위에서 자세히 설명한 것이다.

49   그래서 헤브라이아인들이, 네가 알듯이,
        바치는 내용물을 바꾸어도
        바친다는 행위 자체는 결코 바꿀 수 없었다.[083]

52   네게 물질로 알려진 다른 것은
        다른 물질로 바꾸어도 진정
        잘못을 저지르지 않는 것이다.

55   그러나 흰 열쇠와 노란 열쇠를[084]
        돌리지 않고서는, 제멋대로
        어깨의 짐을 바꿀 수 없다.

58   그리고 포기한 것이 대신 선택한 것 속에
        넷이 여섯 속에처럼 포함되지 않는다면,[085]
        그 어떤 대책도 터무니 없는 것으로 믿어라.

---

083 레위기 27.1-33.

084 교회와 (흰 열쇠) 하느님의 권위의 (노란 열쇠) 허락 없이 (문을 열어주지
     않으면).

085 바꾼 짐이 그만큼 더 무거워야 한다.

61   그러니 재는 저울마다 제 무게가
      그렇게 기울게 하는 것을 대신하는
      다른 것이 충분할 수 없다.

64   필멸자들은 서원을 농담으로 여겨서는 아니 된다.
      충실하되 왜곡하지도 말아라.
      입다의 첫 번째 선물처럼.[086]

67   맹세를 지키면서 더 잘못하는 것보다,
      '내 잘못이다'라고 말하는 것이 더 낫다.
      그런 잘못을 한 그리스인들의 큰 지도자를 볼 수 있다.

70   그는 이피게네이아가 그녀의 아름다운 얼굴에
      울게했고,[087] 그렇게 실행된 제사의 이야기를 들은
      모든 사람을 바보이든 현자이든 울게했다.

73   그리스도인들이여, 행동에 더 신중하시오.
      부는 바람에 떠도는 깃털같이 되지 마시오.[088]

---

086 하느님께 바칠 제물의 서원을 지키기 위해 자신의 딸을 희생시키는 입
     다 (판관기 11).
087 순풍을 약속하는 신에게 자신이 가진 가장 아름다운 것 즉 자신의 아름
     다운 딸 이피게니아를 바칠 것을 맹세한 아가멤논.
088 "사람들의 잘못된 행실과, 실수를 숨기려는 수작 속에서 수시로 변하
     는 교리의 바람에 따라 떠다니는 어린아이여서는 아니된다(ut iam non

물이면 다 당신들을 씻어주리라 믿지 마시오.

76   신약과 구약 성서 그리고
       당신들을 이끄는 교회의 목자가
       당신들의 구원에 충분하오.

79   사악한 탐욕이 다른 곳으로
       당신들을 소리쳐 불러도, 미친 양 떼가 아니라,
       사람이 되어, 유대인의[089] 웃음거리가 되지 마시오!

82   어미의 젖을 저버리고 제멋대로
       자신을 해치는 어린 양처럼
       어리석고 무모한 짓을 하지 마시오.”[090]

85   베아트리체는 내가 쓴 그대로 그렇게 말했다.
       그러고 나서 온통 사무치는 그리움을 담아 가장
       활기차게 살아 있는 세상으로 다시 그녀가 돌아섰다.

---

simus parvuli fluctuantes et circumferamur omni vento doctrinae in nequitia hominum in astutia ad circumventionem erroris)”(에페소 4.14).

089 구약만 따르는 유대인.

090 “무모하고 어리석은 양처럼(quasi agnus lasciviens et ignorans)” (잠언 7.22).

88   그녀의 침묵과 변한 모습이,
      벌써 새로운 의문들을 앞장 세우며
      욕망하는 내 마음을 침묵시켰다.

91   그리고 활줄이 잠잠해지기도 전에
      과녁을 꿰뚫는 화살처럼, 그렇게 우리가
      두 번째 왕국으로 뛰어 들어갔다.[091]

94   그 하늘의 빛 속으로 들어서는
      내 여인의 그 커다란 기쁨이
      그 별을 더 빛내는 것을 내가 보았다.

97   별이 변해 미소를 지었다면,
      본성적으로 모든 변화에 민감한
      나는 어떻게 되었겠는가![092]

100   잔잔하고 맑은 연못 속의
      물고기들이 밖에서 온 것에
      먹이인줄 알고 이끌리듯이,

───────

091 수성천에 도착했다.
092 변할 수 없는 별이 베아트리체의 빛에 변했다면, 변할 수 있는 본성을
     지니고 있는 내가 어떻게 되었겠는지 상상해 보시오.

103 수천의 빛들이 우리 쪽으로 끌려오는 것을
내가 보았다. 그리고 그들 속에서 하는 말을 들었다.
"우리의 사랑을 키우는 이가 왔다."

106 그 모두가 우리에게 오자,
밖으로 피어나오는 밝은 불꽃 속에서
기쁨으로 가득찬 그림자들을 보았다.

109 독자여, 여기서 시작된 것이
계속되지 않는다면, 당신이 얼마나
더 알고 싶어 안타까워할지 생각해 보시오.

112 그러니 내 눈에 나타난 그들의
이유를 내가 얼마나 듣고 싶어 했는지,
직접 당신이 볼 것이오.

115 "오, 전투를 떠나기도 전에
영원한 승리의 성좌들을 보도록
은총이 허락한 축복 속에 태어난 자여,

118 온 하늘에 가득찬 빛으로 우리가 불타오르니,
우리가 너를 밝혀주길 바란다면
네가 열망하는 대로 너를 충족시켜라."

121   그렇게 그 신성한 영혼들 중 하나가
        내게 말했다. 그리고 베아트리체가,
        "염려하지 말고 말하라. 신들처럼[093] 믿어라."

124   "당신의 웃는 눈빛에서 반짝이며 나오는
        당신의 빛 속에 둥지를 튼
        당신이 내게 잘 보입니다.

127   그러나 당신이 누구신지, 고귀한 영혼이여,
        필멸자들에게 다른 빛[094]으로 가려져 있는 행성의 단계를
        당신이 왜 배정받으셨는지 내가 모릅니다."

130   처음 내게 말했던 빛을 향해
        내가 이렇게 말했다. 그러자
        그 빛이 이전보다 더 밝게 빛났다.

---

093 신성한 영혼들을 믿어라. "하느님이 인간이 된 것처럼 인간이 하느님
     처럼 될 수 있다(factus est Deus homo ut fieret Deus)"는 그리스도교의
     신념이다.
094 태양에 가까운 수성은, 금성처럼, 일출 전과 일몰 후에 햇살에 가려서
     만 사람들에게 보인다.

133   해가 짙은 안개의 달램을
열기로 깨트리자,[095] 지나친 빛으로 인해
자신을 감추듯이,

136   더 큰 기쁨으로 인해 그 신성한 모습이
나로부터 자신의 빛 속으로 숨어 들어갔다.
그렇게 꼭꼭 싸여져서 내게 대답했다.

139   다음 곡이 노래하듯이.

---

095 아침 안개를 밀어낸 뜨거운 태양.

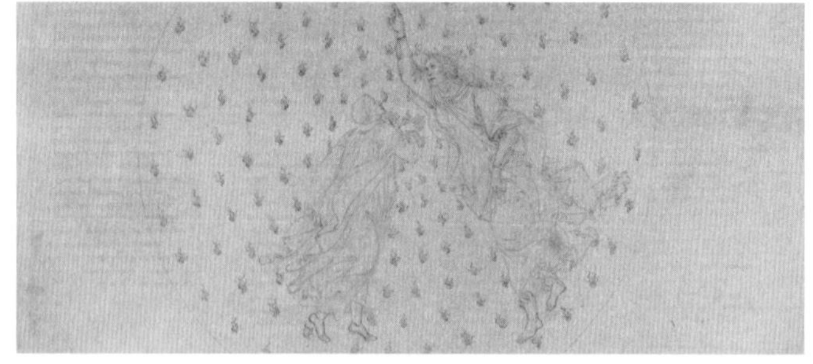

천국 6곡

1 "콘스탄티누스가, 라비니아를 앗아간
고대인[096]의 뒤를 따르던 독수리를
하늘의 운행에 거스리며 돌린 후,[097]

4 하느님의 새는 이백 년이 넘도록,[098]
애초에 떠났던 산맥에 가까운 곳,[099]
유럽의 가장자리에 머물렀다.

7 신성한 날개의 그늘 아래 거기서
손에서 손을 거치며 세상을 다스렸고,
그렇게 교체되며, 마침내 내 차례가 찾아왔다.

---

096 라티누스 왕의 딸의 약혼자 투르누스를 결전에서 죽이고 라비니아아
와 결혼한 아이네아스.

097 로마 황제 콘스탄티누스 1세가 로마의 상징을 (독수리) 비잔티움으로
옮긴 후, 즉 서쪽에서 동쪽으로 하늘이 돌아가는 방향의 반대쪽으로
옮긴 후.

098 아마도 단테가 따랐을 브루네토 라티니는 콘스탄티노플이 323년에 세
워지고 나서 약 216년 후 539년에 유스티니아누스(재위: 527-565)가 황
제의 자리에 올랐다고 한다. 더 정확한 두 해는 330년과 527년으로 200
년이 넘지 않는다.

099 아이네아스는 로마를 건립하기 위해 트로이에서 왔다.

10   황제였던 나는 유스티니아누스이다.
        내가 느끼는 최초의 사랑의 뜻에 따라,[100]
        지나치고 헛된 법률들을 삭제했다.[101]

13   이 일에 전념하기 전에, 나는
        그리스도 안에 존재하는 한 본성만을 믿고,
        또 다른 본성을 믿지 않는 것에 만족했다.[102]

16   하지만 최고의 목자로 축복받은
        아가페투스의 말들이 나를
        진실한 믿음으로 인도했다.[103]

19   나는 그를 믿었다. 그의 믿음 안에 있던 것을
        나는 이제 확연히 본다. 마치 네가
        모든 모순에서 거짓과 참을 보는 것처럼.

22   교회와 더불어 내 발걸음을 옮기자,
        하느님이 은총으로 내 고귀한 과업을
        하게 하셨고, 내 전부를 그 일에 바쳤다.

------

100 하느님의 뜻에 따라.

101 근대까지 유럽법들의 바탕이 된 로마법을 정비하고 편집하였다.

102 그리스도의 신성만을 믿고 그의 인간성을 믿지 않았다.

103 교황 아가페투스 1세(재위: 531-6)가 이단적인 단성론(monophysitism)에
     서 황제를 설득해 내었다.

25   내 벨리사리우스에게 군대를 맡기자,
        하늘의 오른손이 그와 연맹하니,
        내가 쉬어야 할 표시였다.[104]

28   이제 여기서 네 첫 질문에 대한
        내 대답이 점을 찍는다. 하지만 상황상
        내가 몇몇 내용을 덧붙여 계속해야 한다.

31   얼마나 대단한 이유로[105] 거룩하고 신성한 상징에
        맞서[106] 이익을 보는 자와 반대하는 자가
        움직이는지 네게 보여주기 위해서이다.

34   얼마나 큰 힘이 그것의 존엄한 가치를
        만들었는지 보아라. 그것에 왕국을 바치기 위해
        팔라스가[107] 죽었을 때부터 시작되었다.

---

104 동서 로마 제국을 재결합시킨 장군(Belisarius, 약 500-565)에게 군사 지
     휘를 맡기고, 나는 법전의 편집에만 전념했다.
105 풍자적 표현.
106 기벨리니와 궬피 두 당 모두 신성 로마 제국보다 자기 이익에 여념한다.
107 투르누스가 죽인 에반더 (에우안드로스) 왕의 아들.

37   그것을 위해 다시 셋과 셋이 싸울 때까지,

       삼백 년도 더 넘게 알바를 거처로

       삼았음을 네가 안다.[108]

40   사비니 여인들의 불운으로부터

       루크레티아의 고통까지 일곱 왕들 아래서,

       주변 백성들을 정복했던 것을 네가 안다.[109]

43   브렌누스에 맞서, 피루스에 맞서,[110]

       다른 군주들과 통치자들에 맞서,

       훌륭한 로마인들이 획득한 것을 네가 안다.

46   그래서 토르콰투스와[111] 헝클어진 곱슬머리라

---

108 아이네아스의 아들 아스카니우스가 알바롱가(Albalonga)를 세우고 나
     서 삼백 년이 지나자 독수리가 로마로 옮겨졌다. 로마의 호라티우스 세
     쌍둥이가 알바롱가의 쿠리아티우스 세쌍둥이와 싸워 승리한 후 로마
     가 패권을 장악했다.

109 로마 근처로부터 초대되어 온 사비니 여인들을 겁탈하도록 명령한
     로마의 첫 번째 왕 로물루스로부터 루크레티아를 겁탈한 자의 아버
     지였던 로마의 마지막 왕 루키우스 타르퀴니우스 수페르부스(Lucius
     Tarquinius Superbus, 기원전 497년 사망) 까지의 일곱 왕들의 군주정 아래
     에서 주변 지역으로 자라나간 로마.

110 공화정 초기 로마를 남북에서 침입한 에피루스 왕 피루스와 갈리아족
     의 우두머리 브렌누스.

111 군사 규칙에 불복종한 아들을 처형시킨 전쟁 영웅 토르콰투스 (Titus
     Manlius Torquatus).

불린 퀸티우스와[112] 데키우스, 파비우스 집안들의[113]

명성을 내가 기꺼이 찬미한다.

49   한니발을 뒤쫓아, 포 강아, 네가 거기서 흘러내리는

알프스의 암석들을 넘어가던

아랍인들의[114] 교만을 땅에 떨어뜨렸다.

52   젊은 스키피오와[115] 폼페이우스가[116]

그 아래에서[117] 승전했고, 네가

그 아래에서[118] 태어난 언덕에게는 쓰게 보였다.[119]

---

112 루키우스 퀸티우스 킨키나투스(Lucius Quinctius Cincinnatus, 기원전 약
     519 - 430)는 로마를 침략한 적을 재빠르게 무찌르자마자 군사 최고
     의 자리에서 농부로 바로 되돌아간 청렴함의 본보기였다. "킨키나투스
     (Cincinnatus)"라는 이름이 "헝클어진 곱슬머리(cirrus neglectus)"라는 라
     틴어에서 유래했다는 사실은 오류이다.

113 로마를 위해 전사한 영웅들의 집안.

114 중세에 아랍인들로 잘못 간주된 북아프리카의 카르타고인들.

115 서른 셋의 젊은 나이에 자마 전투에서 (기원전 202년) 한니발 (기원전
     247-181/3) 장군을 무찔러 "아프리카누스"라 불리는 스키피오 장군
     (Publius Cornelius Scipio Africanus, 기원전 약 236/235-183).

116 율리우스 카이사르와의 내전에서 죽은 폼페이우스 (Gnaeus Pompeius
     Magnus, 기원전 106-48 BC). 그의 죽음이 로마 공화정의 끝과 제국의
     시작점을 찍는다.

117 독수리 아래에서.

118 언덕 아래에서.

119 단테가 태어난 피렌체 위의 언덕 피에졸레는 로마인들에 의해 황폐

55   그 후, 온 하늘이 세상을 평온히
        진정시키려 할 때가 가까워지자,
        카이사르가 로마의 뜻에 따라 그것을 손에 쥐었다.

58   바르 강에서 라인 강까지 해낸 것을
        이제르 강과 소온 강과 센느 강이 보았고
        론 강을 가득 채워주는 모든 골짜기들이 보았다.[120]

61   라벤나를 떠나 루비콘을 뛰어넘어
        그 후 펼친 날개는
        말도 글도 따라갈 수 없었다.[121]

64   스페인으로 군대를 돌렸다.
        다음 뒤라키움으로, 그리고 파르살루스를
        거세게 쳐 뜨거운 나일 강까지 고통을 느꼈다.[122]

67   쫓겨나왔던 안탄드로스와 시모이스를,
        헥토르가 누워 있는 곳을 다시 보았다.[123]

화 되었다.

120 카이사르의 갈리아 원정.

121 급속히 퍼진 내전.

122 폼페이우스 군대를 급속히 몰아세운 내전 경로.

123 아이네아스가 트로이를 떠난 안탄드로스 만과 시모이스 강이 흐르는
     트로이 땅에 누워 있는 헥토르의 무덤을 카이사르가 방문했다.

그리고 프톨레마이오스를 쫓아내려 솟아올랐다.[124]

70   거기서 유바로 번개처럼 내려갔고,
      거기서 폼페이우스의 나팔소리가 들리던
      너희의 서쪽으로 돌아갔다.[125]

73   그것을 잇따라 짊어진 이가 이룬 일로,
      브루투스가 카시우스와 지옥에서 짖고 있고,[126]
      모데나와 페루자도 고통스러워했다.[127]

76   앞장서서 도망치다가, 독사로
      자살하여 즉사한
      슬픈 클레오파트라도 아직 울고 있다.[128]

---

124 폼페이우스를 죽인 이집트의 왕 프톨레마이오스 13세 대신 그의 누이
     클레오파트라를 여왕으로 올린다.
125 폼페이우스의 남은 추종자들을 제거하였다.
126 카이사르를 승계한 아우구스투스 황제에게 (옥타비아누스) 패배한 브루
     투스와 카시우스는 카이사르를 배반하고 살해한 죄로 지옥에서 짐승
     같이 울부짖고 있다 (지옥 34.66-67 참조).
127 마르쿠스 안토니우스는 모데나에서, 그의 동생 루키우스는 페루자에서
     옥타비아누스에게 패배를 당했다.
128 독수리에게 잡히기 전에 자살한 클레오파트라도 지옥에서 울고 있다 (
     지옥 5.63 참조).

79   그와 함께 홍해까지 횡단했고,[129]

그와 함께 세상에 크나큰 평화를 심어,

야누스의 신전에 빗장을 질렀다.[130]

82   그렇지만 나로 하여금 말하게 하는 상징이

자기 아래 복속된 필멸의 왕국을 위해

이전에 하였고 이후에 하였을 일을

85   세 번째 황제의[131] 손 안에서,

맑은 눈과 순수한 사랑으로 들여다 보면,

작고 희미하게 보일 것이다.

88   왜냐하면, 나를 숨쉬게 하는 살아 있는 정의가,

내가 말하는 그의 손에 든 것에,

당신의 분노를 복수할 영광을 허락했기 때문이다.

91   여기서 내가 번복하니 네가 놀랄 것이다.

원죄의 복수에 복수하기 위해 그것은

그 후 티투스와 함께 달려갔다.[132]

---

129 클레오파트라가 죽은 후 이집트는 로마의 영토가 되었다.

130 전쟁시 열리는 신전의 문이 닫힌 아우구스투스 치하의 평화(pax augusta)
　　　를 의미한다.

131 미미한 업적의 티베리우스 황제 (재위: 14-37).

132 인간의 원죄에 분노한 하느님께 바쳐진 그리스도를 죽게한 빌로 헤브

94   그리고 롬바르디아의 이빨에 물린

신성한 교회를, 그 날개 아래에서,

샤를마뉴가 승리로 이끌어 내었다.[133]

97   너희의 모든 불행의 원인인,

내가 위에서 비난한 자들과 그들의 죄들을

이제 네가 판단할 수 있다.

100   한쪽은 노란 백합들로 공공의 표상에 맞서고,[134]

다른 쪽은 그것으로 편협한 이익을 추구하니,[135]

누구를 더 탓하기가 힘들다.

103   기벨리니로 하여금 다른 상징 아래에서

그들의 술책을 부리게 하라. 정의를 떠나서

절대 그것을 따를 수 없기 때문이다.

라이 사람들의 예루살렘을 티투스 (재위: 79-81) 황제가 황폐화 시켰다
고 그리스도인들이 믿었다.

133 교회를 공격한 롬바르디아에 774년 승리하고, 800년에 신성 로마 제국
을 시작한 프랑스 왕 샤를마뉴.

134 금색 백합이 문장인 프랑스의 앙주 가문이 우두머리로 있는 이탈리아
궬피는 신성 로마 제국에 반대한다.

135 기벨리니는 로마 제국의 상징을 자신의 이익을 위해서만 내세운다.

106   새로운 샤를은 궬피와 함께 그것을
       떨어뜨리게 두지 말고, 더 높은 사자의
       털을 뽑았던 그 발톱들에 떨게 하라.[136]

109   아버지의 죄 때문에 자식들이 번번히
       벌써 울었다.[137] 하느님이 무기들을
       그들의 백합들로 바꾸리라 믿지 마라.

112   명예와 명성을 획득하려고
       활약했던 선량한 영혼들이
       이 작은 별을 꾸민다.[138]

115   야망이 여기에[139] 치우쳐 솟구치면,
       진정한 사랑의 불빛들이
       덜 활발히 솟아오르기 마련이다.

118   그러나 우리의 공덕과 보상이

---

136 당시 이탈리아 궬피의 수장이던 샤를 2세는 (1세에 비해 "새로운") 더 큰
     일을 도모하던 독수리의 발에 떨어야 한다.

137 비명에 죽은 그의 아들 샤를 마르텔이 앙주 가문이 겪는 고초를 더 구
     체적으로 금성천에서 예언한다.

138 가장 작은 수성은 지상에서 명성을 쫓던 선한 영혼들이 장식한다. 달부
     터 금성까지의 영혼들에게는 지구의 그림자, 즉 지상에서 쫓던 헛된 일
     들의 흔적들이 아직 잔재한다.

139 명예와 명성.

더 작지도 더 크지도 않게 서로 일치함을
보는 것이 우리 행복의 일부분을 차지한다.

121   그래서 살아 있는 정의가 우리 안의 사랑을
그렇게 감미롭게 하여, 그 어떤 불의로도
결코 기울어지게 할 수 없다.

124   서로 다른 목소리들이 감미로운 선율을 만든다.[140]
그렇게 우리 삶의 다른 자리들이
이 바퀴들[141] 사이에서 감미로운 조화를 이룬다.

127   그리고 지금 이 진주 안에
로메의 빛이 빛나고 있다.
그의 크고 아름다운 업적은 보답 받지 못했다.[142]

130   그러나 그를 해치던 프로방스인들이
웃지 않는다. 다른 사람의 선행을
해롭게 여기는 자는 곤혹의 길을 걷기 때문이다.[143]

---

140 다성의 조화.

141 하늘들.

142 백작 레몽 베랑제(Raimond-Bérenger, 1198-1245)의 우수하고 선량한 측
근이었던 로메(Romée de Villeneuve, 약 1170-1250)를 프로방스 사람들
이 시기하여 쫓아내었다.

143 로메가 떠난 후 앙주 집안의 지배 하로 들어간 프로방스에서 많은 곤

133   소박한 순례자 로메가
       레몽 베랑제의 네 딸
       모두를 여왕으로 만들었다.[144]

136   그 후 비뚤어진 말들에 움직여,
       열 대신 일곱과 다섯을 더해 준
       이 올바른 이에게 계산을 요구했다.

139   그래서 늙고 가난한 채 떠났다.
       그리고 이리저리 생계를 구걸하며
       그 가슴에 맺힌 것을 세상이 안다면,[145]

142   그를 기리고 또 기릴 것이다."

욕을 겪었다.

144 백작이 죽은 후에도, 로메의 대리 하에서, 백작의 딸 베아트리스는 샤
     를 1세와 결혼하였다.

145 단테 자신의 쓴 망명 생활을 연상시킨다.

천국 7곡

1   "호산나, 만군의 거룩한 주님이시여,
당신의 빛으로 이 왕국의
행복한 불빛들이 넘쳐 빛납니다."

4   그렇게 자신의 선율에 따라 돌면서
실체가 노래하는 것이 내게 보였고,
그것 위에서 두 빛이 하나가 되었다.

7   그것과 다른 것들이 춤추며 움직였다.
그리고 가장 재빠른 불꽃들처럼
내게서 순간적으로 먼 공간 속으로 사라졌다.

10   내가 의심에 싸여 내게 말했다.
'타는 내 목을 달콤한 물방울로 적셔주는
내 여인, 그녀에게 말해보아라.'

13   그러나, '베'와 '이체'만으로도,
내 전체를 바치게 하는 그녀에 대한 경외심이
내 고개를 잠에 취한 사람처럼 숙이게 했다.

16   잠시 나를 그렇게 나둔 후 베아트리체가

말을 시작하며 내게 비친 미소는

불 속에서 타는 사람도 행복하게 하리라.

19   "내 틀림없는 직관에 의하면,

너는 왜 정당한 복수가 정당하게

처벌되었는가[146] 하는 생각으로 가득 차있다.

22   내가 네 마음을 곧 풀어주리라.

내 말을 들어보아라.

네게 큰 가르침을 선사할 것이다.

25   자신의 이익을 위해 의지에 한계를

허락하지 않은, 태어나지 않은 자가

자신도 자신의 전 자손도 죄짓게 했다.[147]

28   그리하여, 하느님의 말씀이 기꺼이

내려오실 때까지,[148] 병든 인류가 저 아래에서

오랜 세월동안 큰 오류 속에 누워 있었다.

---

146   "원죄의 복수에 복수하기 위해" (천국 6.92).

147   하느님이 창조한 (태어나지 않은) 아담이 하느님의 뜻보다 자신의 의지
를 따른 죄로 모든 인간이 원죄를 지니고 태어난다.

148   예수가 태어날 때까지.

31   창조주로부터 멀어진 본성을,
        영원한 사랑의 유일한 행위에 의해서,
        사람 속에서 자신과 하나가 되게 했다.[149]

34   지금 말하는 것에 이제 네 주의를 기울여라.
        창조주와 하나인 이 본성은
        창조되었을 때처럼 진실하고 선했다.[150]

37   그러나 그 본성 자체만으로는 천국에서
        추방되었다.[151] 진리의 길과 생명에서[152]
        벗어났기 때문이다.

40   그래서 십자가가 가한 고통을
        받아들인 본성의 관점에서 가늠하면,
        무엇보다도 가장 타당하게 받은 벌이었다.

43   그리고 그러한 본성을 받아들여
        고통을 겪으신 분을 보면,
        어떤 것도 더 부당할 수 없었다.

---

149 마리아의 태중에서 성령의 말씀이 태어나셨다.

150 예수는 원죄없이 태어났다.

151 태어난 사람의 본성 자체는 원죄를 지니고 있었다.

152 그리스도: "예수께서 이르시되 내가 곧 길이요 진리요 생명이니 나로
     말미암지 않고는 아버지께로 올 자가 없느니라" (요한복음 14.6).

46   그래서 한 행위에서 다른 둘이 나왔다.
        하느님과 유대인들이 기뻐했던 한 죽음
        때문에 땅이 흔들렸고 하늘이 열렸다.

49   정당한 복수가 이후 정당한 법정에서
        처벌된다 하여도, 이제 더이상 네게
        가늠하기 힘들게 보이지 않을 것이다.

52   그러나 꼬리에 꼬리를 물고 일어난 생각들로
        꽉 쪼이고 꼬인 네 마음이 풀리기를
        간절히 바라는 것을 이제 내가 본다.

55   '듣는 것을 잘 알아들을 수 있으나, 왜 하느님이
        이 방법으로 우리를 구하려 하셨는지
        알 수 없다'고 네가 말한다.

58   형제여, 이런 결난은 사랑의 불꽃
        속에서 성숙하지 않은 지성의
        눈에는 파묻혀 있는 것으로 보인다.

61   이 표적을 아무리 바라보아도 섣불리
        맞출 수가 없으나, 그 방법이 비할데 없이
        합당한 이유를 내가 그래도 말해보겠다.

64   모든 시기심를 멀리하고 자신 속에서 불타는
        하느님의 자비로움이 발하며
        무궁한 아름다움들을 펼쳐낸다.[153]

67   그 자비로부터 매개 없이 방울방울 떨어지는 것은
        그 후 끝이 없다. 하느님이 새겨넣은
        흔적은 지울 수 없기 때문이다.[154]

70   그 자비로부터 매개 없이 흘러내리는 것은
        완전히 자유롭다. 새로운 것들의
        힘이 짓누를 수 없기 때문이다.[155]

73   그것이 더 따를수록 그분은 더 기뻐하신다.
        모든 것을 비추는 거룩한 불꽃은
        가장 비슷한 것 속에서 가장 활기차기 때문이다.[156]

---

153 하느님의 자비가 창조하는 세상.
154 하느님이 직접 창조하는 천사들, 하늘들, 원소적 물질들과 사람들은
     불멸한다.
155 하느님이 직접 창조하는 것(사람)은 다른 창조된 것(하늘들의 영향)으로
     부터 자유롭다(자유의지).
156 하느님이 직접 창조하는 것이 하느님의 뜻에 더 자유로이 따를수록
     더 축복받는다.

76   이 모든 것들이 창조된 인간을 위해
      주어졌으나,[157] 하나만 잃어도,
      그 존엄성이 떨어지기 마련이다.

79   오직 죄만이 인간에게서 자유를 빼앗고
      최상의 선에서 인간을 떨어뜨리기 때문에,
      당신의 빛이 덜 하얗게 비친다.

83   그릇된 기쁨의 결점을
      타당한 고통으로 되채우지 않는다면,
      그의 존엄성으로 절대 되돌아가지 못한다.

85   너희의 본성이 씨앗 속에서 전부
      죄지었을 때, 천국에서처럼,
      이 존엄성에서 멀어졌다.

88   네가 아주 세심히 살펴보면,
      이 두 여울들 중 하나를 건너지 않고
      다른 길로 되돌아갈 수 없었다.

---

157 하느님이 직접 창조하시며 주신 세 가지 선물: 불멸, 자유의지, 신과
    비슷한 삶.

91   하느님이 오직 당신의 너그러우심으로
      용서하시거나, 사람 스스로 자신의
      무모함에 대한 대가를 치러야 했다.

94   이제 내 말에 가능한 바짝
      달라붙어, 한없이 깊은 뜻의
      심연 속으로 네 눈을 고정시켜라.

97   사람의 한계 속에서 치를 수 있는 대가가
      결코 아니었다. 이후 겸손하게 순종하며
      저 아래로 내려갈 수 없었기 때문이다.[158]

100   반항하며 저 위로 올라가리라 믿었던 만큼.
      사람 스스로 만족시킬 수 있는
      길이 닫힌 이유이다.

103   결국 하느님은 당신의 길들을 통해
      인간을 온전한 삶으로 회복시켜야 했다.
      내가 한 길이라 해도 진정 두 길이었다.[159]

106   선행을 샘솟게 하는 선한 마음이

---

158   한없이 높은 하느님만큼 오르려고 부린 교만만큼 내려갈 겸손이 인간
      의 한계 속에서 한없이 부족했기 때문이다.
159   하느님의 자비와 정의.

더 많이 드러날수록, 선행이

선행자를 더 크게 만족시키므로,

109   세상에 흔적을 새겨넣는 하느님의 자비로움은,

너희를 저 위로 다시 들어올리기 위해,

당신의 모든 길들을[160] 지나며 나아가길 원하셨다.

112   마지막 밤과 첫날 사이에, 한 길이나

다른 길을 지나, 그렇게 높고 넓게

아무도 나아가지 않았었고 않을 것이다.[161]

115   당신 혼자 용서하시는 것보다,

사람이 스스로 충분히 오를 수 있도록,[162]

당신 자신을 주신 하느님은 더 관대하셨고,

118   하느님의 아들이 성육신하여

당신을 낮추지 않으셨디라면,[163]

모든 다른 수단들은 부족하였을 것이다.

---

160 모든 두 길: 자비와 정의.

161 창세기에서부터 최후의 심판까지, 그렇게 넓은 자비와 그렇게 높은 정
의의 길을 지나가신 분은 그리스도 단 한 분이시다.

162 정의에 정당한 대가를 스스로 치를 수 있도록.

163 하느님의 겸손만이 무한하기 때문이다.

121   이제 네 모든 소망을 가득 채우기 위해,
       네가 그곳을 나처럼 볼 수 있도록,
       너를 밝혀주려고 그곳으로 내가 돌아간다.

124   '물, 불, 공기, 흙 그리고 그것들의
       서로 섞인 것들이 썩고
       잠시만 지속된다.

127   창조된 것들은, 말한 것이
       진실이라면, 썩지 않아야
       한다'라고 네가 말한다.

130   형제여, 네가 있는 순수한 나라와
       천사들은 실체 그대로 고스란히
       창조되었다고 말할 수 있다.[164]

133   그러나 네가 언급한 원소들과
       그것들로 만들어진 것들은
       창조된 힘에 의해 형성된다.[165]

136   그것들이 지닌 물질이 창조되었고,

---

164 천사들과 하늘들은 순수히 (조합없이) 고스란히 창조되었다.
165 물질과 형식의 결합이 이루어진다.

그것들 주변을 돌아가는 이 별들 속의

형성하는 힘이 창조되었다.

139   모든 동물과 식물의 영혼도

거룩한 빛들의 움직임이 내려가

잠재된 조합물에서 짜낸다.[166]

142   그러나 너희의 생명은 매개 없이

지고의 자비가 불어넣는다. 이후 항상

주의 사랑에 빠진 생명은 주를 소망한다.[167]

145   그리고 첫 번째 두 부모님을 만드실 때

어떻게 사람의 몸을 만드셨는지를

네가 다시 생각해보면, 너희의

148   부활도 여기서부터 논할 수 있을 것이다."[168]

---

166   형식과 결합된 물질에 잠재되어 있던 동식물의 영혼을 별들의 영향력
이 깨운다.

167   하느님이 직접 불어 넣는 사람의 영혼은 사랑하는 하느님께 이후 항상
되돌아가기를 원한다.

168   부활 후의 영광스러운 몸도, 아담과 이브처럼, 하느님이 직접 창조한다
고 여기서 논할 수 있다. 더 구체적으로는 태양천에서 솔로몬이 영광
스러운 몸에 대해 논한다.

천국 8곡 목차 (금성천)

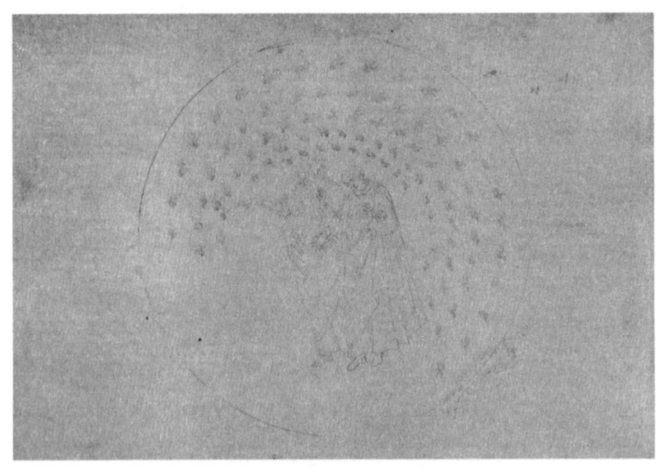

천국 8곡

1 위험했던 세상은,[169] 키프로스에서 태어난
   아름다운 여인이[170] 세 번째 주전원을[171] 돌며
   광란의 사랑을[172] 발한다고 믿곤했다.

4 그 고대적 오류 속에서 고대인들은
   제물과 봉헌의 부르짖음으로
   그녀만을 섬긴 것이 아니라,

7 그녀의 어머니 디오네와
   그녀의 아들 큐피드를 떠받들었고,
   그가 디도의 무릎 위에 앉았다고 말했다.[173]

---

169 영원한 벌을 피할 수 없었던 이교도의 세상.

170 베누스.

171 큰 원(이심원) 위를 도는 행성들이 역행하며 그리는 작은 원(epiciclo)으로
   천동설을 믿던 프톨레마이우스가 상정하였다.

172 육체적 사랑.

173 카르타고 여왕 디도의 아들 아스카니우스의 모습으로 그녀의 무릎 위
   에 앉았던 베누스의 아들 쿠피도가 디도의 아이네아스에 대한 사랑을
   불질렀다고 그의 서사시에서 썼던 베르길리우스도 오류를 범했다고
   단테가 여기서 지적하고 있다.

10   그녀의 목덜미 또는 눈썹을

        열망하는 해로부터 이름을 딴[174]

        별에서 내가 시작한다.

13   그 별 속으로 올라갈 땐 몰랐지만,

        더 아름다워진 내 여인을 내가 보며[175]

        그 속에 내가 있음을 확신했다.

16   하나가 멈추고 다른 하나가 오갈 때,

        불꽃 속의 불티를 보듯,

        목소리 속의 목소리를 구별하듯,

19   그 빛 속에서 다른 등불들이, 내가 믿건데,

        그들의 내면적 시야에 따라, 더 또는 덜

        돌며 달리며 움직이는 것을 내가 보았다.

22   차가운 구름에서 보이거나 보이지 않게,[176]

        그렇게 빨리 내려오는 바람도,

        방해받고 느리게 보일 것이다.

---

174 아침에 뜨는 해에 목덜미가 보이는 베누스는 샛별(Lucifer)로, 저녁에 지
     는 해에 눈썹이 보이는 베누스는 저녁별(Vesper)로 불렸다.

175 단테의 눈높이가 더 올라갈수록 베아트리체의 더 큰 아름다움을 볼
     수 있다.

176 번개나 폭풍.

25   높은 치품천사들 사이에서 처음 시작한
춤을 멈추고, 우리에게 오는 신의 빛들을[177]
어떤 사람이 보았다면.

28   가장 먼저 보인 빛들 속에서
'호산나'가 그렇게 울려서, 그 후 내가
끊임없이 그것을 다시 듣고 싶어 했다.

31   우리에게 가장 가까이 다가선 한 빛이
홀로 말을 시작했다. "우리에 기뻐하는 너를 위해,
우리 모두가 너를 기쁘게 하려 한다.

34   우리가 같은 원에서 같은 목마름으로
하늘의 권품천사들과[178] 같이 돌고 있다.
네가 세상에서 벌써 그들에게 말했다.

---

177 청화천에 모두 함께 있는 천국의 영혼들이 순례자의 눈높이에 맞춰 내
려온다.

178 〈천상적 위계에 관하여(Περὶ τῆς οὐρανίου ἱεραρχίας)〉의 저자인 위(僞)
디오니시오스 아레오파기테스를 〈천국〉에서 따르는 단테가 《향연》에
서 교황 그레고리우스 1세(재위: 590-604)의 천상적 위계를 따른 자신
의 오류를 스스로 지적하고 있다.

37   '지성으로 세 번째 하늘을 움직이는 당신들이여.'[179]
      사랑으로 가득찬 우리가 너의 기쁨을 위해
      잠시 움직임을 멈추어도 덜 감미롭지 않을 것이다."

40   내 여인에게 바쳐진
      내 경애하는 눈들이
      그녀로 인해 흡족되고 확신된 후,

43   약속으로 가득찬 그 빛으로 다시 향했고,
      커다란 사랑이 담긴 내 목소리가
      "저, 당신은 누구십니까?"라고 했다.

46   그의 행복에 나의 말이 더해진
      행복이 얼마나 그리고 어떻게 더
      빛났던지를 내가 보았다!

49   그런 후 내게 말했다. "저 아래 세상의 시간이
      내게 짧았다. 조금 더 머물렀었더라면, 사악한
      많은 일들이 생기지 않았을 수도 있었을 것이다.[180]

---

179 교황 그레고리우스 1세의 천상적 위계를 따라, 금성천을 움직이는 죄
     품천사들을 부르며 단테가 《향연》에서 쓴 시 구절.
180 1294년 피렌체에서 단테와 친분을 맺은 샤를 마르텔(1271-95)은 젊은
     나이에 죽었다.

52   나의 행복이 나를 휩싸며 광채를 발하니,
        내가 비단에 싸인 누에처럼
        너에게 숨겨져 있다.

55   너는 나를 많이 사랑하였다. 좋은 연유에서였다.
        저 아래 있었더라면, 내 사랑의 잎사귀들이
        네게 그 이상을 보여주었을 것이다.[181]

58   소르그 강과 합류한 론 강이 적시는
        저 왼쪽 강변이,[182] 때가 되면
        나를 군주로 삼으려고 기다리고 있었다.

61   바리, 가에타, 카토나 성들을 품고,
        트론토 강과 베르데 강이 바다로 흘러드는
        아우소니아의 뿔도[183] 그러했다.

64   도나우 강이 독일 강변들을 지나
        흐르는 땅의 왕관은 이미
        내 이마에서 찬란했다.[184]

---

181 나뭇잎이 더 무성해지고 열매를 맺었을 것이다.

182 프로방스.

183 풀리아(Puglia)와 칼라브리아(Calabria)로 뿔같이 보이던 나폴리 왕국. 아
     우소니아(Ausonia)는 이탈리아 남쪽을 가리키는 고대의 시적 표현이다.

184 사촌 안드라스 3세(재위: 1290-1301)가 헝가리를 실질적으로 통치하는

67   거세게 몰아치는 남동풍에 시달리는
      만 위로, 파키노와 펠로로 곶 사이는,
      티폰이 아니라 일어나는 유황으로 인해

70   짙게 물드는 저 아름다운 트리나크리아는,[185]
      나로 인해 샤를과 루돌프로부터 태어난
      왕들을 아직도 기다렸을 것이다.[186]

73   아래 백성들을 틀림없이 괴롭히는
      그릇된 군림이 팔레르모를 뒤흔들어
      '죽어라, 죽어라!'라고 소리치게 하지 않았더라면.[187]

76   또한 내 동생이[188] 이것을 예견했더라면,

____

동안, 샤를 마르텔은 명목상의 왕이었다(재위: 1290-95).

185 카타니아 만에 있는 파키노(Pachino는 오늘날 Passero)와 펠로로(Peloro는
     오늘날 Faro) 곶 사이의 화산(Etna)에서 짙게 뿜어나오는 것이 신화가 말
     하는 거인 티폰(Typhoeus: 오비디우스, 《변신》 5.346-361)이 아니라 과학
     적으로 말해서 유황으로 인한 시칠리아. 오비디우스, 베르길리우스, 그
     리고 페데리고 2세(재위: 1296-1337)가 시칠리아를 트리나크리아라 불
     렀다. "세 꼭지점들"(Trinacria) 중 두 점들이 파키노와 펠로로 곶들이다.
186 시칠리아의 왕이 아라곤의 페데리고 2세가 아니라 앙주(아버지 샤를 2세)
     와 합스부르크(장인 루돌프)의 내 후손들이었을 것이다.
187 1282년 샤를 1세(샤를 마르텔의 친조부)의 폭정에 반발한 시칠리아 사
     람들이 '죽어라, 프랑스인들아!'를 외치며 앙주 세력의 지배를 종결
     시켰다.
188 샤를 마르텔의 둘째 동생인 로베르토(재위: 1309-1343)가 아버지 샤를 2

카탈로니아의 탐욕적 궁핍이

그를 해치는 것을 피할 수 있었을 것이다.

79   과분한 짐을 실은 배에[189] 그나 또는 다른 자가[190]

더 많은 짐을 실지 않도록

진정 대비할 필요가 있다.

82   관대한 집안에서 내려온 그의

인색한 성품은, 제 금고를 채우려 애쓰지 않는

철통같은 일손을 필요로 할 것이다."[191]

85   "제 군주시여, 당신의 말씀이

제 속에 심으시는 심오한 기쁨을,

모든 선이 시작되고 끝나는 곳에서,

88   당신이 저처럼 보시는 것을 믿으니

더욱 고맙습니다. 하느님 안에서 그것을

당신이 보시고 아시니 제겐 더욱 소중합니다.

세를 승계하여 나폴리를 다스렸다.

189   나라와 백성.

190   왕이나 그 주변의 탐욕적인 카탈로니아 세력자들.

191   청렴한 관료들로 주변을 지켜야 할 것이다.

91   저를 기쁘게 하신 것처럼 제게 밝혀주십시오.
        말씀하실 때, 단 씨앗에서 어찌 쓴 씨앗이 생기는지
        제가 의심토록 하셨기 때문입니다.”

94   이렇게 말한 내게 그가 말했다.
        “네가 묻는 것에 내가 진리를 보여줄 수 있다면,
        네가 등을 돌리는 대신에 눈을 마주할 것이다.[192]

97   네가 오르는 모든 왕국을 움직이고
        만족시키는 선의 섭리가 이 큰
        천체들 속에 힘이 있도록 한다.[193]

100   스스로 완전한 그 정신 속에
        자연은 섭리에 따를 뿐 아니라,
        그것의 구원과 함께 존재한다.[194]

103   수많은 화살들을 이 활이 쏘아도
        섭리에 의해 정해진 목적지에 떨어진다.
        어떤 것이 목표를 향하는 것과 같다.

106   그렇지 않다면, 네가 걷는 이 하늘의

---

192 네게 숨겨진 것이 드러날 것이다.
193 하느님의 섭리가 하늘들의 영향력을 만든다.
194 창조와 구원이 공존한다.

영향력은 예술이 아니라 파멸을
생산할 것인데,

109 그럴 수가 없다. 이 별들을 움직이는
정신들을 불완전하게 만들지 않은
첫 번째 정신이 불완전 할 수 없다.

112 이 진리를 더 밝히기를 네가 원하는가?"
그리고 내가, "이제 되었습니다. 자연이
그 임무에 느슨해질 수 없음을 제가 알았습니다."

115 그리고 그가 다시, "이제 말해보아라. 지상의
인간이 시민이 아니면 더 나쁘겠는가?"
"예," 내가 답했다, "이유를 물을 필요도 없습니다."

118 "저 아래에서 다양한 직무들을 위해
다양하게 살지 않으면 시민일 수 있겠는가?
너희 스승이[195] 잘 썼다면, 그럴 수 없다."

121 그렇게 논리 정연하게 여기까지 온 후,
그가 결론을 맺었다. "그리하여, 너희가 행하는
영향력의 뿌리들이 다양해야 한다.

---

195 아리스토텔레스.

124   그래서 누구는 솔론으로, 누구는 크세르크세스로,
       누구는 멜키세덱으로, 누구는
       공중을 날다 아들을 잃은 이로 태어난다.[196]

127   필멸의 밀랍에 새기며 운회하는
       자연의 조화로운 예술은
       이 집 저 집을 차별하지 않는다.

130   그래서 에서와 야곱이 씨앗일 때부터
       서로 다르고,[197] 퀴리누스는 아주 천한 아버지로부터
       태어나 화성에서 온 것으로 여겨진다.[198]

133   신의 섭리가 승리하지 않는다면,
       태어난 자연은 태어나게 한 자와
       언제나 비슷한 길을 걸을 것이다.

136   이제 네 뒤에 있던 것이 네 앞에 있다.
       하지만 너로 인해 내가 기뻐하는 것을 네가 알도록,

---

196 정치(아테네의 정치가 솔론), 군사(페르시아 왕 크세르크세스), 종교(이스라
     엘의 성직자 멜키세덱) , 학문(날개를 발명한 다이달로스)의 다양한 방면에
     서 역할하는 시민들.
197 태중에서 싸운 쌍둥이들 (창세기 25.22).
198 로마를 세운 로물루스의 천한 출신을 숨기기 위해 사람들이 화성의 아
     들로 삼았다.

추론의 외투를 네가 입기를 내가 바란다.

139   자신의 영토 밖에 심어진 씨앗처럼,
       자연이 운명에 거역하면 자연히
       결과가 좋지 않다.

142   저 아래 세상이 자연이 닦아놓은
       바탕에 주의를 기울이고 따랐다면,
       좋은 사람들로 가득할 것이다.

145   그러나 너희는 칼을 차러 태어난 자를
       종교의 길로 잘못 강요하고, 설교할 자를
       왕으로 만드니,

148   너희의 발길은 길을 벗어났다.”

천국 9곡

1   당신의 샤를이, 아름다운 클레멘스여,[199]
나를 일깨운 후, 그의 씨가 받아야 할
기만들을 내게 알려주었다.[200]

4   그러나 그가 말했다. "말을 삼가하고, 세월이 흐르게 두어라."
그래서 당신들이 당한 피해에 응당한 대가를 치르는
눈물이 뒤에 흐를 것이라고만 내가 말할 수 있다.

7   그리고 벌써 그 신성한 빛의 삶은
그 어떤 것보다 더 충만한 선처럼
그를 다시 가득 채우는 태양으로[201] 향했다.

10   아, 기만 당한 영혼들이여, 텅빈 피조물들이여,
선한 것에서 마음을 돌려 헛된 것으로
너희의 눈길을 쏟고 있구나!

---

199 오스트리아 합스부르크의 클레멘스(1262-1293/5)도 남편 샤를 마르텔
과 거의 같은 시기에 죽었다.

200 "나로 인해 샤를과 루돌프로부터 태어난"(천국 8.71) 아들 샤를 로베르의
정당한 승계권이 이후 박탈당한다.

201 하느님.

13   그리고 이제 그 빛들 중 다른 하나가
       내게 다가왔고, 나를 기쁘게 하고자 하는
       그것의 바람이 밖으로 밝게 비치고 있었다.

16   내 위에 고정되어 있는 베아트리체의
       눈들이, 이전 처럼, 내 소망에 소중한
       승낙을 확인해 주었다.

19   "저, 어서 내 청을 들어 주시오.
       축성된 정신이여," 내가 말했다.
       "당신 속에 반사될 수 있는 내 생각을 보여주시오."

22   그러자 내게 여전히 새로운 그 빛은,
       먼저 노래하던 그 심오함에서,
       선행에 행복한 사람처럼 계속했다.[202]

25   "리알토 섬과 브렌타 강과 피아베 강의
       원천 사이에 자리한 타락한
       이탈리아의 땅의 저편에,[203]

---

202   하느님을 찬미하던 노래에서 순례자에게 선의를 보이는 말로 이어갔다.
203   오늘날 트레비조(Treviso) 주변의 영토로 중세에 마르카 트레비자나
      (Marca Trevigiana)로 불렸다.

28   높지도 않게 솟은 한 언덕에서
       내려온 한 횃불이
       전역에 커다란 공격을 가했다.[204]

31   한 뿌리에서 나와 그가 태어났다.[205]
       나는 쿠니차라 불렸다. 이 별의 빛에
       압도되었기에 여기서 나는 빛난다.

34   그러나 내가 내 자신의 운명의 원인에
       기꺼이 기뻐하고 슬퍼하지 않는 것을,
       속세의 너희가 이해하기 힘들 것이다.

37   우리 하늘에서 내게 가장 가까이
       빛나고 소중한 행복은,
       큰 명성을 남겼고, 그것이 사라지기 전에,

---

204 로마노(Romano) 언덕 위의 성에 살던 에첼리노 3세(Ezzelino III)의 폭
     정을 의미한다.
205 에첼리노 3세의 여동생. 소르델로와 (연옥 6.75) 같은 음유시인들과 사
     랑에 빠지고 결혼을 세번을 한 생의 말기에 마음을 하느님에게 돌린
     여인이다.

40   이 백주년이 다섯 번을 거듭할 것이다.[206]
        첫 번째 삶이 다른 삶을 남기도록[207]
        사람이 뛰어나야 함을 네가 본다.

43   탈리아멘토 강과 아디제 강의 울타리 안에[208]
        모여 있는 무리는 이것을 염두에 두지 않는다.
        채찍에도 회개하지 않는다.[209]

46   그러나 곧 의무에 반항하는 자들 때문에,
        비첸차를 적시는 물을
        파도바가 늪에서 바꿀 것이다.[210]

49   그리고 실레 강과 카냐노 강이 합쳐지는 곳에서
        고개를 치켜들고 다니며 통치하는 자가
        빠질 덫이 벌써 놓여 있다.[211]

---

206 당시 1300년 x 5 = 6500년.
207 한 생애가 명성을 남기도록.
208 마르카 트레비자나의 동서 경계를 만들던 강들.
209 불운에도 변하지 않는다.
210 황제를 대리하던 칸그란데에 대항해 싸우던 파도바의 퀠피인들이 비첸
     차 주변 늪의 물을 피로 물들일 것이다.
211 트레비조의 폭군 리차르도 다 카미노는(Rizzardo da Camino) 1312년에
     암살 당한다.

52   펠트로 또한 그 불경한 목자의 죄를
      한탄할 것이다. 더 불결한 죄로
      아무도 진흙 구덩이[212]에 빠지지 않을 것이다.

55   페라라의 피를 받을 통이
      너무나 커, 방울방울
      재는 자는 피곤할 것이다.

58   관대한 성직자가 자신의 당파에
      예의를 보이며 증여할 이 선물이
      그 지역의 삶에 어울릴 것이다.[213]

61   저 위에 거울들이 있다. 너희가 좌품천사들이라 부른다.
      그곳에서 심판하시는 하느님이 우리에게 빛나신다.
      그래서 이 말들이 좋게 들린다."

64   여기서 말을 멈춘 그녀는, 이전처럼
      바퀴를 따라 돌기 위해,
      내게서 돌아서는 것처럼 보였다.

---

212 칙칙한 지하 감옥.

213 궬피당의 페라라에서 도망쳐 왔으나 다시 보내져 처형당한 자들이 넘
     치도록 피를 흘리게 한 대주교의 더할 수 없는 잔인함에 펠트로가 한
     탄할 것이다.

67   내게 이미 소중한[214] 것으로 알려진
       또 다른 기쁨이 햇빛에 반짝이는
       순결한 홍옥으로 내 눈에 비쳤다.

70   저 위에서 기뻐하면, 빛난다.
       여기서 미소 짓듯이. 그러나 저 아래에서는,[215]
       슬픈 마음의 그림자가 밖으로 어둡게 나타난다.

73   "하느님이 모든 것을 보시고, 하느님 안에서
       당신이 봅니다." 내가 말했다. "신성한 정신이여,
       그래서 어떤 소원도 당신에게 숨길 수 없습니다.

76   여섯 날개의 수도복을 입은 경건한
       불꽃들의[216] 노래와 함께 끊임없이 하늘을
       기쁘게 하는 당신의 목소리로

79   내 청을 들어주렵니까?
       당신 안에 나처럼, 내 안에 당신이 들어있었다면,
       당신의 질문을 아직까지 기다리지 않았을 것입니다."

---

214 "소중한"(38).

215 지옥.

216 치품천사가 6개의 날개를 가지고 있다(이사야 6.2). 순례자를 위해 내려
     온 영혼들은 세라핌과 청화천에서 하느님을 영원히 찬미한다.

82   "세상을 에워싼 바다 밖으로,"[217]
        그의 말이 이내 시작되었다.
        "물이 가장 깊이 퍼진 계곡은,[218]

85   서로 맞선 해안들 사이에서[219] 해에 맞서
        흐르고 흘러,[220] 처음 수평선을 놓던 곳에
        자오선을 긋는다.[221]

88   토스카나인으로부터 제노바인을 나누며
        잠시 흘러가는 마그라 강과, 에브라 강 사이
        그 계곡의 해변가에서 내가 살았다.[222]

---

217 지중해가 에워싼 땅에서.

218 지중해가 지브롤터 해협에서 가장 깊은 계곡을 만드는 지상의 가장 서
     쪽 카디스.

219 유럽과 아프리카 해안 사이에서.

220 동쪽으로 흘러 예루살렘에 닿으면.

221 지상의 중심인 예루살렘이 서쪽 카디스에서 90도 떨어져, 정오인 예루
     살렘에서 해가 지는 카디스까지 6시간 정도 차이가 난다고 믿었다. 지
     중해가 90도 즉 지구의 4분의 1 (북반구의 서편) 안에 퍼져있다고 믿었다.

222 마르세이, 몽펠리에, 바르셀로나와 같은 이탈리아와 스페인 사이 지중
     해 해변가의 궁정들을 떠돌아 다니던 프로방스 시인이었다.

91   항구가 이미 피로 뜨거웠던,

        내가 태어난 땅은[223] 부지[224]와 거의

        같은 일몰과 같은 일출을 향해 놓여있다.[225]

94   내 이름을 알던 사람들이

        나를 폴코라[226] 불렀고, 이 하늘이,

        내게 한 것처럼, 나로 인해 새겨진다.

97   시카이우스와 크레우사에게 잘못한

        벨루스의 딸이,[227] 머리색이 변하기 전에[228]

        나보다 덜 불탔기 때문이다.

100   데모폰에 좌절한 로도페아도,[229]

        이올레를 마음에 품었던

---

223 기원전 43년에 브루투스(Brutus)가 침략하며 피바다를 만든 마르세이.
224 아프리카 알제리아(Algeria)의 부지(Bougie).
225 거의 같은 경도 위에 놓여있다.
226 폴케 드 마르세이(Folquet de Marseille, 약 1150-1231). 시인으로서 흠모
     하던 마르세이 자작 부인이 타계한 후 시토회 수도승과 이후 대주교가
     되어 십자군 원정에도 열정적으로 참여하였다.
227 아이네아스를 사랑하며 그의 죽은 부인과 자신의 죽은 남편에게 잘못
     한 디도.
228 흰머리가 되기 전 젊었을 적에.
229 로도페 산이 있던 트라케 왕의 딸 필리스(로도페아)가 그리스에서 돌아
     오지 않는 테세우스의 아들 데모폰을 그리다 스스로 목숨을 끊는다.

알키데스도[230] 마찬가지였다.

103   그러나 여기서는 기억으로 되돌아 오지 않는[231]
       죄를 뉘우치는 것이 아니라, 질서와 통찰의
       힘에[232] 기뻐하며 웃는다.

106   여기서는 거대한 사랑이 장식하는
       예술[233]을 들여다 보고, 저 위 세상이
       이 아래 세상을 되돌리는 것은 선임을 알게 된다.

109   하지만 이 하늘에서 생겨난
       너의 모든 갈망들을 풀고 가지고 가도록,
       내가 계속하겠다.

112   맑은 물속의 햇빛처럼
       여기 내 옆에서 반짝이는 이 빛 속에
       누가 있는지 네가 알고 싶어한다.

---

230 에우리토스 왕의 딸 이올라를 사랑하던 헤라클레스(알키데스가 본명)를
     잘못 알고 독이 묻힌 옷을 입힌 아내가 죽인다 (지옥 12.68-69).
231 레테강에서 씻긴.
232 하느님.
233 창조.

115   라합이 저 안에서 안식하고 있다.[234]

　　　 그녀가 우리 서열에 결합한 후,

　　　 최고의 빛을 발하고 있음을 명심하여라.

118   너희의 세상이 만드는 그림자가

　　　 한 점에 도달하는 이 하늘로,[235]

　　　 그리스도의 승리가 들어올린 첫 영혼이었다.[236]

121   하나와 또 다른 손바닥으로 얻은

　　　 고귀한 승리의 종려나무 잎으로서,[237]

　　　 그녀를 그 어떤 하늘에 남겨두어야 했다.

124   교황이 잘 기억하지 못하는

　　　 저 성지에서 여호수아가 이룩한

　　　 그 첫 번째 영광을[238] 그녀가 도왔기 때문이다.

---

234 "믿음으로 기생 라합은 정탐꾼을 평안히 영접하였으므로 순종하지 아
     니한 자와 함께 멸망하지 아니하였도다" (히브리서 11.31).

235 단테가 따르는 중세 아랍 천문학자 알프라가누스(약 800-870)는 지구
     그림자의 끝점이 금성까지 닿는다고 하였다.

236 그리스도가 손수 림보에서 금성으로 올린 첫 영혼이었다. 그래서 최고
     의 빛을 발하고 있다.

237 십자가에 못박힌 두 손으로 이룩한 승리의 상징 (종려나무). 그리스도의
     "손바닥"과 라합을 이르는 "종려나무" 둘다 이탈리아어로 "palma"로 동
     음이의어이다. 시인 폴케의 재능이 돗보인다.

238 성지 정복에서 이룩한 여호수아의 첫 번째 성공 (여호수아 2.1-21).

127   조물주에게 처음 등을 돌리고

       시기심으로 많은 사람을 울린 자가

       심은 너의 도시는[239]

130   목자를 늑대로 만들어

       양들과 어린 양들을 흩어지게 하는[240]

       저주 받은 꽃을 만들고 뿌린다.[241]

133   이 때문에 복음서와 교부들을

       방치하고, 교회법에만 집착하니[242]

       그 책들 가장자리가 닳아 보인다.

---

239 창조자를 저버리고 아담을 시기하고 유혹하여 인류를 오류에 빠뜨린
     루키페르가 심은 나무 같은 피렌체. 종려나무와 대조된다.
240 "양의 옷을 입고 너희에게 오는 거짓 예언자들에 주의하여라. 안에 게
     걸스러운 늑대들이 있다. 그들의 열매들로부터 그들을 알 수 있을 것이
     다 (adtendite a falsis prophetis qui veniunt ad vos in vestimentis ovium
     intrinsecus autem sunt lupi rapaces. A fructibus eorum cognoscetis eos)"
     (마태복음 7.15). 진정한 예언자들의 다른 겉모습들이 카를로, 쿠니차, 그
     리고 폴케를 통해 이곳 금성천에서 연출되고 있다.
241 당시 유럽에서 가장 강하던 피렌체의 주화 피오리노(fiorino)의 한 면에
     백합이 새겨져 있었다.
242 교회에서의 출세를 위해.

136   이것에만 교황과 추기경들이 몰두하며,
       가브리엘이 날개를 펼쳤던 나자렛을
       염두에 두지 않는다.

139   그러나 바티칸과, 베드로를
       따랐던 군대의 공동묘지로 선정된
       로마의 다른 곳들도[243]

142   곧 간음으로부터[244] 자유로워질 것이다."

____

243 성 베드로의 무덤 위에 세워진 바티칸과 성 베드로를 따랐던 순교자들
     이 묻힌 로마의 다른 신성한 곳들도.
244 그리스도의 신부인 교회가 금전을 갈구하게 하는 교황과 추기경들과
     목자들이 진정한 간음자들이다.

천국 10곡

1   한 분과 다른 분이 영원히 불어넣는
사랑으로[245] 당신의 아드님을 들여다보며,
처음이자 말로 표현할 수 없는 힘이[246]

4   정신과 공간을 통해 도는 모든 것을[247]
그와 같은 질서로 만들었으니, 그것을 바라보는
그는 그분을 감미하지 않고 있을 수가 없다.

7   그러니, 독자여, 나와 같이 눈을
들어올리시오. 저 높은 바퀴들[248] 쪽으로.
하나가 다른 움직임과 마주치는 바로 그쪽으로.[249]

10   그리고 자신 속에서 그렇게 사랑하여,

---

245 성령(사랑)은 성부(한 분)와 성자(다른 분)에서 나온다.

246 성부(힘)와 성자(아드님)와 성령(사랑)의 삼위일체가.

247 처음 천사들의 지성 속에서, 그리고 공간 속에서 영원히 도는 모든 하늘들.

248 영원히 도는 하늘들.

249 태양이 남반구에서 북반구로 이동하면서 태양의 이동경로인 황도가 천구적도와 교차하여 지구 북반구에 봄이 시작되는 춘분점.

그분이 눈을 절대 떼지 않는 그 거장의 예술을[250]
거기서 열망하기 시작하시오.

13   행성들을 지닌 비스듬한 원형이,[251]
그 별들을 부르는 세상에 답하려,[252]
거기에서 가지를 뻗는 모습을 보시오.[253]

16   그들의 길이 휘지 않았더라면,
하늘의 많은 영향력이 헛될 것이고,
여기 아래 거의 모든 가능성이 사라질 것이오.[254]

19   만약 바로 놓인 곳에서[255] 더나 덜 멀리
떨어졌다면,[256] 아래 위로[257]
세상의 질서가 아주 부족할 것이오.

---

250 사랑하는 창조주 안에서 살아 있는 창조물을.

251 해를 지닌 황도가.

252 지상의 사계절의 변화를 일으키며.

253 일치된 춘분점에서부터 천구 적도와 다른 가지를 뻗는, 즉 어긋나는 길로 가는 황도.

254 태양의 황도가 천구의 적도와 23.5도 어긋나지 않는다면, 지상의 사계절과 그것이 생물들에게 주는 영향력이 사라질 것이다.

255 비스듬하게 놓인 황도에 비해 바로 놓인 천구의 적도.

256 황도가 23.5도 이상이나 이하로 벌어져 있다면.

257 지구 남반구와 북반구.

22   이제, 독자여, 지치기 전에 매우 만족하려면,
     제자리에 머물러서,
     먼저 맛본 것을 깊이 생각해 보시오.

25   내가 당신 앞에 차려놓은 음식을 이제 당신 스스로 드시오.
     나를 필경사로 만든 그 주제가
     내 모든 관심을 끌고 있기 때문이오.

28   하늘의 힘을 세상에 새기고,
     그 빛으로 세상의 시간을 재는
     가장 위대한 자연의 운영자가[258]

31   위에서 기억하는 부분과
     결합하여, 매일 더 일찍 떠오르며
     나선들을 따라 돌고 있었다.[259]

34   그리고 내가 그와 함께 있었다. 그러나 올라온 것을
     미처 알아채지 못했다. 생각을 시작하기도 전에,
     벌써 와 있는 것을 알아채지 못하는 사람처럼.

---

258 해.
259 춘분점을 지난 해가 하루와 한 해의 두 움직임으로 나선 모양을 만들며
     매일 더 일찍 떠오르고 있었다.

37   좋은 곳에서 더 좋은 곳으로 이끄는
     베아트리체의 순간적인 동작은
     시간 속으로 스며들지 않는다.[260]

40   내가 들어가던 해 안에서 무언가가
     그 자체로 얼마나 빛나고 있었던지,
     색으로가 아니라, 빛으로 돋보였다.

43   내 재능과 기술과 경험을 다 불러 모아도,
     결코 상상할 수 있을 만큼 말할 수 없을 것이다.
     그러나 우리는 믿을 수 있고, 그것을 보기를 바란다.

46   우리의 환상들이 그와 같은 높이에 이르기에
     낮다고 해도 놀랍지 않다.
     해보다 더 높이 눈이 가본 적이 없기 때문이다.

49   그렇게 그곳에서 지고하신 어버지께서,
     어떻게 숨을 불어 넣고 어떻게 낳는지 보여주시며,
     네 번째 가족을 영원히 만족시키신다.[261]

---

260   시간 사이로 스며들 여유도 없는 순간적 동작으로 순례자를 이끄는 베
      아트리체.
261   삼위일체의 신비가 네 번째 하늘의 영혼들에게 영원히 드러나고 있다.

52   그리고 베아트리체가 시작했다. "감사드려라.
     천사들의 해에[262] 감사드려라. 그분의 은총이
     감각할 수 있는 이곳으로 너를 들어올렸다."[263]

55   하느님께 헌신하고 자신을 바치려는
     필멸자의 마음이 그의 모든 감사함에
     그렇게 빨리 전념한 적은 절대 없었다.

58   그녀의 말에 내가 그렇게 했던 것처럼.
     내 모든 사랑을 그분께 바쳐,
     베아트리체가 망각 속에 가려졌다.

61   그녀가 싫어하지 않았다. 대신, 그녀가 지은 미소가
     너무 밝아, 그녀의 미소 짓는 눈들이
     하나에 전념하던 내 마음을 더 많은 것으로[264] 나누었다.

64   내 눈에 눈부시게 살아 있는 많은 빛들이
     우리를 중심으로 빛의 왕관을 만드는 것을 보았다.
     그들의 목소리는 그들의 눈부신 빛보다 더 감미로웠다.

---

262   하느님.
263   순례자의 감각으로 경험할 수 있는 은총을 주셨다.
264   베아트리체의 미소도 하느님의 실체를 반사한다.

67   공기가 꽉 차서 선이 둘레가 되면,
        라토나의 딸이[265] 그렇게 둘러싸인 것을
        때때로 우리가 본다.[266]

70   그곳에서 내가 돌아온 하늘의 궁정에는
        그 왕국에서는 가지고 올 수 없는
        그런 귀하고 아름다운 보석들이 많이 있다.

73   그 빛들의 노래가 그런 보석들이었다.
        저 위로 날아오를 날개를 달지 않으면,
        벙어리로부터 소식을 기다리는 것이다.[267]

76   그렇게 노래하며, 그 불타는 해들이,
        양극에 가까운 별들처럼[268]
        우리 주위를 세 번[269] 돌고 난 다음에,

---

265   디아나, 즉 달.

266   달무리.

267   직접 올라가 듣지 않고 단지 전해 들을 수 없는 노래.

268   하늘 양극에 가까운 별들은 천천히 돈다. 중심에서 춤추지 않는 단테
      와 베아트리체를 가리킨다.

269   삼위일체를 상징한다.

79   춤을 멈춘 것이 아니라, 새로운 음들이
        그녀들을 다시 모을 때까지 가만히
        듣고 있는 여인들처럼 내게 보였다.

82   그리고 그중 한 분이 이렇게 시작하는 것을 들었다.
        "사랑하면서 불타오르고, 진실한 사랑에
        불을 붙이는 은총의 빛이,

85   여러 번 네 안에서 그렇게 빛을 발하며,
        다시 올라가지 않으면 아무도 내려가지 않는[270]
        계단을 따라 너를 위로 인도하니,

88   너의 갈증에 자신의 포도주를 따라 주지
        않으려는 자는 그 누구도, 바다로 흘러 내려가지
        못하는 물처럼 자유롭지 못할 것이다.

91   너를 하늘에서 굳건하게 하는 아름다운 여인을
        열망하며 에워싼 이 화환이
        어떤 꽃들로 장식되어 있는지 네가 알고자 한다.

94   나는 길에서 벗어나지 않으면 살이 잘 찌는
        그 길을 따라서 도미니쿠스가 이끄는

---

270 천국에 한 번 와 본 자는 다시 오지 않을 수가 없다.

그 성스러운 양 떼 중 한 양이었다.

97   내 오른쪽에 가장 가까운 이분은,
      내 형제요 스승이셨던, 쾰른의
      알베르투스, 그리고 나는 토마스 아퀴나스이다.[271]

100   다른 모든 분들에 대해서도 알고자 하면,
      내 말을 따라 눈으로 이 축복의 화환을
      돌아보면서 오너라.

103   저 다른 불꽃은 그라치아노의[272] 미소에서
      솟구친다. 천국을 기쁘게 할 정도로
      하나와 다른 법정을[273] 잘 도왔다.

106   우리의 성가대를 장식하는 그 다음 불꽃은,
      가난한 여인처럼 그의 보물을
      거룩한 교회에 바친 피에트로이다.[274]

---

271   도미니쿠스 수도사이자 중세 스콜라 철학자인 알베르투스 마그누스(약
      1200-1280)와 그의 제자 토마스 아퀴나스 (1225-1274).
272   카말돌리 수도사이자 교회법학자였던 프란체스코 그라치아노 (1160 이
      전 사망).
273   세속법과 교회법 혹은 교회법 내의 두 법들, 즉 징계와 참회의 법을
      가리킨다.
274   피에트로 롬바르도(약 1096 - 1160)가 누가복음(21.2)의 가난한 과부처럼
      그의 신학서를 하느님께 바친다고 썼다.

109   우리 사이에서 가장 아름다운 다섯 번째 빛은,
       그렇게 커다란 사랑을 불어넣어,[275] 저 아래
       온 세상이 그의 소식에 굶주리고 있다.[276]

112   그 속의 고귀한 정신에 주어진
       그렇게 심오한 지성만큼 큰 식견은,
       진리가 진리라면, 두번 다시 솟아오르지 않았다.[277]

115   바로 옆에 보이는 촛불 빛은
       저 아래 육신 속에서 천사의
       본질과 역할을 가장 깊숙이 들여다 보았다.[278]

---

275 중세 시대에 그리스도와 인간 영혼의 사랑 이야기로 해석된 아가서의
     저자로 여겨진 솔로몬 왕.

276 말년에 정욕에 빠진 솔로몬 왕(열왕기상 11.1)의 구원 여부에 대해 많은
     논란이 일고 있었다.

277 "내가 네 말대로 하여 네게 지혜롭고 총명한 마음을 주노니 네 앞에도
     너와 같은 자가 없었거니와 네 뒤에도 너와 같은 자가 일어남이 없으
     리라" (열왕기상 3.12).

278 〈천상적 위계에 관하여〉의 저자인 위(僞) 디오니시오스 아레오파기테
     스. 중세 시대에는 성경의 인물로 잘못 알고 있었다. "이에 바울이 그
     들 가운데서 떠나매 몇 사람이 그를 가까이하여 믿으니 그중에는 아레
     오바고 관리 디오누시오와 다마리라 하는 여자와 또 다른 사람들도 있
     었더라" (사도행전 17.34).

118   다른 자그마한 빛 속에는
       그리스도교 시대의 옹호자[279]가 웃고 있다,
       그의 라틴어 저서를 아우구스티누스가 제안하였다.

121   네가 내 찬양들을 따라 빛에서 빛으로
       네 정신의 눈을 이끌고 있다면, 이제
       벌써 여덟째 빛에 목타고 있을 것이다.

124   그에게 잘 귀기울이는 자에게
       거짓된 세상을 보여준 거룩한 영혼이
       모든 선을 보며 그 속에서 기뻐하고 있다.

127   혼이 쫓겨 나간 몸은 저 아래
       첼다우로에 뻗어 있고, 순교와 유배에서
       영혼은 이 평화에 이르렀다.[280]

---

279   성 아우구스티누스의 제자로 그리스도교의 역사적 의미를 긍정적으로
      평가했던 사학자 파울루스 오로시우스 (약 375/85-420).

280   보에티우스(약 480-524)의 유해는 파비아의 산 피에트로 인 첼 도로
      (San Pietro in Ciel d' Oro) 대성당에 안치되어 있다. 중세시대에 큰 영향
      을 끼친 그의 《철학의 위안(Consolatio Philosophiae)》이 보여준 "거짓된
      세상" (125), 즉 참된 영혼의 "유배지"에서 이교도에 의해 옥중에서 생
      을 마감하여 "순교자"로 여겨졌다.

130   더욱이 이시도루스, 비드, 그리고
       인간의 능력을 넘어 명상하던 리처드의
       뜨거운 정신이 불타는 것을 보아라.[281]

133   이로부터 네 눈길이 내게로 되돌아 오는
       빛은,[282] 그에게 죽음이 늦게 오는 것 같은
       고통으로 생각하던 한 영혼의 것이다.

136   지푸라기의 길에서[283] 눈에 거슬리는 진리를
       삼단논법으로 가르치던
       시지에리의 영원한 빛이다."[284]

139   하느님의 신부가[285] 신랑의 사랑을
       아침 찬가로 청하기 위해 일어나는 시각에
       우리를 부르는 시계가,

---

281 세비야의 주교이며 신학자였던 이시도루스 (약 560-636), 영국의 신학
     자 비드 (672/3-735), 파리 생 빅토르 수도원장이었던 스코틀랜드의 신
     학자 리처드 (1173 사망).
282 마지막으로 내 옆에 있는 빛은.
283 파리 대학의 철학과가 있던 거리.
284 이단적인 철학으로 죽음을 자초했던 (죽음이 늦게 오는 것 같은) 시제리우
     스 데 브라반티아 (약 1240-1284). 그의 이른 죽음의 정확한 원인은 알
     수 없으나, 이단으로 몰렸던 철학적 적의 영혼이 토마스와 함께 천국
     의 평화를 누리고 있다.
285 교회.

142   한쪽과 다른 쪽이 밀고 당기며,[286]
       딩동 하고, 진정 감미로운 소리를 내니,
       잘 준비된 정신이 사랑으로 부풀어 오르듯이,

145   그렇게 영광의 바퀴가[287] 움직이며,
       기쁨이 영원하지 않은 곳에서는 들을 수 없는
       감미로움으로 목소리와 목소리가

148   어울리는 것을 나는 보았다.

---

286 당시 새로 발명된 시계 바퀴들의 이빨들이 서로 부딪히며 밀고 당기
     는 듯한 모습.

287 영혼들의 원.

천국 11곡

1   오, 필멸자들의 무의미한 근심이여,
삼단논법이 얼마나 부족하면
너를 아래로 날갯짓하게 하는가![288]

4   누구는 법률을[289] 누구는 경구들을[290] 따르고,
누구는 사제직을 쫓고, 누구는
힘과 사기로 정치를 하러 갔고,

7   누구는 금전에 누구는 관직에,
누구는 육체의 쾌락에 빠져
지쳐버렸고, 누구는 게으름에 빠졌을 때,

10   이런 모든 것들에서 벗어난 나는,
저위 하늘 속에서 베아트리체와 함께
그토록 영광스럽게 환영을 받고 있었다.

---

288 짧은 생각으로 물질만능주의에 빠진 필멸자들. 천국 10곡의 시작과 정반대 방향으로 향한다.

289 세속법과 교회법.

290 히포크라테스 의학서 《경구들》.

13   각자가 전에 있던 원점으로
      되돌아간 후, 촛대의 초처럼
      모두 고정되어 빛나고 있었다.

16   먼저 내게 말했던 빛 속에서,
      그가 미소 지으며, 자신을 더욱 밝게 빛내며,
      시작하는 것을 내가 들었다.

19   "내가 그분의 빛으로 빛나듯이,
      그렇게 영원한 빛 속을 바라보며,
      네 생각들의 원인이 어딘지를 안다.

22   너는 의아해하며, 내가 한 말이
      네가 헤아려 알아들을 수 있는 언어로
      다시 설명되기를 바란다.

25   '거기서 살을 잘 찌운다'라고 거기서 먼저 말했고,
      '두번 다시 태어나지 않았다'라고 저기서 내가 말했다.
      여기서는 구별을 잘해야 한다.

28   세상을 다스리는 섭리가,
      그 어떤 피조물의 시야도 그 깊은 곳에
      가기 전에 잃고 마는 그 지혜로써,

31   높은 곡소리로[291] 외치며 축복된 피로

        맞이한 신부가[292] 행복을 향해

        나아갈 수 있도록,

34   자신을 확신하며 그분께 더욱 충실해지도록,

        여기저기서 그녀를 이끌도록 하기 위해,

        그녀를 위해 두 선도자를 지정했다.

37   한 분은 열정으로 온통 세라핌이셨고,

        다른 분은 지혜로 지상에서 빛나던

        케루빔의 빛이셨다.

40   한 분을 말하겠다. 어떤 한 분을 찬양해도,

        하나의 목표를 위해 일하신

        두 분 다를 말하기 때문이다.

---

291 "예수께서 다시 크게 소리 지르시고 영혼이 떠나시니라"(마태복음
     27.50).

292 교회: "여러분은 늘 자신을 살피며 성령께서 맡겨주신 양 떼들을 잘 돌
     보시오. 성령께서는 여러분을 감독으로 세우셔서 하느님께서 당신 아
     드님의 피로 값을 치르고 얻으신 당신의 교회를 보살피게 하셨습니
     다"(사도행전 20.28).

43   성 우발도가 선택한 언덕에서
      내려오는 물[293]과 투피노 강 사이에
      높은 산의 비옥한 산비탈이[294] 걸려 있다.

46   그곳의 해 대문으로부터 페루자는
      추위와 더위를 느끼나, 그 뒤에 있는
      노체라와 괄도는 무거운 멍에에 울고 있다.[295]

49   이 경사의 가파름이 가장 평탄해지는 곳에서,
      때때로 갠지스 강에서 생기는 것과 같이,[296]
      이 세상에 한 해가 태어났다.[297]

52   그래서 이곳의 지명으로
      '올랐다'는 준말이며,

---

293 대주교 우발도 발다시니(Ubaldo Baldassini, 1084-1160)가 은둔생활을
     하던 구비오(Gubbio) 위의 언덕 인지노(Ingino)에서 흘러내려오는 강 키
     아쇼 (Chiascio).

294 수바지오(Subasio) 산의 서쪽 산비탈.

295 페루자(Perugia)는 동쪽에 있는 해 대문 (Porta Sole)을 통해 해를 받으
     나, 반대편에 있는 노체라(Nocera)와 괄도(Gualdo)는 수바지오 산 그늘
     아래에 눌려있다.

296 춘분의 해가 뜨는 동쪽.

297 "해가 태어나는 곳에서 솟아 오르는 천사를 보았다 (et vidi alterum
     angelum ascendentem ab ortu solis)" (요한계시록 7.2).

'해가 오르는'이 본말이다.[298]

55   오른지 아주 오래 지나기도 전에,[299]
그의 큰 힘으로부터 이 땅이
일찍이 평안을 느끼기 시작했다.

58   죽음처럼, 아무도 반기는 문을
열어주지 않는 그런 여인을[300] 위해,
젊은 나이에, 아버지와의 전쟁 속으로 뛰어들어,

61   그의 정신적 법정 앞에서 그리고
그의 아버지 앞에서 그녀와 하나가 되어,[301]
그녀를 나날이 더 강렬히 사랑했다.

---

298   옛 토스카나 말로 "올랐다"(Acsesi)를 의미하는 아시시(Assisi)는 이 세상의 한 해이신 성 프란체스코가 태어나신 곳으로 "해가 오르는"(Oriente)이라는 본말의 준말이다.

299   25세에 자신의 소유물을 모두 버린다.

300   이탈리아어로 여성 명사인 "가난(la povertà)"이 한 여인으로 의인화 되었다.

301   아버지로부터의 상속을 포기하고 벌거벗은 채로 교회 앞에서 가난과 정신적 결혼을 했다.

64   첫 남편을 여읜 이 여인은,
       천백 년을 넘는[302] 경멸과 무시 속에서
       이분이 오실 때까지 반기는 이 없이 서 있었다.

67   온 세상을 두렵게 만드는 자의 목소리에도
       아미클라스와 함께 확신했던
       그녀에 대해 듣고도 못 듣는 척했다.[303]

70   마리아가 아래 머물렀던 그 십자가 위에서
       그리스도와 함께 울며, 그렇게 매번 같이
       매서웠던 그녀를 보고도 못 본 척했다.

73   그러나 내가 말을 너무 닫은 채[304] 진행치 않기 위해,
       지금까지 내가 펼쳐온 말 속에서 이 연인들을
       프란체스코와 빈곤으로 삼아라.

---

302 그리스도께서 돌아가신 34년부터 프란체스코가 가난을 선언한 1207
     년까지.

303 율리우스 카이사르도 두려워하지 않던 가난한 어부 아미클라스를 루
     카누스가 다음과 같이 묘사한다. "아, 가난한 삶과 좁은 집의 확실한 풍
     만함이여! 아, 신의 선물을 알지 못한다! 그 어떤 신전이나 성벽들이
     카이사르가 두드리는 손에 이처럼 떨지 않았던가? (O vitae tuta facultas
     pauperis angustique lares! o munera nondum intellecta deum! Quibus hoc
     contingere templis aut potuit muris nullo trepidare tumultu Casarea pulsante
     manu?)"(루카누스, 〈파르살리아〉 5.527-531).

304 말뜻을 숨긴 채.

76   그들의 화목과 그들의 행복한 모습들,
      사랑과 경이와 감미로운 시선은
      신성한 사색들을 그토록 자아내게 하여,

79   거룩한 베르나르도가 먼저 신을 벗고,[305]
      그와 같은 평화의 뒤를 달려도,
      그에게는 늦게만 보였다.

82   오, 외면된 부유여! 오, 무성한 선이여!
      에지디오가 신을 벗고 실베스트로가 신을 벗고,[306]
      신부가 너무 좋아, 신랑의 뒤를 따른다.

85   그리고 이미 겸손의 고삐를 맨[307]
      그 가족과 함께 그리고 그의 여인과 함께
      그 아버지이자 스승이 간다.

88   피에트로 베르나르도네의[308] 아들이라는 사실에도,
      놀라울 정도로 초라한 차림에도
      의기소침해져 고개를 숙이는 일은 없었다.

------

305   자신의 부를 가난한 자들에게 주고 성 프란체스코를 따랐던 첫 제자 베
      르나르도 디 퀸타발레 (Bernardo di Quintavalle 1241 사망).
306   더 많은 다음 제자들.
307   겸손의 표시로 짐승을 묶는 줄을 맨.
308   상인 아버지.

91   그러나 왕의 당당함으로 그의 단호한 의지를
        인노켄티우스에게[309] 펼쳤고, 그로부터
        그의 종교의 첫 승인을 받아내었다.

94   경탄의 삶이 하늘의 영광 속에서
        더 잘 찬송되는 그분 뒤로
        빈곤한 사람들이 불어나자,

97   이 목자의 성스러운 염원은
        영원한 성령에 의해 호노리우스를 통해[310]
        두 번째 왕관으로 둘러싸였다.

100   그리고 난 후, 순교에 대한 갈망으로,
        교만한 술탄이 있는 곳에서[311]
        그리스도와 그를 따른 이들을[312] 설교했다.

103   그리고 개종에 몹시 미숙한 사람들을
        발견하고 헛되이 안주하지 않으려고,
        이탈리아 풀밭의 열매로 다시 왔다.

---

309 교황 인노켄티우스 3세(재위 1198-1216)가 1210년에 구두로 승인한다.
310 교황 호노리우스 3세(재위 1216-1227)가 1223년에 프란치스코 수도회
     를 서면으로 승인한다.
311 이슬람을 개종시키기 위해 1219년에 성지로 갔다.
312 그리스도의 사도들과 신앙의 사람들.

106   테베레와 아르노 강 사이의 거친 바위산 속에서[313]
       그리스도로부터 받은 마지막 봉인을
       그의 사지에 이 년을 지니며 지냈다.[314]

109   그에게 그토록 큰 선을 위한 숙명을 내리신 분께서,
       그가 자신을 낮춤으로써 받아 마땅한 보상을 위해,
       그를 저 위로 기꺼이 끌어올리려 하실 때,[315]

112   그의 정통 후계자들인 형제들에게
       그의 가장 소중한 여인을 맡기며,
       그녀를 진심으로 사랑할 것을 당부하였다.

115   그녀의 품으로부터 그의 빛나는 영혼은
       그의 왕국으로 돌아가려 했으나, 그의 몸은
       그녀의 품과 다른 관을 원치 않았다.[316]

---

313 베르나(Verna) 산.

314 죽기 2년 전에 세라핌의 모습으로 나타나신 그리스도로부터 다섯 상
     처들을 몸에 입으셨다.

315 겸손의 보상으로 지상에서 하늘로 올라갈 때.

316 관도 없이 땅에 바로 묻히고자 하였다.

118   이제 베드로의 배를[317] 깊은 바다에서
       올바른 방향으로 지키기에 적합했던
       동료가[318] 누구였을지 생각해 보라.

121   바로 우리 교단의 창시자였다.[319]
       그가 명한 대로 그를 따른 자는
       좋은 짐을 실은 것을 네가 헤아릴 수 있다.

124   그러나 그의 양 떼는 새 풀을
       뜯어 먹으려 하니 사방천지로
       날뛰지 않을 수가 없다.[320]

127   그로부터 더 멀리 떠돌다 오는
       양들일수록, 더 텅 빈 젖으로
       양우리로 되돌아 온다.

130   피해가 두려워 양치기에게
       매달려 있는 양들마저, 너무나 적어,
       적은 천으로 그 수도복들을 장만한다.

---

317   교회.
318   성 프란체스코의 동료.
319   성 도미니쿠스.
320   창시자와 다른 뜻을 따라 멀어지고 있다.

133   내 말이 희미하지 않다면,
        네 주의를 기울여 들으면,
        한 말을 다시 잘 생각해 보면,

136   네 소망이 부분적으로 만족될 것이다.[321]
        나무가 쪼개져 나간 곳에서
        바로 잡으려고 논한 것을 볼 것이기 때문이다.

139   '산만히 흩어지지 않으면, 이곳에서 살찌리라.'"[322]

---

321 첫 구절에 대한 의문이 풀렸을 것이다.
322 성 프란체스코를 찬양한 후, 도미니쿠스 수도회를 비판하는 도미니쿠
     스 수도승 성 토마스 아퀴나스의 자신을 낮추는 겸손함을 볼 수 있다.

천국 12곡 목차 (태양천)

1-21: 두 원들이 둘을 둥글게 맴돈다.
22-36: 다른 빛이 다른 선도자를 찬미하기 시작한다.
37-45: 두 선도자들의 은총
46-78: 도미니쿠스의 탄생과 어린시절
79-111: 교의와 의지와 사명으로 승리한 전차의 두 바퀴들 중 하나
112-126: 프란치스코 수도회의 비판
127-145: 보나벤투라가 두 번째 원 안의 열두 성인들을 소개한다.

천국 12곡

1   축복된 불꽃이 마지막 말을
      마치자마자, 신성한 맷돌이
      돌기 시작했다. 그리고

4   그 돌기가 다 끝나기도 전에
      다른 원이 그 원을 감싸며 돌았다.
      춤이 춤에 노래가 노래에 어우러졌다.

7   빛이 그 반사를 압도하듯이,
      그 감미로운 나팔 속의 노래는
      우리의 뮤즈와 세이렌을 초월했다.[323]

10   헤라가 제 시녀에게[324] 주문하면,
      똑같은 색의 두 무지개가 나란히
      희미한 구름들 속에서[325] 생기고,

---

323 그들의 노래는 우리의 뮤즈를, 나팔소리는 세이렌을 초월했다.

324 무지개를 상징하는 여신으로 신들, 특히 헤라(유노)의 전령.

325 비가 그칠 때.

13   햇볕에 증발된 수증기처럼
      사랑으로 떠도는 그녀의 말소리에 따라[326]
      안에서 밖으로 울려퍼져 나오며,

16   하느님이 노아와 맺은 계약으로 말미암아,
      홍수로 다시는 잠기지 않을 세상을
      사람들에게 미리 알리는 것처럼,[327]

19   그 무궁한 장미들로 이루어진 두 화환이
      바깥쪽 화환이 안쪽 화환에 화답하며,
      우리를 둥글게 맴돌았다.

22   행복하고 온화한 빛과 빛의
      불꽃놀이와 노래 소리의
      환희와 다른 커다란 축제가,

25   마치 두 눈이 원하면 같이
      감고 떠야하는 것과 같이,

---

326 나르키소스로부터 되돌려 받지 못한 사랑에 소진된 요정 에코의 뼈
    는 바위가, 목소리는 메아리가 되었다 (오비디우스, 《변신》 3.339-510).
327 "내가 너희와 언약을 세우리니 다시는 모든 생물을 홍수로 멸하지 아
    니할 것이라 땅을 멸할 홍수가 다시 있지 아니하리라 . . . 내가 내 무
    지개를 구름 속에 두었나니 이것이 나와 세상 사이의 언약의 증거니
    라" (창세기 9.11-3).

한마음으로 한순간에 잠잠해지자,

28   새 빛들의 한 중심에서
      목소리가 들려와, 별을 가리키는 바늘처럼[328]
      나는 그곳으로 돌아섰다.

31   그리고 들리기 시작했다. "나를 아름답게 하는 사랑이
      이곳에서 나의 길잡이를[329] 찬미하게 하는
      다른 길잡이에[330] 대해 말하도록 나를 이끈다.

34   하나를 위해 투쟁했던
      한 분과 다른 분의 영광이
      함께 빛나게 모시는 게 당연하다.

37   그런 대가를 치르고,[331] 다시 무장한
      그리스도의 군대가 그 깃발 뒤에서
      더디게 두렵게 드물게 움직일 때,

---

328 북쪽을 가리키는 나침반 바늘처럼.

329 성 프란체스코.

330 성 도미니쿠스.

331 그리스도의 죽음.

40   응당해서가 아니라, 오직 은총으로,
        항상 보살피시는 황제께서,
        의심에 빠져있던 군사들에게 제공하시어,

43   말한 바와 같이, 그의 신부를 도우셨으니,
        두 투사의 말과 행동으로
        길 잃은 백성들을 다시 모우셨다.

46   유럽을 갈아입히는 새 잎을
        열기 위해 감미로운 서풍이[332]
        일어나는 그쪽에,

49   때때로, 길게 불타던 해가
        모든 사람에게서 숨어버리는 곳,
        그 파도가 치는 곳에서 멀지 않은 곳에,[333]

52   사자가 아래 위로 놓여 있는

---

332 서쪽에서 불어오는 봄바람 (Zefiro): "봄이 영원했고 잔잔한 서풍이 씨
     도 없이 자란 꽃들을 따뜻한 바람으로 어루만져 주고 있었다 (ver erat
     aeternum, placidique tepentibus auris mulcebant zephyri natos sine semine
     flores)" (오비디우스, 《변신》 1.107-8). 천국 11곡에서 동쪽에서 떠오르는
     해가 성 프란체스코였다.

333 하지에 길게 불타던 해가 지고 사람들이 더이상 살지않는 유럽의 서쪽
     끝 대서양에서 멀지 않은 곳에.

커다란 방패의 보호 아래[334]

행운의 칼라로가가 자리잡고 있다.

55   그 속에서 그리스도의 신앙을 사랑하는

      연인이자, 아군에게 후하고 적에게 엄했던

      성스러운 용사가 태어났다.

58   그가 창조되자, 그의 정신은

      살아 있는 힘으로 가득 채워져서, 이미

      어머니의 태중에서, 그녀를 예언자로 만들었다.[335]

61   서로의 구원을 예물로 준 곳인

      신성한 샘에서 그와 신앙 사이의

      혼례가 치뤄진 후,[336]

64   그를 위해 동의했던 여인은

      그와 그의 후계자들로부터 생겨 나올

      경이로운 열매를 꿈속에서 보았다.[337]

---

334 카스티야 왕국 안에.

335 성 도미니쿠스의 어머니가 태몽에서 검고 흰색의 개가 입에 문 횃불
     로 세상을 불지르는 것을 보았다고 전한다. 도미니쿠스 수도복이 검정
     색과 흰색을 띤다.

336 세례.

337 대모는 꿈에서 성 도미니쿠스의 이마에서부터 온 세상을 비추는 별을

67   그리고 그가 실제로 그러한 존재임이 성명에
        들어 있도록, 그가 온전히 속해 있는 분의 소유격으로
        그를 부르기 위해 이곳에서 성령이 내려갔다.

70   도미니쿠스라 불렸다.[338] 그리고 나는
        그리스도께서 당신을 도와 당신의 밭을 갈라고
        농부로 택하신 그분에 대해 말한다.

73   그리스도께서 보내신 참다운 일꾼으로,
        그가 보여준 첫사랑은
        그리스도께서 주신 첫 권고에 대한 것이었다.[339]

76   '나는 이를 위해 왔다'라고 말하듯이,
        땅에서 말없이 깨어있는 것을
        번번히 유모가 발견했다.[340]

79   오, 진정한 행복이신 그의 아버지!
        오, 진정한 은총이신 그의 어머니,
        부르는 이름이 번역된 바대로의 뜻이라면!

보았다 전한다.

338 "도미니쿠스"(Dominicus)는 "하느님의" 라는 뜻을 지닌다.

339 첫 번째 복음적 권고인 가난.

340 말도 못하던 아기였을 때부터도 사치적인 침대에서 나와 청빈한 땅바
    닥을 선호했다.

82   오스티아 사람과 타데오의 뒤를 모두가
        애써 쫓는 세상을 위해서가 아니라,
        진정한 양식을 추구하기 위해,[341]

85   짧은 시간 내에 위대한 학식을 얻어,
        지키는 사람이 썩어 빠지면 시들어 버리는
        포도밭을 돌며 돌보았다.

88   가난하고 정직한 사람들에게 자비로웠던,
        자리가 아니라 자리를 차지한 자 때문에
        타락한 그 자리에,

91   여섯 대신 둘이나 셋을 베푸는 것이 아니라,
        첫 번째로 빈 자리의 행운이 아니라,
        '하느님의 가난한 자들의 것'인 십일조가 아니라,[342]

341   오스티아(Ostia)의 주교와 추기경이었던 엔리코 디 수사(Enrico di Susa)
        와 볼로냐의 타데오 페폴리(Taddeo Pepoli)가 쓴 교회법 책들에만 전념
        하며 교회와 세상에서 출세하기 위해서가 아니라, 천상의 지혜를 사
        랑하여.
342   자리와 금전의 이익을 탐하며 부족한 자비를 베풀기 위해서가 아니라.

94   헤매는 세상에 대항해 싸울 허락을
      그가 요구했다.[343] 너를 에워싸고 있는
      스물네 그루의 나무의[344] 씨앗을 위해서였다.

97   그 후, 교의와 의지와 함께,
      사도의 사명으로, 높은 산에서
      내리치는 급류처럼 움직였고,

100   저항이 크면 클수록 더욱 세차게,
      이단의 덤불들을 강타하며
      거세게 몰아쳤다.

103   그로부터 여러 강들이 생겨나,
      카톨릭의 밭에 물을 대니
      어린 나무들이 무럭 무럭 자란다.

106   거룩한 교회가 그 속에서 자신을 방어하고,
      내전의 전투에서 승리하는 데 쓰인
      이륜 전차의 한 바퀴가 그러했다면,

───────

343   도미니쿠스 수도회의 승인을 교황에게 물었다.
344   스물네 성인들.

109   내가 오기 전에 토마스가

        그토록 호의를 보인 다른 바퀴의

        훌륭함 또한 네게 아주 확연할 것이 분명한다.

112   그러나 바퀴의 가장 높은 자리가

        남긴 궤적이[345] 방치되어,

        잔여물이 있는 자리에 곰팡이가 핀다.[346]

115   그의 발자국을 똑바로 따라가던

        그의 가족의 발들이 너무나 뒤틀려,

        앞뒤가 바뀌어 움직인다.

118   허나, 가라지가 곡창에서 뽑혀나가며

        한탄할 때, 나쁜 경작의

        수확을 곧 보게될 것이다.[347]

---

345 가장 높고 고귀했던 분의 흔적.

346 좋은 포도주를 만드는 포도주 병 안에 쌓이는 잔여물 대신 포도주를
     썩게하는 곰팡이가 그곳에 핀다. 방치된 남은 자국이 썩는 것과 같다.

347 "둘 다 추수 때까지 함께 자라게 두라. 추수 때에 내가 추수꾼들에게 말
     하기를 가라지는 먼저 거두어 불사르게 단으로 묶고 곡식은 모아 내 곳
     간에 넣으라 하리라" (마태복음 13.30).

121   우리 책을 한 장 한 장 들춰보면,
       아직 '나는 예전 그대로이다'라고 읽을 수 있는
       쪽을 발견하리라 본다.[348]

124   그러나 카살레에서도 아쿠아스파르타에서도
       아닐 것이다. 하나는 계율에서 멀리 도망치고,[349]
       다른 자는 계율을 질식시키려 온다.[350]

127   큰 관직에서도 항상 왼쪽의 근심을
       제쳐놓았고, 반뇨레조에서 온
       보나벤투라의 삶이 나이다.[351]

130   처음에 맨발에 가난했고,

---

348 처음처럼 아직 변함없는 프란치스코 수도승들을 기록에서 찾아볼 수
     있을 것이다.
349 교황 보니파티우스 8세의 정치에 참여했던 추기경 마태오 다쿠아스파
     르타 (Matteo d'Acquasparta, 1240-1302).
350 계율을 지나치도록 엄하게 지키려 했던 프란치스코 수도승 우베르티노
     다 카살레 (Ubertino da Casale, 1259–1329).
351 왼쪽의 근심은 아쿠아스파르타에서 온 자의 정치적 관심과 같은 것으
     로, 반뇨레조(Bagnoregio) 출신 보나벤투라(1221-1274)의 삶은 하느님
     의 오른쪽 일에만 전념했다. 1257년 프란치스코 수도회를 두 양극 사
     이에서 중재하며 이끌었다. 토마스 아퀴나스와 함께 파리 대학에서 신
     학을 가르쳤고, 토마스가 천국 11곡에서 찬양한 성 프란체스코의 생애
     는 성 보나벤투라의 글에 바탕한다.

고삐[352] 안에서 하느님과 벗이 된

일루미나토와 아우구스틴이 여기에 있다.[353]

133   그들과 함께 생 빅토르의 위그,[354] 피에로 만자도레,[355]

그리고 저 아래 열두 권의 책 속에서 빛나는

피에로 스파노가 여기에 있다.[356]

136   예언자 나탄,[357] 대주교

크리소스토모스,[358] 안셀무스,[359] 그리고

첫 번째 학문에 손수 손댄 도나투스,[360]

---

352   천국 11.85.

353   성 프란체스코의 첫 제자들 (Illuminato e Augustin). 다른 세 첫 제자들은
천국 11곡에서 언급되었다.

354   신비주의 신학자 위그 드 생 빅토르 (Hugues de Saint-Victor, 약 1097-
1141).

355   프랑스 신학자 페트루스 코메스토어 (Petrus Comestor, 1178 사망). 라틴
어 "Comestor"가 프랑스어 "Mangeur" 그리고 이탈리아어 "Mangiadore"(
먹는 사람)로 번역되어 그의 게걸스러웠던 학구열을 비치는 별명이 되
었다. 파리 대학에서 신학을 가르쳤고 생 빅토르 대수도원에 묻혔다.

356   12권의 논리학 책으로 널리 알려진 리스본 (Spano) 출신 교황 요하네스
21세 (재위: 1276-1277). 학자로서 유일하게 천국에 있는 교황.

357   다윗 왕이 솔로몬을 왕으로 삼게 만든 예언자 (열왕기상 1).

358   웅변술에 능해 "금칠의 입"을 뜻하는 그리스어 (Χρυσόστομος) 이름을
지녔던 콘스탄티노플의 대주교. 궁정의 부정부패를 비판한 후 망명길
에서 사망했다.

359   캔터베리의 대주교였던 베네딕토 수도승 (1033/4-1109).

360   중세 일곱 학문들 중 첫 학문인 문법학의 교과서 <Ars Gramatica>를 쓴

139   라바누스가[361] 여기에 있고, 옆에서
        나를 비치고 있는 이는 예언의 천재적 정신,
        칼라브리아 생 수도원장 조바키노이다.[362]

142   이 용감한 용사를[363] 찬사하도록
        토마스 형제의 뜨거운 호의와
        분별있는 언어가[364] 나를 움직였다.

145   그리고 나와 더불어 이 동료들을 움직였다."

        4세기 로마 학자 아우렐리우스 도나투스 (Aurelius Donatus).

361   백과사전을 집필했던 베네딕토회 수도승 라바누스 마우루스 (Rabanus
        Maurus, 약 780-856).

362   지상에서 이단으로 간주되었던 시제리우스가 천상에서 토마스 옆에
        있듯이, 이단적 예언자였던 조아키노 다 피오레(Gioacchino da Fiore,
        1130-1202)가 성 보나벤투라 옆에 있다.

363   성 도미니쿠스.

364   성 프란체스코를 찬미한 도미니쿠스 수도승 성 토마스의 호의와 언어.

천국 13곡

1   내가 그 때 본 것을 잘 이해하길 원한다면,
상상해 보라. 그리고 내가 말하는 동안,
흔들리지 않는 바위처럼, 그 상상을 꼭 붙잡아라.

4   이곳저곳 하늘에 흩어져 있는
열다섯 개의 별들이 너무나 밝아[365]
공기 중의 그 어떤 탁한 것도 관통해 비친다.

7   밤낮으로 우리 하늘 품에 머물러
손잡이를 돌려도 사라지지 않는
그 수레를 상상해 보라.[366]

10   첫 번째 바퀴가 그 주변을 도는,
줄기의 그 끝에서 시작하는
나팔의 입을 상상해보라.[367]

---

365 북반구와 남반구에 흩어져 있는 15개의 가장 크고 밝은 별들을 프톨레마이우스와 알프라가누스가 언급한다.

366 북반구에서만 맴도는 북두칠성 혹은 큰 곰자리 혹은 수레.

367 원동천이 (첫 번째 바퀴가) 북극성 (줄기의 그 끝) 주변을 도는 나팔의 (작은 국자 혹은 작은 곰자리) 입, 즉 사각형의 국자를 만드는 별 4개 중 줄기로부터 더 떨어져 있는 별 2개. 작은 곰자리의 가장 밝은 두 별들.

13   그들이 하늘의 두 별자리가 되었다.
      미노스의 딸이 죽음의 한기를 느끼며
      숨을 거둘 때 생긴 별자리와 같았다.[368]

16   하나가 다른 별자리 속에 빛을 비쳐 별들이 반짝인다.
      하나가 먼저 가고 다른 하나가 나중에 가는 방식으로
      둘 다 돌고 있다.[369]

19   진실의 별자리와 두 겹의 춤의
      그림자가[370] 내가 있던 지점을
      맴돌던 것을 떠올릴 수 있을 것이다.

22   다른 모든 것보다 더 빨리 움직이는 하늘이
      키아나 강의 움직임을 앞질러가는 것만큼,
      우리의 경험을 그만큼 넘어서기 때문이다.[371]

---

368 테제우스에게 버림받고 슬퍼 죽은 아리아드네의 왕관이 북쪽 왕관자
     리가 되었다는 오비디우스의 《변신》(8.169-182) 이야기로부터 단테는
     아리아드네가 왕관자리가 되었다고 변경시킨다.
369 반대 방향으로 돌면 같은 곳에 다르게 이른다.
370 가려진 진실의 그림자.
371 늪지대를 지나 천천히 흐르는 강물(키아나)과 결코 비교될 수 없이 더
     빨리 움직이는 원동천처럼, 우리의 상상을 진실의 별자리는 훨씬 초
     월한다.

25   그곳에서 바코스도 파이안도[372] 아니라,

        신의 본질 속의 세 위격과

        한 인격 안의 신성과 인성을 노래했다.[373]

28   노래와 춤을 맞추어서 마치자,

        그 신성한 빛들이 우리에게 주의를 쏟았다.

        이런 저런 일을 살피며 기뻐했다.[374]

31   하느님의 가난한 자의 경이로운 삶을

        내게 들려주었던 그 빛이[375]

        신성한 화음 사이의 정적을 깨고

34   말했다. "한 볏집이 타작되어,

        그 알곡을 거두고 나니,

        달콤한 사랑이 나를 다른 타작으로 초대한다.[376]

37   온 세상이 대가를 치루는 맛을 본

        그녀의[377] 아름다운 뺨을 만들기 위해

---

372 아폴로.

373 삼위일체와 그리스도의 신적 인간적 본성.

374 하느님을 위한 찬양의 춤과 노래와 인간을 일깨우는 일과 말.

375 성 프란체스코의 삶을 말해주던 성 토마스 아퀴나스.

376 두 번째 구절을 해명해줄 말을 하겠다.

377 이브.

갈비뼈를 빼낸 그 가슴 속에,

40   어떤 죄의 무게도 압도하며,
        이전과 이후를 흡족히 만족시키기 위해,
        창에 뚫린 그 가슴 속에,

43   인간 본성에 허락된
        모든 빛을 그 힘이 불어넣어
        하나와 다른 이를 만들었다고 너는 믿는다.[378]

46   그래서 네가 내가 위에서 다섯 번째
        빛 안에 깃들어 있는 선에 버금가는
        두 번째가 없었다고 한 말에 놀라워한다.

49   이제 내 대답에 눈을 떠라.
        네 믿음과 내 말이 원의 중심처럼
        진리와 일치함을 볼 것이다.[379]

52   죽지 않는 것도, 죽을 수 있는 것도 모두,
        우리 주님께서 사랑하시며 낳으신
        그 말씀의 빛이 아닐 수가 없다.[380]

------

378 하느님이 아담과 예수를 가장 지혜롭게 창조하셨다고 믿는다.
379 하나밖에 없는 원의 중심과 진리.
380 삼위일체의 창조.

55   살아 있는 그 빛은 빛에서 나와,
빛으로부터도, 셋을 하나로 만드는 사랑으로부터도
나뉘지 않는다.[381]

58   자신은 영원히 하나로 남으면서,
아홉 실체들[382] 속에서 거울에 반사된 것처럼
자비롭게 자신의 빛을 모은다.

61   하늘에서 하늘로[383] 저 아래 잠재된 것들까지,
그렇게 내려가면서, 마침내
짧고 우연적인 것들만을 만든다.

64   하늘이 움직이며 씨로[384] 혹은 씨 없이[385]
생기게 하여 생성되는 것들이
이 우연적인 것들로 이해된다.

67   그들의 밀랍과 그것을 찍어내는 것이
한결같지 않아, 신성한 표시 아래에서

---

381 성자는 성부와 성령에서 나뉘어질 수 없다.
382 삼위일체가 창조한 천사들의 아홉 품들.
383 하느님이 직접 창초한 하늘들.
384 동물이나 식물.
385 광물이나 미생물.

빛이 많게 적게 스며 나온다.[386]

70 그래서 같은 종류의 나무도,
   더 좋거나 더 나쁜 열매를 맺고,
   너희도 다른 재능을 타고 난다.

73 밀랍이 무르고
   하늘의 힘이 최고에 달할 때
   찍힌 것의 빛은 완전하게 드러날 것이다.

76 그러나 자연이 그 빛을 항상 불완전하게 주조한다.
   손을 떠는 재능있는 예술가와
   비슷하게 작업하기 때문이다.

79 하지만 첫 힘의 맑은 시야를
   뜨거운 사랑이 마련해 찍으면
   거기서 완벽함이 성취된다.[387]

82 그렇게 흙은 한때 완벽히 살아 있는
   존재에 존엄하게 준비되었고,
   그렇게 동정녀께서 잉태하셨다.[388]

---

386 물질과 형식의 다양성에 따른 신성함의 차이.

387 성부(첫 힘)와 성자(맑은 시야)와 성령(사랑)의 완벽한 창조.

388 삼위일체가 창조한 아담과 예수.

85   그래서 그 두 사람의 인간적 본성이 두 번 다시
      존재한 적도 없고 앞으로도 없으리라는
      너의 의견을 내가 존중한다.

88   여기서 내가 더 진전하지 않는다면,
      '그러면, 어떻게 저 자는 견줄 자가 없었는가?'라고
      네 말이 시작할 것이다.

91   그러나, 보이지 않는 것이 잘 보이도록,
      그가 누구였는지, '물어라'라고 들었을 때,[389]
      그가 묻게된 동기가 무었이었을지를 생각해 보아라.

94   그가 왕이었고, 왕에게 충분한 지혜를
      구한 것을 네가 잘 알지 못할 정도로
      내가 말하지 않았다.

97   여기 위에서 움직이는 이들의 수를[390] 알고자,
      또는 필연과 우연이 결합하여 필연을 이루는지도[391]
      알고자 묻지 않았고,

---

389   열왕기상 3,5-12.
390   천사들의 수를 묻는 형이상학.
391   논리학.

100 원동자의 존재를 인정할 것인지도,[392]
반원 안에 직각이 없는 삼각형의
형성이 가능한지도[393] 묻지 않았다.

103 그러니, 내가 말한 것과 이것을 유념하면,
내 의도의 화살이 맞히는 곳에서
비길 데가 없는 통찰력은 왕의 지혜이다.

106 '솟아올랐다'에 네 맑은 눈을 돌리면,
많으나 드물게 선한 왕들만을 가리킨 것을
네가 알 것이다.

109 내 말을 이렇게 분별있게 들으면, 그것이
첫 아버지와 우리가 사랑하는 분에[394] 대한
너의 믿음과 함께 있을 수 있다.

112 이것이 항상 네 발목을 잡는 납덩어리가 되어,
네가 분별할 수 없는 예나 아니오에 대해
지친 사람처럼 너를 천천히 움직이게 하라.[395]

---

392 물리학.

393 기하학.

394 아담과 예수.

395 진실을 식별할 때 신중해야 한다.

115   이 발 저 발 분별없이
긍정하고 부정하는 자가
어리석은 자들 중 가장 깊이 떨어진 자다.

118   틀린 쪽으로 뛰어가는 의견이
번번히 더 틀어지고 나면,
감정이 이성을 묶어버리기 때문이다.

121   기술 없이 진리를 낚으려는 자가
부질없이 바닷가를 떠난다.
떠날 때보다 더 못해서 돌아오기 때문이다.

124   가면서 어딘지 몰랐던
파르메니데스, 멜리수스, 브리소와 많은 이들이
세상에 널린 증거들이다.[396]

127   성서의 바른 얼굴을 비뚤게 비치는
칼날들과 같았던 사벨리우스와 아리우스와[397]
그 어리석은 자들도 마찬가지였다.

---

396 그들의 잘못된 출발점과 논리를 아리스토텔레스가 비판한 그리스 철
     학자들과 수학자.
397 삼위일체와 그리스도의 신적 본질을 부정했던 그리스도교 초대 이단
     자들.

130 게다가, 채 익기도 전에 밭의 수확량을
재는 자들처럼, 사람들이 그렇게 심판을
지나치게 자신해서도 안 된다.

133 왜냐하면, 겨울 내내 앙상하고
가시투성이던 가지 끝에 끝내
맺히는 장미를 내가 보았고,

136 항로 내내 바다를 곧고 빠르게
달리던 배가, 항구에 들어설 마지막에
침몰하는 것을 보았기 때문이다.

139 베르타 부인과 마르티노 씨가[398]
한 사람은 훔치고 다른 사람은 헌납하는 것을 보면서,
하느님의 뜻을 들여다 본다고 믿지마라.

142 한 사람은 솟아오르고 다른 사람은 떨어질 수 있기 때
문이다."

---

398 아무나.

천국 14곡

1 가운데에서 가장자리로, 가장자리에서 가운데로
   둥근 그릇 속의 물이 움직인다.
   밖에서 또는 안에서부터 흔들리면서.

4 갑자기 내 마음속에 내가 말하는 이 모양이
   떠올랐다. 토마스의 영광스러운 삶에
   정적이 흐를 때였다.

7 그에 연이어 기꺼이 말을 시작하는
   베아트리체와 그의 말하는 모습이
   수면에 이는 같은 물결들을 연상시켜서였다.[399]

10 "목소리도 없이, 아직 생각도 없이,
   그대들에게 아무 말도 없이,
   그는 다른 진리의 뿌리로 가야하오.[400]

---

399 베아트리체는 원의 중심에서 토마스는 원 둘레에서부터 서로 담화를
   주고 받는 조화로운 모습.

400 단테가 아직 생각지도 말하지도 않은 의문의 답을 그가 필요로 하오.

13   그대들의 실체를 피어나오게 하는 빛이
        그대들과 지금처럼 영원히 남아 빛날지
        그대들이 그에게 말해주시오.

16   남는다면, 그대들이 가시적인 존재가 된 후에
        어떻게 그 빛이 보는 데 방해할 수 없는지
        그대들이 말해보시오.”

19   최고의 환희에 떠밀리고 끌려 돌면서,
        고조된 목소리와 신속한 동작으로
        때때로 춤추는 것처럼,

22   즉시[401] 정성을 다한 말에
        되돌아와 도는 성인들의
        놀라운 화음은 새로운 행복을 발했다.

25   저 위에서 살기 위해 죽는 것을
        슬퍼하는 자는 영원한 빗물에
        젖은 저곳의 신선함을 보지 않는다.

28   언제나 살아 있으며, 셋 안에서 둘 안에서 하나 안에서
        언제나 다스리는, 저 하나이자 둘이며 셋인 분은

----

401 토마스가 말을 마치자마자 베아트리체가 한.

둘러싸이지 않고 모든 것을 둘러싼다.[402]

31   세번씩 모든 영혼들의 한 분 한 분이
      그 어떤 공적에도 마땅한 보상이 될
      그런 선율로 노래했다.

34   작은 원에서 가장 밝게 빛나는 빛에서
      나지막한 목소리를[403] 내가 들었다. 그렇게
      아마 마리아가 천사에게서[404] 들었을 것이다.

37   그가 대답했다. "천국의 축제가
      지속하는 한, 우리의 사랑도
      그 옷을 두르며 빛날 것이다.[405]

40   빛의 밝기는 열정을 따르고,
      열정은 시야를 그리고 그것은
      자신의 미덕을 넘어 은총을 따른다.

---

402   삼위일체의 하느님.

403   솔로몬.

404   가브리엘.

405   베아트리체의 첫째 질문에 긍정적으로 답한다. 영혼들이 사랑으로 발
      하는 빛은 천국과 함께 영원히 빛난다.

43   신성하고 영광스러운 육체를 다시 입은
        우리 사람들은 온전히 존재하며
        더 많은 은총을 받게 될 것이다.

46   최상의 선이 자비롭게 베풀고
        그를 보게 해주는 빛이
        그리하여 더욱 강해질 것이다.

49   그러면 시야가 커지고
        시야로 불타오르는 열정이 더 흘러넘쳐
        거기서 나오는 빛이 증가하기 마련이다.

52   그러나 숯에 살아 있는 백열이
        숯의 불꽃보다 더 뜨거워
        숯의 모양을 지키듯이,

55   이렇게 우리를 돌며 피는 광휘는
        종일 흙에 덮인 육신의
        모습에 압도될 것이다.

58   우리가 즐길 수 있는 모든 것에
        몸의 기관이 강해져서 그토록

밝은 빛도 우리를 지치게 할 수 없을 것이다."[406]

61   하나와 다른 성가대가 "아멘"을
      그렇게 빨리 그리고 열렬히 말해
      그들의 죽은 몸들에 대한 열망이 잘 드러나 보였다.

64   아마 그들 자신만을 위해서가 아니라,
      어머니들과 아버지들과, 불변의 불꽃들이기 전에
      소중히 여기던 다른 사람들을 위해서였을 것이다.

67   그러자 밝아 오는 수평선과 동등한
      한 광선이, 있던 빛들 위로 그들과 똑같이
      밝게, 온 주변으로 쏟아져 나왔다.

70   초저녁 하늘로 올라오기
      시작하는 새 별들이
      보일듯 말듯 그렇듯이,

---

406 베아트리체의 둘째 질문에 답한다. 우리를 완전히 존재하게 하는 영광
     스러운 몸의 빛이 더 빛날 것이다. 하지만 불을 피우는 숯의 백열이 숯
     의 모양을 감싸며 지키듯이, 더 강해진 빛이라도 영광스러운 몸의 모
     양에 압도될 것이다. 영광스러운 몸의 더 강해진 기관이 더 강해진 빛
     에 압도되지도 않을 것이다.

73   그곳의 새로운 실체들이
        다른 두 원둘레들의 외부를 도는 것이
        내게 보이기 시작했다.

76   오, 성령의 진정한 불꽃이여!
        너무나 순식간에 번쩍여
        압도된 내 눈들이 견딜 수 없었다.

79   아름다운 베아트리체의 미소도,
        내 마음이 못미쳐, 그곳에
        두고온 것들 속에 묻혀 보였다.

82   그제야 내 눈이 다시 들어올릴
        힘을 되찾았다. 내 자신이 오직 내 여인과 함께
        더 높은 행복으로 옮겨진 것을 보았다.

85   이례적으로 더 붉게 보인
        별의 불타는 미소[407]를 보고 내가
        더 높게 오른 것을 알았다.

88   온 마음을 다해 그리고 모두에게 하나인

---

407 화성의 불타는 불빛.

그 언어로,[408] 그 새로운 은총에 응당하게
완전히 하느님께 나를 불태워 바쳤다.

91   내 가슴이 다 타기도 전에
헌신적인 바침이 호의적으로 받아들여졌음을
내가 알았다.

94   "아, 햇빛을 입었구나!"라고 내가 말할 정도로
너무나 밝고 너무나 붉게 빛나는
두 광선 속에서 빛이 내게 비쳤기 때문이다.

97   크고 작은 별들로 반짝이며
세상의 양극 사이에서 하얗게 펼쳐져
현자들을 애태우는 은하수처럼,[409]

100   화성의 심오 속에서 반짝이던
두 광선들이 원 안의 사분년들을
잇는 거룩한 표시가 되었다.[410]

---

408 침묵 속의 성령의 언어.
409 은하수의 본질을 알 수 없어 애태우는 현자들.
410 십자가.

103 　여기서 내 기억이 재능을 압도한다.[411]
　　　십자가에 비친 그리스도에 비길
　　　예를 내가 찾을 수가 없기 때문이다.

106 　그러나 그리스도의 십자가를 지고 따르는 자는[412]
　　　그리스도께서 여명 속에서 하얗게 빛나는 것을 보면서
　　　그만둔 나를 용서할 것이다.

109 　팔에서 팔까지 꼭대기에서 바닥까지
　　　함께 부딪히고 지나치는 빛들이
　　　강하게 번쩍이며 움직이고 있었다.

112 　길고 짧고 미세한 형체들이
　　　빠르고 늦게 직선과 곡선을
　　　바꾸어 그리며 움직이는 것이,

115 　사람들을 보호하기 위해
　　　재능과 기술로 고안한 그늘 사이로 스며드는
　　　이곳 빛줄기 속에서 보이는 것과 같다.[413]

---

411 기억하는 것을 말로 제대로 표현할 수 없다.

412 이에 예수께서 제자들에게 이르시되 누구든지 나를 따라오려거든 자기를 부인하고 자기 십자가를 지고 나를 따를 것이다" (마태복음 16.24).

413 빛을 차단하는 것을 뚫고 들어오는 한 줄기 빛 속에서 보이는 미세한 먼지들의 움직임.

118   현악기와 하프가 여러 줄들이
      어울려서 만들어 내는 감미로운 화음의
      의미를 알 수 없듯이,

121   나는 알 수 없는 찬가에 사로잡혀,
      십자가에서 비치는 빛들에서
      한 선율을 감지했다.

124   내가 들어도 알아듣지 못했으나, 들려오는
      "부활"과 "승리"에서 숭고한 찬송임을
      다만 알아챌 수 있었다.

127   그때까지 있었던 그 어떤 것보다
      더 감미로운 사슬에 묶인 나는
      그곳에서 그렇게 사랑에 빠졌다.

130   들여다 보기만 해도 내 갈망이 안식을 얻는
      아름다운 눈들의[414] 기쁨을 제쳐놓을 정도로,
      아마 내 말이 너무 지나쳐 들릴 수도 있다.

____

414   베아트리체의 눈들.

133   그러나 모든 아름다움이
       더 높을수록 더 생생히 각인된다는 것과
       내가 그 눈들을 아직 돌아보지 못한 것을 안다면,

136   변명하며 자책하는 나를 용서하고,
       내가 진실을 말하는 것을 알 수 있을 것이다.
       거룩한 기쁨이 여기서 외면되지 않았기 때문이다.

139   그것은 오를수록 더 진실해지기 때문이다.

천국 15곡

1   올바르게 숨 쉬는 사랑으로[415] 늘
         환하게 드러나는 선의가,
         탐욕이 악의에서 드러나듯이,

4   감미로운 리라에 정적을 감돌게 했고,[416]
         하늘의 오른손이 늦추고 당기는[417]
         신성한 줄들에 침묵을 얹었다.

7   내게 기도할 의지를 선사하려고 그토록
         하나같이 조용해진 그런 실체들이 어찌
         올바른 기도들에 귀를 기우리지 않겠는가?

10   지속하지 않을 것에 대한 사랑 때문에,
         그 사랑을 영원히 저버린 자가
         끝없는 고통을 겪는 것이 당연하다.

---

415 "올바르게 숨 쉬는(spira) 사랑(l'amor)"은 성령을 일컫는 성서의 언어
이다.

416 순례자가 말할 기회를 주기 위해 멈추는 합창.

417 하느님의 뜻에 따라.

13   고요하고 맑게 갠 하늘에
        때때로 갑작스런 불이 떨어져,[418]
        가만히 바라보던 눈들을 움직이듯이,

16   별이 자리를 옮기는 것 같지만,
        별이 켜진 곳은 아무것도 잃지 않고
        별이 이내 사라지듯이,[419]

19   그렇게, 거기서 빛나는 별자리 중
        한 별이 십자가의 오른 팔에서
        발치까지 달려가 떨어졌다.

22   십자가의 틀에서 벗어나지 않으며
        빛줄기를 따라 가로지르던 보석이
        반투명 대리석 뒤의 불꽃처럼 보였다.[420]

---

418 별똥별.

419 "때때로 고요한 하늘에서 별이 떨어진 듯 보였지만 떨어지지 않았듯이
     (ut interdum de caelo stella sereno/ etsi non cecidit, potuit cecidisse videri)"
     (오비디우스, 《변신》 2.321-2).

420 성당 안에서 하얗게 번뜩이는 반투명 대리석인 설화석고 뒤에서 빛나
     는 불빛을 하고 재빨리 움직이고 있었다.

25   우리의 가장 위대한 시인이[421] 믿을 만하다면,
        엘뤼시온에서 아들을 알아본
        안키세스의 그림자가 그토록 다정히 다가왔다.

28   "오, 내 핏줄이여,[422] 오, 하느님의
        넘치는 은총이여, 너에게처럼 누구에게
        두 번씩이나 하늘의 문이 열렸는가?"

31   그런 그 빛에 내 주의를 돌리고난 후,
        내 여인에게 눈을 돌린 나는
        여기저기에서 놀라움을 금치 못했다.

34   그녀의 눈 속에서 타오르는 미소를 보고, 내 눈이
        내 은총과 내 천국의 밑바닥에 닿았다고[423]
        내가 생각했기 때문이다.

---

421   베르길리우스.

422   베르길리우스, 《아이네이스》 6.835: "sanguis meus." 저승 엘뤼시온에서
      아이네아스의 아버지 안키세스가 그의 후손인 율리우스 카이사르를
      부르며 한 말이다.

423   지옥 2.32에서 아이네아스와 함께 언급된 성 바오로처럼 천국을 단번
      에 오른 듯했던 순례자의 경험을 아주 일상적인 토스카나 말로 표현하
      고 있다. 전체 시에서 유일하게 라틴어로만 된 바로 전 28-30행과 곧
      바로 대조되고 있다.

37   그리고, 듣고 보는 것에 기뻐하며, 그 영혼이
      첫마디에 내가 이해할 수 없는
      심오한 몇마디를 덧붙였다.

40   숨기고자 선택한 것이 아니라,
      그의 사고가 필멸의 한계를
      넘어서는 필연성 때문이었다.

43   불타는 사랑의 활이
      풀리자, 그의 말이
      우리 지성의 표적으로 내려왔다.

46   나를 통해 이해된 첫 번째 말이었다.
      "내 씨앗에게 그토록 자비로우신
      삼위일체의 당신이여, 축복받으소서!"

49   그리고 그가 이어 말했다. "흰색과 갈색이
      절대 변하지 않는 거대한 책을 읽고[424]
      기꺼이 시작한 기나긴 단식을,[425]

---

424 숙명이 씌여있는 하느님의 책.
425 1189년 이전에 죽어, 하느님과 단테의 미래를 본 카차구이다가 지금까
     지 단테를 기다리고 있었다.

52   높이 나는 날개를 네게 달아준
       그녀 덕분에, 내가 말하는 이 빛 안에서,
       아들아, 네가 풀어주었다.

55   하나를 알면 다섯 여섯이 환하듯이,
       네 생각이 첫 번째 생각에서[426] 내게
       비친다고 네가 믿으니,

58   내가 누구인지, 이 기쁨의 무리 속에서
       왜 내가 누구보다도 더 기쁨에 넘쳐
       보이는지 네가 묻지 않는다.

61   네 믿음이 맞다. 네가 생각하기도 전에
       네 생각이 펼쳐지는 거울을
       이곳의 크고 작은 삶들이 들여다 보기 때문이다.

64   그러나 내가 끊임없이 바라보고
       나를 감미로운 갈망으로 애태우는
       신성한 사랑이 더 넘치도록,

67   내 대답이 이미 정해져 있으니,
       확실하고 대담하고 기쁜 네 음성으로

---

426 하느님.

네 의지와 소망을 소리내어 보아라!"

70   말하기도 전에 내 말을 들은
        베아트리체의 미소띤 눈짓을 보려고 돌아서니
        내 의지의 날개가 자라났다.

73   그리고 이렇게 내가 시작했다. "사랑과 지성이[427]
        당신들에게 맨 처음 공정하게 나타난 것처럼,
        당신 모두에게 같은 무게로 공존합니다.

76   열과 빛으로[428] 당신들을
        비추고 불태운 해의 공정함에
        비길 것은 아무것도 없습니다.

79   그러나 필멸자들이 바라고 말로 표현할 때,
        당신들에게 명백한 그 이유 때문에,
        서로 다른 날개들을 퍼득입니다.

82   그래서 필멸자인 제가 이 불균형을[429]
        느끼면서, 선조의 환대에 오직
        마음으로만 감사할 뿐입니다.

---

427 하느님.
428 사랑과 지성으로.
429 마음에서 불타는 사랑만큼 말로 표현할 수 없는 인간 지성의 한계.

85   이 귀하고 기쁜 것을 장식하는
        살아 있는 황옥이여,[430] 당신께 청합니다.
        당신의 이름으로 저를 충족시키소서."

88   "그저 기다리며 내가 기뻐하던
        잎새여, 내가 너의 뿌리였다."
        그가 그렇게 답하며 말을 시작했다.

91   그리고 내게 말했다. "네 가문의
        이름의 시작이고 백 년도 넘게
        산의 첫 둘레를[431] 돌고 있는 이가

94   내 아들이요 네 증조부였다.[432]
        네 노고로[433] 그 긴 고초를
        덜어주어야 한다.

97   아직도 세 시와 아홉 시에 종 소리가 울려 퍼지는,[434]

---

430   십자가에 새겨진 보석.

431   교만을 씻고 있는 연옥의 첫 둘레.

432   알리기에로가 1200년 이전에 죽은 것으로 단테는 믿고 있다.

433   동정의 기도와 선행으로. 이 곡의 7-9행이 기도의 중요성을 강조하
       고 있다.

434   피렌체 바디아 성당에서 아침 9시와 오후 3시를 알리는 종이 울려퍼져
       기도하고 일하는 시간을 알았다.

옛 성벽 안의 소박하고 순수했던
피렌체는 평화로웠다.

100   사람보다 더 돋보이는
목걸이도 왕관도
화려한 치마도 허리띠도 없었다.

103   혼기와 지참금의 정도가 아직
양극으로 달아나지 않아,[435] 태어난 딸을 보고
아버지가 두려워하지 않았다.

106   가족 없는 빈 집이 없었고,[436]
방 안에서 할 수있는 짓을 다 보여준
사르다나팔루스가 아직 도착하지 않았다.[437]

109   위로 오를 때처럼 내려갈 때도
너희 우첼라토이오 산에 패배할
마리오 산이 아직 지지 않았다.[438]

---

435 낮은 혼기와 높은 지참금.
436 가족의 필요를 뛰어넘는 집들의 크기.
437 사치와 부패에 젖었던 아시리아 왕의 관습에 아직 젖지 않았다.
438 우첼라토이오 산에 올라 볼 수 있는 피렌체가 마리오 산을 내려가며 볼
     수 있는 로마를 화려함으로 아직 꺾지 못했다.

112   벨린초네 베르티가 가죽과 뼈로 된 허리띠를
       두르고 가고, 그의 여인이 거울 앞에서
       화장 없는 얼굴로 나오는 것을 나는 보았다.[439]

115   네를리와 베키오 집안 사람들이
       드러난 살에 만족하는 것을 보았고,
       그들의 여인들을 베틀과 북 앞에서 나는 보았다.[440]

118   오, 행복한 여인들이여! 누구나 자기가
       묻힐 곳도 정해져 있었고, 어느 누구도 아직
       프랑스 때문에 침대에서 버림받지 않았다.[441]

121   한 여인이 밤새 요람을 지켜보며,
       아버지 어머니가 먼저 즐기며
       사용하던 말로 아기를 달래고 있었다.

124   다른 여인은 물레에서 실을 당기며
       트로이, 피에졸레, 로마 이야기를[442]

---

439   옛날 진정한 귀족의 자연스럽고 소박했던 삶을 기억한다.

440   사치를 살에 감지 않았고 일에 전념했다.

441   고향에서 묻힐 때까지 가족들과 함께 살았지, 지금처럼 가족들이 프랑
      스와 같은 먼 곳으로 무역이나 망명으로 떠나있지 않았다.

442   트로이에서 온 아이네아스가 세운 로마에서 온 로마인들이 피에졸레를
      폐허로 만든 후 피렌체를 세웠다는 창건신화.

가족에게 들려주고 있었다.

127   오늘날 킨킨나투스와 코르넬리아에[443]
       탄복하듯, 그때 찬겔라와
       라포 살테렐로에[444] 탄식했다.

130   그렇게 평화롭고 그렇게 아름다운
       시민들의 삶에, 그렇게 신용하는
       시민들에게, 그렇게 아늑한 쉼터에서,

133   높은 외침 속에 불린 마리아가 나를 내놓았다.[445]
       너희의 오래된 세례당에서
       나는 그리스도인 카차구이다가 되었다.

136   모론토와 엘리세오가 나의 형제였고,
       포 강 계곡에서 온 내 아내에게서
       네 성이 생겼다.[446]

---

443 청렴결백했던 로마인들.

444 부정부패를 일삼던 피렌체인들.

445   해산하는 여인들이 소리쳐 부르던 마리아.

446 《단테의 생애(Trattatello in laude di Dante)》를 쓴 보카초(Giovanni
     Boccaccio, 1313-1375)는 페라라의 알디기에리(Aldighieri) 가문의 여인
     의 아들인 알리기에로(Alighiero)를 단테의 증조부로 본다.

139   그 후 콘라드 황제를[447] 따라,

       그의 기사 칭호를 얻고,

       좋은 업적으로 그의 총애를 입었다.

142   목자의 잘못으로 너희의 정당성을[448]

       앗아간 무리들의 부정한 법에 맞서[449]

       나는 황제 뒤를 따라갔다.

145   거기에서 나는 사악한 사람들 무리에서,

       많은 썩은 영혼들이 사랑하는

       거짓된 세상의 사슬에서 벗어나서,

148   순교를 거쳐 이 평화로 왔다.”

---

447   제2차 십자군 원정을 이끌었던 콘라드 3세(재위 1138-1152).

448   교황들의 잘못으로 빼앗긴 성지.

449   이슬람교에 맞서.

천국 16곡 목차 (화성천)

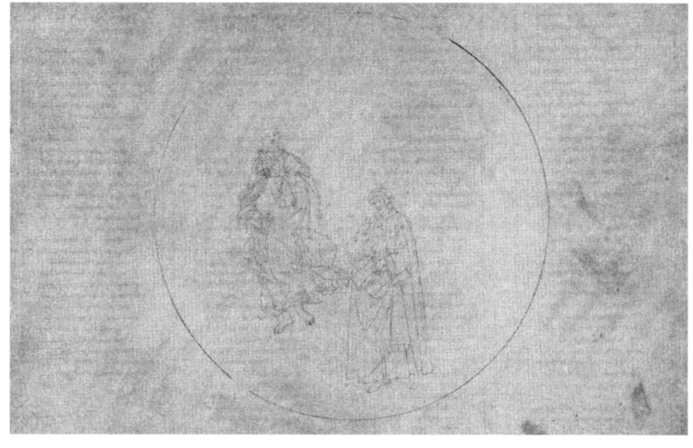

천국 16곡

1   오, 하잘것 없는 우리 혈통상의 고귀함이여,
        우리 사랑이 시드는 여기 아래에서 너를
        사람들이 영광스럽게 여긴다 해도,

4   내가 놀랄 일이 절대 아닐 것이다. 내가,
        욕구가 치우치지 않는 저곳, 말하자면 내가,
        하늘에서 내 혈통을 영광스러워했기 때문이다.

7   정말이지 너는 금세 닳아버리는 외투이다.
        나날이 덧대지 않으면,
        시간이 가위를 들고 둘레를 잘라낼 것이다.

10   로마에서 처음 사용되었으나,
        로마인들이 덜 사용하는 존칭[450]으로
        나는 말을 다시 시작했다.

---

450   당신(Voi)이라는 존칭.

13   조금 떨어져서 미소 짓던 베아트리체는,
        귀네비어가 빠진 첫 오류가[451] 쓰여진 곳에서
        기침했던 여인처럼[452] 보였다.

16   내가 시작했다. "당신께서는[453] 제 아버지이십니다.
        당신께서 제가 말하도록 모든 대범함을 주셨습니다.
        당신께서 저를 저보다 더 들어올려 주셨습니다.

19   행복의 수많은 강물들로 가득차도
        터지지 않고 견딜 수 있는
        제 마음 덕분에 제가 행복합니다.

22   제게 말해주소서, 친애하는 제 선조시여,
        당신의 선조들이 누구셨는지, 그리고
        당신의 어린 시절이 몇 해로 기록되었는지.

---

451 "산의 첫 둘레를 돌고 있는"(천국 15.93) 단테의 증조부의 오류인 교만
     을 상기시키기도 한다.
452 프란체스카와 파올로를 지옥에 빠지게 만든 책 장면에서 귀네비어가
     랜슬롯에게 사랑을 처음으로 고백할 때, 귀네비어 옆에서 조금 떨어
     져 듣고 있던 여인이 기침을 한다. 아마 로마 황제 율리우스 카이사르
     를 위한 극존칭에서 유래되었을 "Voi"를 자신의 가족에게 사용하는 단
     테의 오만한 오류를 옆에서 듣고 있던 베아트리체가 지적하고 있는 것
     으로 해석될 수 있다.
453 이탈리아어의 극존칭 "Voi"를 단테는 한 연 안에서 세 번 반복한다.

25   성 요한의 양우리에[454] 대해 제게 말해주소서.
       그때 얼마나 컸었는지, 그리고 그중 가장
       높은 자리에 합당했던 사람들이 누구였는지.”

28   바람이 불면 숯불이 활활 타오르듯이,
       내 감언에 더욱 빛나는 빛을
       나는 보았다.

31   내 눈에 더 아름답듯이,
       더 감미롭고 부드러운 목소리로,
       그러나 현대의 언어와 다르게[455]

34   내게 말했다. “‘아베’라고 말한 그날부터,
       이제 성녀이신 내 어머니께서 무거운 몸을
       풀고 나를 낳으신 그 날까지,

37   사자의 발 아래에서 이 불이 다시
       불타기 위해 오백오십 번과 삼십 번을
       사자자리에 왔다.[456]

---

454 수호 성인 세례자 요한이 진실한 목자였던 피렌체.

455 백년 전쯤의 토스카나 말.

456 가브리엘 천사가 알린 하느님의 뜻에 (예수의 잉태) 마리아가 따랐던 날,
     즉 예수 탄생의 해로부터 카차구이다가 태어날 때까지 화성이 580번
     을 돌며 사자자리 아래에서 불탔다. 알프라가누스에 의하면, 화성이 한

40   내 선조들과 나는 너희의

연례 경기에서 마지막으로 달려가는 곳

앞에서 태어났다.[457]

43   내 어른들에 대해 듣는 것은 이것으로 족하다.

그들이 누구였고 어디서 여기로 왔는지는

말하는 것보다 말하지 않는 것이 더 낫다.[458]

46   그때 이곳 마르스와 세례자 사이에서

무기를 들 수 있었던 모든 이들은

지금 살아 있는 사람들의 오분의 일이었다.[459]

49   그러나 이제는 캄피, 체르탈도, 페기네와

뒤섞인[460] 사람들의 시민권이,

가장 천한 직공에서도 순수함을 보였다.

번 돌 때 687일이 걸린다. 그래서 양력으로 치면, 카차구이다는 1091
년에 태어났다.

457 수호 성인 세례자 요한의 축일에 (6월 24일) 해마다 열리던 말경주가 끝
나는 피렌체의 가장 오래된 도심 안에 있는 엘리제이 명문에서 카차
구이다가 태어났다.

458 자만하지 않는 것이 낫다.

459 부서진 마르스 동상이 있는 베키오 다리와 산 조반니 세례당 사이의
옛 피렌체에서 무기를 질 수 있던 나이의 (19-60세) 인구가 지금의 오
분의 일이었다.

460 이제 주변 지역들과 합쳐진 피렌체.

52   오, 내가 말한 자들이 이웃들이고,
        갈루쪼와 트레스피아노가[461]
        너희의 경계라면 얼마나 더 좋겠는가.

55   벌써 뇌물죄에 불을 킨 눈으로
        아굴리온과 시냐에서 안으로 들어온
        사악한 자들의[462] 악취를 참는 것보다!

58   세상에서 가장 왜곡된 길을 걷는 자들이[463]
        황제에게 계모가 아니라
        친모처럼 자기 자식에게 너그러웠다면,

61   지금 피렌체 사람이 되어 장사하며 돈을 바꾸는 자는
        그 조부가 구걸하며 다니던
        시미폰티로 돌아갔을 것이고,[464]

64   몬테무를로에 아직 콘티가,[465]

---

461 도심 속의 경계들.
462 피렌체 근교 출신으로 궬피의 흑색당에 속하던 발도 다굴리온과 파치
     오 데이 모루발디니 다 시냐는 단테의 망명에 기여한 정치적 적들이다.
463 황제의 권위에 대항하는 교황과 그의 무리들.
464 세미폰테에서 와서 장사하며 피렌체의 가장 악한 시민들 중 하나로 기
     록된 리포 데이 벨루티.
465 그 대신 피렌체에서 저명했던 라비냐니 가문의 집을 차지하고 있다.

체르키가[466] 아코네 교구에,
부온델몬티가 아마 발디그리에베에 있을 것이다.[467]

67   너무 많이 먹으면 배탈이 나듯,
      사람들이 섞이면 언제나
      도시에 탈이 나기 시작한다.

70   눈먼 황소가 눈먼 새끼양보다
      더 황급히 쓰러지고, 번번이
      칼 하나가 다섯보다 더 깊이 더 잘 벤다.[468]

73   루니와 우르베살비아가 어떻게 되었는지,
      키우지와 시니갈리아가 어떻게 그 뒤로
      사라졌는지를 네가 되돌아보면,[469]

76   도시들이 끝난 후, 네가
      가문들이 끊어지는 것을 들어도
      새롭고 놀랍지 않을 것이다.

---

466 궬피 백색당의 수장.
467 황제와 교황의 권위 사이에서 싸우는 대신 피렌체 밖에 남아있었을
     것이다.
468 분열보다 단결되어 힘을 더 잘 휘두른다.
469 옛날에 번성했으나 외부의 침략으로 사라졌고 지금도 사라지고 있는
     도시들.

79   너희의 모든 것들은, 너희처럼,
        죽는 것들이다. 오래 지속되는 어떤 것들 속에는[470]
        짧은 삶들이 숨겨져 있을 뿐이다.

82   피렌체의 운명이,
        달 하늘이 회전하며 끊임없이
        덮었다 드러내는 바닷가와 같다면,[471]

85   시간 속에 명성이 묻힌[472]
        유명한 피렌체인에 대한
        내 말에 놀랄 것이 없을 것이다.

88   저명한 시민들이었던, 우기, 카델리니,
        필립피, 그레치, 오르만니, 알베리키가
        이미 몰락한 것을 내가 보았다.[473]

91   그렇게 오래되고 대단했던 산데레와
        아르카 가문과 함께 솔다니에리,
        아르딩기, 보스티키 가문을 내가 보았다.[474]

---

470   오래된 도시나 가문들일지라도 필멸하기 마련이다.
471   밀물과 썰물처럼 바뀌는 운명들.
472   시간 속에 잊혀진.
473   썰물처럼 사라진 피렌체의 여섯 명가들.
474   쓰러지고 있던 다음 명가들.

94   배를 침몰시킬 새로운 배반의
        무게를 지금 지고 있는
        그 문 위에는,[475]

97   라비냐니가 살았고, 그 후세가
        구이도 백작이요, 그 후에 고귀한 벨린초네의
        이름을 딴 자들이 나왔다.[476]

100   프레사 가문이 벌써 다스리는 법을
        알고 있었고, 갈리가이오는 이미
        도금된 검을 집 안에 두고 있었다.[477]

103   다람쥐 털의 줄무늬와[478] 사케티, 주오키,
        피판티, 바루치, 갈리 가문, 그리고 소금통에
        낯이 붉어지는 이들은[479] 이미 대단했다.

---

475 피렌체를 몰락시킬 힘을 지닌 새로운 가문 체르키가 산 피에로 문이 있
    는 도심을 장악하고 있다.
476 피렌체에서 저명했던 집안들의 이름 중 벨린초네는 단테의 조부의 이
    름이다.
477 몰락한 집안들이 썰물처럼 빠져나간 후 밀물처럼 밀려오는 가문들이
    정치와 기사의 영광을 (도금된 검) 입기 시작했다.
478 필리 가문의 문장 모양.
479 소금의 분배에서 얻은 부당한 이익에 아직 부끄러워하는 키아라몬테
    지 가문.

106   칼푸치가 태어난 밑동이[480]
       이미 대단했고, 시지이와 아리구치는
       이미 높은 관직에 올라 있었다.

109   오, 자만으로 자멸한 자들이 얼마나 대단했는지를
       내가 보았다. 저들이 도모한 모든 위대한 업적들에서
       황금 공들이 피렌체를 꽃피웠다.[481]

112   너희의 교회 자리가 빌 때마다,
       추기경 회의에 앉아 살찌는 자들의
       아비들도[482] 그렇게 대단했다.

115   도주자 뒤에서 용이 되고,
       돈주머니와 이빨이 보이면 양처럼
       순해지는 오만불손의 혈손이[483]

118   이미 출세했으나, 하찮은 출신이라
       우베르틴 도나토는 장인이 자신을
       그들의 친척으로 만든 것을 못마땅해 했다.

---

480 궬피 흑색당의 수장 도나티 가문.
481 피렌체 전체를 누비던 람베르티 가문의 문장도 이제 사라졌다.
482 주교의 부재시 주교관구의 경제를 관리하던 가문들의 선조들.
483 아디마리 가문.

121   이미 카폰사코 가문은 피에졸레에서
       시장으로 내려왔고, 이미 주다와
       인판가토가 선량한 시민이었다.[484]

124   믿을 수 없는 사실을 내가 말하자면,
       페라 가문 사람들의 이름을 딴
       성문을[485] 지나 도심 안으로 들어가곤 했다.

127   토마스의 축일에 그의 이름과 가치가
       다시 기억되는 그 위대한 남작의[486]
       아름다운 휘장을 나누어 입은 자는 누구나

130   그의 사명과 특권을 가지고 있었으나,[487]
       오늘날에는 그것을 장식으로 휘감고
       서민들과 작당하고 있다.[488]

---

484 추방되었거나 기울어진 기벨리니 가문들.

485 페루자(Peruzza)에 이름만 남은 페라(Perra) 가문은 완전히 기억 속으
     로 사라졌다.

486 우고 디 토스카나 남작의 기일이 성 토마스의 축일과 동일했다.

487 남작이 수여한 기사들의 가문들이 지켰던 사명과 특권.

488 기억해도 허물 뿐이지, 귀족들과 기사들의 사명과 특권에 반기를 들
     고 있다.

133   이미 괄테로티 가문과 임포르투니 가문이 있었고,
       새 이웃들이 없었더라면[489]
       여전히 보르고는[490] 더 조용했을 것이다.

136   정당한 경멸 때문에 너희를 죽였고
       너희의 행복한 삶에 종지부를 찍었고
       너희의 눈물을 태어나게 했던 집안과

139   그 연대들은 명예로웠다.
       오, 부온델몬테여, 타인의 말에 넘어가
       혼약을 파한 잘못이 얼마나 큰가![491]

142   처음 도시에 오는 너를 하느님이
       에마 강에[492] 던져 버리셨다면,
       수없이 슬퍼하는 이들이 기뻐할 수 있을 것이다.

---

489 피렌체 분열의 본거지인 부온델몬티 가문.

490 궬피 가문인 괄테로티와 임포르투니가 살던 산티 아포스톨리 보르고
     (구역).

491 부온델몬테 데이 부온델몬티가 아미데이 가문의 딸과 혼인날에 파하
     고 도나티 가문의 딸과 결혼하며 초래한 모욕에 대한 정당한 복수로
     (정당한 경멸) 아미데이 가문이 부온델몬테를 부활절 아침에 베키오 다
     리 위에서 살해하면서 피렌체의 분열이 시작되었다. 부온델몬티는 궬
     피에 아미데이 가문은 기벨리니에 속했다.

492 몬테부오니 성에서 피렌체로 올 때 건너는 강.

145   하지만 피렌체의 평화가 끝날 때
       다리를 지키는 조각난 석상에 제물을
       바쳐야만 했다.[493]

148   이런 그리고 저런 사람들과
       아주 평온하여, 눈물 흘릴 이유가
       없었던 피렌체를 내가 보았다.

151   이런 사람들과 함께 영광스럽고도
       올바른 시민들을 보았다. 깃대의
       백합이 절대 거꾸로 꽂히지도 않았고,

154   분열로 붉게 물들지도 않았다."[494]

---

493   베키오 다리 위에 아직 부서져 남아있던 마르스 동상 근처에서 살해
      된 부온델몬테는 피렌체의 평화에 종지부를 찍으며 전쟁의 신에게 바
      쳐졌다.
494   흰 백합이 그려진 피렌체의 깃발을 날리던 기벨리니가 패배하여 추방
      된 후, 궬피가 붉은 백합으로 깃발을 바꾸었다.

천국 17곡

1 자신에게 거슬리는 소문을 듣고 확인하려고
   클리메네에게 왔고, 지금도 아버지들이
   아들들에게 인색하도록 만드는 사람처럼,[495]

4 내가 그러했고, 베아트리체와,
   앞서 나를 위해 자리를 바꾸었던[496]
   거룩한 등불도 그와 같은 심정이었다.[497]

7 그래서 내 여인이 내게 말했다.
   "네 갈망의 불꽃을 밖으로 내보내어라.
   네 속마음이 잘 새겨져 나오게 하여라.

10 네 말이 우리의 지식을 증가시켜서가 아니라,
   네가 갈증을 말하는 데 익숙해져서
   네 잔이 채워지도록 하기 위해서이다."[498]

---

495 아들 파에톤의 말을 듣다 아들을 잃은 아버지 헬리오스의 경고.

496 십자가 오른팔에서 발로 내려왔던.

497 단테는 아들 파에톤, 베아트리체는 어머니 클리메네, 카차구이다는 아
   버지 헬리오스 같은 심정이었다.

498 인간의 요청이 말로 나와 완전히 비워진 잔, 즉 허기진 욕구를 가득 채
   워주기 위한 것이지, 영혼이 지식을 얻기 위해서가 아니다.

13   "오, 친애하는 저의 뿌리시여, 저 높은 곳에서,
        지상의 정신들이 삼각형 안에
        두 둔각이 들어가지 않는 것을 보듯이,

16   모든 시간들이 현존하는 한 점을 바라보며,
        당신께서는 우연적인 것들이[499]
        실제 일어나기 전에 보십니다.

19   베르길리우스와 함께 제가
        영혼들을 치유하는 산 위로,
        죽은 자들의 세상으로 내려갔을 때,

22   제 미래의 삶에 관한 무거운 말들을
        들었으나, 사방에서 오는 타격들에
        제가 잘 준비된 듯합니다.

25   어떤 운명이 제게 다가오고 있는지
        아는 것만으로도 제 갈망은 족할 것입니다.
        예견된 화살은 더 더디게 오기 때문입니다."[500]

28   앞서 나와 말했던 그 빛에게 이렇게

---

499 필연적인 것들이 아니라, 인간의 자유의지에 따라 일어날 수도 없을
     수도 있는 일들.
500 맞설 준비를 할 수 있기 때문입니다.

내가 말했고, 베아트리체가 바라던 대로
내가 바라던 것을 고백했다.

31   죄를 가져가신 하느님의 어린 양이
죽음을 감수하시기 전에, 어리석은
사람들이 벌써 빠져있던 모호함이 아니라,[501]

34   명확한 말들과 정확한 언어로
대답하시던 그 아버지의 사랑은
그의 미소에 감싸여 드러났다.

37   "우연성은 너희들의 물질적인 일이
적혀 있는 책 밖으로 나가지 않으며,
모두 영원한 통찰 속에 그려져 있다.

40   그러나 바라보는 눈을 따라서 배가
아래로 흘러 내려가지 않는 것처럼,
우연성은 필연성을 지니지 않는다.[502]

---

501 "Cumaea Sibylla horrendas canit ambages" (베르길리우스, 《아이네이스》
6.99). "모든 시간들이 현존하는 점" (16), 즉 하느님을 바라보는 카차구
이다에 반해, 이교도 시빌라의 예언은 모호(ambage)했다. 베르길리우스
의 "ambages"를 단테가 "ambage"로 인용한다.

502 바라보는 눈이 배를 움직일 수 없듯이, 하느님의 통찰에 따르는 필연
성을 지니고 있지 않다. 인간의 자유의지의 여부를 주기 위해서이다.

43   거기서, 여러 선율들의 감미로운 화음이[503]
       귀에 들려오듯이, 네게 준비된 시간이
       내 시야에 다가온다.

46   무자비하게 저버리는 계모 때문에
       히폴리투스가 아테네를 떠났듯이,
       너도 피렌체를 떠나야 한다.[504]

49   그리스도가 온종일 매매되는 곳에서
       그가 바라고 이미 시도한 일이
       곧 실행될 것이다.[505]

52   항상 그렇듯, 당한 쪽에
       비난의 함성이 따를 것이다. 하지만,
       복수는 집행하며 진리를 증명할 것이다.[506]

503　영원한 통찰에서 여러 선율들을 타고 들려오는 것은 결국 감미로운 조
　　　화이다. 단테의 쓴 삶도 하느님의 섭리 속에서 감미로움을 자아내는
　　　과정일 뿐이다.

504　"황제의 계모"(천국 16.59)인 교황을 상기시키는 "계모"는 황제와 교황
　　　의 권위 사이에서 분열된 피렌체 시민들로 해석될 수 있다. 계모 파이
　　　드라의 모함으로 아테네를 떠난 테세우스의 아들처럼, 궬피 흑색당의
　　　수장 도나티 가문이 이끄는 모함으로 궬피 백색당에 속하던 단테는 피
　　　렌체에서 추방된다.

505　백색당을 제거하기 위해 흑색당과 도모한 교황 보니파티우스 8세.

506　일반 사람들은 잃은 자를 비난하나, 하느님의 진리는 가해자를 정당

55   가장 아끼고 사랑하는 모든 것을
        네가 떠날 것이다. 이것이 추방의 활이
        쏘는 첫 화살이다.

58   남의 빵이 얼마나 짠지,[507]
        남의 계단을 오르내리는 것이
        얼마나 힘든지를 네가 맛볼 것이다.

61   네 어깨를 더 무겁게 짓누를 자는,
        너와 함께 이 계곡에 빠진
        비열하고 미련한 동반자일 것이다.[508]

64   네게 맞서 은혜도 신의도 저버리고
        모두 미쳐 날뛸 것이다. 그러나, 곧,
        네가 아니라 그들의 얼굴이 붉게 물들 것이다.

히 벌할 것이다.

507 단테의 고향 토스카나를 비롯한 이태리 중부 지방은 교황령이 세금을
    과도하게 부과했던 소금을 넣지 않고 빵을 만들던 전통을 지금도 아
    직 일부 유지하고 있다.

508 함께 추방된 백색당 동료들.

67   그들의 짐승 같은 행위가 증거가

       될 것이니, 네가 홀로된 것이

       다행일 것이다.[509]

70   네 첫째 피난처이자 안식처는

       사다리 위에 신성한 새를 모신[510]

       위대한 롬바르디아인의 호의일 것이다.[511]

73   너에 대한 관심이 너무나 관대하여,

       행하고 요청하는 일에서, 다른 사람들 사이에서

       나중에 할 일을 너희 둘 사이에서 먼저 한다.[512]

76   이 강렬한 별의[513] 힘을 입고

       태어난 그 사람의 주목할 만한 업적들을

       네가 보게 될 것이다.

---

509 이성을 잃고 피렌체와 벌린 싸움들에서 패배한 백색당 동료들을 반대
     해 떠난 단테는 완전히 홀로 망명생활을 한다.

510 신성 로마 제국을 상징하는 독수리가 델라 스칼라 가문을 상징하는 사
     다리(혹은 계단 "scala") 위에 그려져 있다.

511 프리드리히 2세의 증손녀 코스탄차와 결혼한 베로나의 영주 바르톨로
     메오 델라 스칼라(재위: 1301-1304). 1303년에 단테가 베로나에 간다.

512 네가 묻기도 전에 그가 관대히 베풀 것이다.

513 화성.

79   이 바퀴들이[514] 그의 주위를

      오직 아홉 해를 돌아 아직

      어린 나이라 사람들이 알지 못하나,[515]

82   과스콘냐 사람이 고귀한 하인리히를 속이기 전에,[516]

      금전과 전쟁에 무관심한

      그의 미덕이 섬광을 발할 것이다.

85   그의 도량은 더 널리 알려져,

      그의 적들도 입을 다물지

      못할 것이다.

88   그와 그의 은덕에 기대하여라.

      그로 인해 많은 사람들이 변할 것이다.

      부자와 거지들의 처지가 바뀔 것이다.

---

514 천상의 하늘들이.

515 1291년에 태어난 칸그란데(재위: 1312-1329)는 1300년에 9살의 나이였
     다.

516 궬피당을 지지하던 교황 클레멘스 5세는, 기벨리니당의 지지로 로마에
     서 1312년에 거행된 황제 하인리히 7세 즉위식에 불참했다.

91   그것을 네 마음에 적어
가져가되, 말하지는 말하라." 그리고
사람들이 보고도 믿지 못할 일들을[517] 그가 말했다.

94   그 후 덧붙였다. "아들아, 이것들이 네가
들었던 것에[518] 대한 해석이다.
몇 바퀴 회전 뒤에 덫이 숨어 있다.[519]

97   그렇다고 네 이웃들을 부러워하지 마라.
그들의 불의를 벌하는 것을 넘어,
네 삶은 미래로 뻗어갈 것이기 때문이다."

100   내가 날실을 놓아둔 베에
씨실을 엮는 일을 마친 후처럼,[520]
신성한 영혼이 침묵하자,

103   보고, 바른 것을 바라고, 사랑하는
사람에게서, 의심하며, 의견을
바라는 사람처럼 내가 시작했다.

---

517   보고도 믿지 못할 일은 말하지 않는 것이 낫다.

518   "미래 삶에 대한 무거운 말들"(22).

519   1302년에 단테가 추방된다.

520   질문에 대답을 다 마치고.

106   "제 아버지시여, 시간이 나를 향해 박차를
       가하며, 더 방심하는 자에게 더 무거운 타격을
       주기 위해 쫓아오는 것이 잘 보입니다.

109   제가 다행히 선견지명으로 무장되었으니,
       제게 가장 소중한 곳을[521] 빼앗겨도,
       제 노래로 다른 것들을 잃지 않길 바랄 뿐입니다.[522]

112   저 아래 끝없이 비통한 세상을 지나,
       그 아름다운 산꼭대기에서
       제 여인의 눈들이 저를 들어올려,

115   그 후 빛에서 빛으로 하늘을 통해,
       제가 배운 것을 다시 말하면,
       많은 사람들이 아주 쓴 맛을 볼 것입니다.

118   하지만 제가 진리의 소심한 친구라면,
       이 시대를 고대라고 부를 그들 사이에서
       삶을 잃게 될까 두렵습니다."

---

521 피렌체.
522 이탈리아의 다른 곳들도 비판한 내 노래 때문에 다른 망명지에서도 추
     방되지 않기를 바랍니다.

121   그곳에서 내가 발견한 내 보물의
       미소가, 햇빛에 반짝이는
       황금 거울처럼 먼저 빛난 후

124   대답했다. "자신이나 다른 자의
       치욕 때문에 멍든 양심은
       네 말에 쓰라릴 것이다.

127   그래도 거짓 하나 없이
       네가 본 모든 것을 드러내어라.
       가려운 곳을 그냥 긁도록 내버려 두어라.

130   처음 쓰게 들린 네 목소리라도
       소화가 되면, 생명의 양식을
       이후에 남기게 될 것이다.

133   너의 이 함성은 바람처럼 불어,
       가장 높은 정상을 가장 세차게 칠 것이니,
       이는 적지 않은 명예가 될 것이다.

136   그래서 이 바퀴들 속에서
       산속에서 그리고 고통의 계곡 속에서
       유명한 영혼들이 네게 나타났다.

139   그 근원이 드러나지 않고 숨겨진 예나

       명백하지 않은 다른 논거는

       듣는 사람들을

천국 17   211

142   확신 시키지 않기 때문이다."

천국 18곡 목차 (화성천/목성천)

천국 18곡

1   거룩한 거울은 이제 자신의 말을
        혼자 즐기고 있었고,[523] 나는 내 말을
        쓴맛을 단맛으로 조절하며 음미하고 있었다.[524]

4   하느님께 나를 인도하던 그녀가 말했다.
        "생각을 바꾸어라. 모든 고통을 덜어주시는
        분 곁에 있는 나를 생각하여라."[525]

7   내 위안의 사랑스런 말소리로
        나는 다시 돌았다. 거룩한 눈들 속에서
        내가 그때 본 사랑을 말로 옮길 수가 없다.

10   내 말을 못 믿어서가 아니라,
        다른 이가 인도하지 않으면[526] 정신이 스스로
        그토록 높이 다시 돌아갈 수 없기 때문이다.

---

523 하느님의 섭리에 기뻐하고 있었다.
524 망명의 현실을 섭리의 진실로 위로하려 애쓰고 있었다.
525 모든 쓴맛을 덜어주실 하느님의 달콤한 사랑을 생각하여라.
526 하느님의 도움 없이.

13   그 순간에 대해 내가 다시 말할 수 있는 것은,
      그녀를 다시 바라보며, 다른 모든 욕망으로부터
      내 의지가 자유로워졌다는 것뿐이다.

16   영원한 기쁨이 직접
      베아트리체에 비쳤고, 그녀의 눈에서
      반사되어 나를 기쁘게 했기 때문이다.

19   미소의 빛으로 나를 압도하며
      그녀가 내게 말했다. "돌아서 들어 보아라.
      천국이 내 눈 속에만 들어 있는 것이 아니다."[527]

22   온 정신을 앗아가도록 커다란
      사랑이 눈빛에 비치는 것을
      여기서 때때로 보듯이,

25   거룩히 타오르는 번갯불 속으로
      나를 돌렸을 때, 나와 조금 더
      말하고자 하는 그의 소망을 알 수 있었다.

28   그가 시작했다. "꼭대기에서부터 생명을 얻고[528]

---

527 바라보는 내 눈만이 아니라 다른 영혼들의 말 속에서 천상의 축복을
     얻을 수 있다.
528 아래 뿌리가 위 하느님이고.

항상 열매가 맺고 잎이 절대 지지 않는
나무의[529] 이 다섯 번째 층에는,[530]

31   하늘에 오기 전 아래에서,
모든 뮤즈들을 풍성하게 했을
큰 이름을 떨친 성스러운 영혼들이 있다.

34   십자가의 팔들을 바라보아라.
내가 이름을 부르면 구름 속의
불꽃처럼[531] 빠르게 번뜩일 것이다."

37   여호수아를 부르자 한 빛이
십자가를 가로지르는 것을 보았다.
말하는 동시에 일어난 일이었다.

40   고귀한 마카베오의 이름에
다른 빛이 돌면서 움직이는 것을 보았다.
기쁨이 팽이의 채였다.[532]

---

529 천국의: "강 좌우 가에는 각종 먹을 과실나무가 자라서 그 잎이 시들지
아니하며 열매가 끊이지 아니하고 달마다 새 열매를 맺으리니 그 물이
성소를 통하여 나옴이라" (에제키엘 47.12).
530 화성천.
531 번개처럼.
532 여호수아와 마카베오는 유대인들을 이끌고 믿음을 위해 싸운 구약의

43   샤를 마뉴와 롤랑을[533] 따라
      두 빛을 주의깊게 쫓은 내 눈은
      날아가는 매를 쫓는 것과 같았다.

46   이어서 궐리엘모와 리노아르도,
      고티프레디 공작, 그리고 로베르 귀스카르가[534]
      십자가를 가로질러 가며 내 시야를 끌었다.

49   그러고 나서, 내게 말하던 영혼이 다른 빛들 사이로
      섞여 들어가며 하늘의 합창대 중에서
      얼마나 위대한 예술가인지를 내게 보여주었다.

52   베아트리체가 말이나 행동으로
      표하는 내 의무를 보려고,
      내 오른쪽으로 내 몸을 다시 돌렸다.

55   그녀의 빛이 너무나 순수하고
      환희에 가득차 있어서, 이전이나 잠시 전의
      그녀의 모습들을 넘어섰다.

58   마치 선을 행하며 커지는 기쁨을

두 영웅들이다.
533 신성 로마 제국의 기반을 마련한 황제와 기사.
534 이교도를 무찌른 영웅들.

느끼는 사람이 하루하루
그의 미덕이 자라는 것을 감지하듯이,

61   나는 더 아름다워진 그 기적을 바라보며,
      하늘과 함께하는 나의 회전의
      둘레가 커지는 것을 알아챘다.

64   부끄러움의 짐이 여인의 얼굴에서
      덜어질 때, 짧은 시간만에
      자신의 하얀 살결로 변해가듯이,

67   내가 돌아보았을 때, 나를 자신 안에 받아들인
      조화로운 여섯 번째 별의[535] 하얀빛이
      내 눈 속에 그렇게 퍼졌다.

70   목성의 횃불 안에서 우리 말로
      내 눈에 신호를 보내는 사랑의
      반짝임을 나는 거기서 보았다.

73   강에서 솟아오른 새들이
      그들의 먹이를 축하하는 것처럼
      둥글게 혹은 다른 모양으로 무리를 이루듯이,

---

535 뜨거운 화성과 차가운 토성을 중제하는 목성.

76   빛 속의 성스러운 모습들이
날아다니며 노래하며 그들의
D, I, L 모양을 연이어 만들었다.

79   먼저, 노래하며, 그 음에 따라 움직였다.
그리고, 이 글자들 중 하나가 되어
잠시 멈추고 조용하였다.

82   오, 페가소스의 여신이여,[536] 당신은
천재들에게, 또 그들은 당신과 함께
도시와 왕국들에게 기나긴 영광을 안겨줍니다.

85   당신의 빛으로 나를 비추어, 제가 세며 이해한[537]
형상들을 새길 수 있게 하소서.
당신의 힘이 이 몇 구절에 나타날 수 있기를!

88   다섯 곱하기 일곱 개[538]의 모음과 자음들로
펼쳐졌고, 부분 부분들이
내게 말하는 것을 기록했다.

---

536 페가소스의 말굽이 판 헬리콘의 샘물을 마시는 뮤즈.

537 한 글자씩 세어가며.

538 5x7=35.

91   그려진 전체 문장의 첫 동사와 명사는
      '정의를 사랑하라'였고 마지막은
      '지상의 통치자들이여'였다.[539]

94   그리고 다섯 번째 단어의 M을 장식하며[540]
      영혼들이 머물러, 목성의 은색이
      그 곳에서 금색으로 바래졌다.[541]

97   다른 빛들이 M의 꼭대기 위로 내려와
      거기에 안착하여,[542] 그들을 이끄는
      선을[543] 노래하는 듯 보였다.

100   불타는 장작을 치면
      어리석은 이들이 보고 빌던
      수많은 불꽃들이[544] 튀어 오르듯이,

---

539 원문 "DILIGITE IUSTITIAM QUI IUDICATIS TERRAM"은 라틴어 성서
     (Vulgata)에 포함된 지혜서(Sapientia)의 첫 35 글자들이다. "땅을 다스리
     는 너희는 정의를 사랑하여라" (지혜서 1.1).
540 마지막 단어(TERRAM)의 마지막 글자(M).
541 목성의 은색 바탕에 영혼들의 금색으로 놓은 자수 같았다.
542 백합 모양을 만든다.
543 하느님(il ben).
544 당시 사람들이 타는 장작들을 치면 나오는 수많은 불꽃들처럼 많은 복
     을 빌곤했다.

103   그곳에서부터 천개도 넘는 빛들이,
           불태우는 해가 정한 만큼,
           높고 낮게 다시 올라가는 것이 보였다.

106   각자 제자리에서 모두가 조용해졌을 때,
           그 금색 불꽃이 독수리의 머리와 목을
           재현하는 것을 나는 보았다.

109   그곳에서 그리는 자를 이끌 자는 없다.
           그가 인도하고 그로부터 둥지들의
           원형이 되는 힘을 인지한다.[545]

112   처음에 M을 백합으로 만들며
           행복해 보였던 다른 복된 영혼들이
           작은 동작으로 그 형상을 따라갔다.

115   오 감미로운 별이여,[546] 얼마나 많고 귀한 보석들을
           내게 펼치며, 우리의 정의는 네가 보석을
           심은 하늘의 영향임을 보여주었는지!

118   너의 움직임과 너의 힘을 시작하시는 정신이

---

545 둥지에서 태어난 지상의 독수리 모양의 원형이 하느님의 마음에 존재
     하지, 하늘의 그림이 땅의 모양을 따라한 것이 아니다.
546 정의로 쓴맛을 다스리는 (즉, 부정의를 벌하는) 감미로운 목성.

너의 빛을 흐리게 하는 연기가 나오는 곳을
다시 한번 보시기를 내가 간청한다.

121   그리하여 기적과 순교로 담을 쌓아올린
성전 안에서 사고 파는 사람들에게 이제
다시 한번 분노하시기를 빈다.

124   오, 내가 명상하는 하늘의 군대여,
나쁜 본보기를 따라 길을 잃은
지상의 모든이들을 위해 기도하소서!

127   예전에 칼을 들고 전쟁에 나가곤 했다. 그러나 이제
자비로운 아버지께서 누구에게서도 앗아가지 않으시는
빵을 여기저기에서 빼앗고 있다.[547]

130   사면하기 위해서만 파문하는 자여,[548]
네가 망치고 있는 포도밭을 위해 죽어 가신
베드로와 바울이 아직 살아계심을 염두에 두어라.

---

547 이교도에 대항하던 초창기와 반대로, 그리스도교인들을 임의로 이단자
로 몰아, 모두를 위해 희생하신 하느님의 영성체를 교황이 정치적 이
익을 위해 가로채고 있다.

548 사면으로 받는 돈만을 위해 파문을 남용하던 교황 요하네스 22세(재
위: 1316-1334).

133   네가 이렇게 말할 수 있다. "홀로 살려했으나

       춤 때문에 순교자가 된 분에

       마음을 둔 것은 확실하오.

136   고기잡이나 폴로는 알지 못하오."[549]

549   광야에서 홀로 살다 결국 헤롯을 위해 춤추던 살로메의 요청으로 목
       이 잘려 죽은 세례 요한의 얼굴이 피렌체의 금전 한 쪽에 새겨져 있다.
       오직 금전에 새겨진 세례 요한만을 갈구하는 교황 요하네스 22세는 "
       고기잡이"(il pescator)와 "가치 없는 자"(Polo)로 비하시켜 부르는 교회의
       창시자들인 베드로와 바울을 말과 행동으로 무시하고 있다.

천국 19곡

1   영혼들이 함께 모여 감미로움을 즐기며
       기꺼이 만든 아름다운 형상이
       날개를 펼치며 내 앞에 나타났다.

4   햇빛이 하나하나의 루비 속에서
       너무나도 불타올라
       해가 내 눈 속에서 빛나는 듯했다.

7   내가 지금부터 그려내야 하는 것은
       어떤 목소리가 담지도, 어떤 잉크가 쓰지도 못했으며,
       상상할 수도 없었던 그런 것이다.

10   독수리 부리가 '나'와 '나의'를
       말하고 소리내는 것을 나는 보고 들었다.
       '우리'와 '우리의'를 의미하고 있었다.[550]

13   그리고 시작했다. "정의와 자비로,[551]
       욕망이 이겨낼 수 없는

---

550 수많은 영혼들(우리)이 한 목소리(나)를 내고 있었다.
551 세상을 다스리는 주님과 군주의 두 가지 덕목.

영광으로 내가 올라왔다.[552]

16   지상에는, 사악한 사람들도
        찬양하나 행동으로는 따르지 않는,
        내 기억을 남겨놓았다.”

19   많은 숯덩이들에서 단 하나의
        열기만을 느낀다. 그 형상의 많은 사랑에서
        단 하나의 목소리만 나왔던 것처럼.

22   곧바로 내가 말했다. “오, 끝없는 기쁨의
        영구한 꽃들이여, 당신들의 모든
        향기가 내게 하나로 모아집니다.

25   숨결을 뿜어내면서, 지상에서 먹을 것을 찾지 못해
        나를 오랫동안 굶주리게 한
        대기근으로부터 나를 구하소서.

28   하느님의 정의가 하늘의 다른 왕국을
        자신의 거울로 삼는다 해도, 당신들은 그것을
        환히 들여다볼 수 있다는 것을 잘 알고 있습니다.[553]

---

552 어떤 욕망도 뛰어넘는 영광.
553 “저 위에 거울들이 있다. 너희가 좌품천사들이라 부른다. / 그곳에서 심
     판하시는 하느님이 우리들에게 비친다”(천국 9.61-62). 토성을 움직이는

31   당신들은 내가 얼마나 주의 깊게 듣기 위해
        준비하고 있는지 아십니다. 그토록 오랫동안
        나를 굶주리게 한 의심이 무엇인지를 아십니다."

34   머리 덮개를[554] 벗은 매가,
        머리를 움직이고 날개를 퍼득이며,
        의욕을 보이고 자신을 아름답게 꾸미듯이,

37   하느님의 은총을 찬미하는 영혼들로 이루어진
        그 표상이 저 위에서 기뻐하는 자만이 알 수 있는
        노래를 부르는 것을 나는 보았다.

40   그리고 그것이 말하기 시작했다. "컴퍼스로
        세상의 둘레를 그리신 분이[555] 그 안에
        보이는 것과 보이지 않는 것을 구분하셨다.

하느님의 지성들인 좌품천사들에 비친 하느님의 정의이지만 목성의
영혼들도 환히 들여다 볼 수 있다.

554 사냥 전에 씌우는 두건.

555 "하느님이 하늘들을 펼치시고 심연의 원을 원리로 두르실 때 내가 있
     었다(quando praeparabat caelos aderam quando certa lege et gyro vallabat
     abyssos)"(잠언 8.27).

43   그분의 힘이 온 우주 안에

다 새겨질 수 없을 정도로,[556]

그분의 말씀은 무한히 넘칠 수밖에 없다.

46   모든 창조물 중 최고이자 최초로 교만한 자가

빛을 기다리지 않아 덜 익은채 떨어진 것이

그것을 확인시킨다.[557]

49   그래서 그보다 더 작은 모든 자연물들은,

무한하며 자신을 자신으로만 재는

그 선을[558] 담기에 작아 보인다.

52   그러므로 너희의 시야는,

만물에 가득 차 있는

그 정신의 한 줄기 빛일 뿐이고,

55   보이는 것을 훨씬 넘어

그 근원을 지각할 수 있는

힘이 본질적으로 없다.

---

556 하느님의 무한한 힘과 말씀은 세상의 둘레 안에 담기지 않는다.

557 하느님이 허락하시는 빛이 아니라 자신의 교만으로 하느님만큼 빛나려
다 하늘의 최고의 자리에서 심연의 가장 낮은 곳으로 떨어진 루키페르.

558 하느님 (quel bene).

58   영원한 정의 속에서
      너희의 세상이 얻는 시야는
      바닷속을 들여다 보는 눈과 같다.

61   바닷가에서는 바닥이 보이나
      바다가 깊어지면 보이지 않는다.
      거기에 있지만 심연은 숨어 있다.

64   빛은 결코 흐려지지 않는 청한 하늘에서
      오지 않으면 빛이 아니니, 어둡거나
      육신의 그림자이거나 독일 뿐이다.

67   네가 그렇게 자주 질문하던
      살아 있는 정의를 너에게 숨겨왔던
      은신처가 이제 네게 활짝 열렸다.

70   네가 말하곤 했다. '인더스 강변에
      한 사람이 태어났는데, 그곳은 그리스도에 대해
      아무도 말하지도 가르치지도 쓰지도 않았습니다.

73   모든 의지와 행동이 올바르고,
      인간의 이성이 보는 한에서
      그의 말과 실생활에 죄가 없이,

76   세례와 신앙도 없이 죽으면
      그를 벌하는 정당성이 어디에 있습니까?
      믿지 않는 것이 어찌 그의 죄입니까?'

79   한 뼘보다 짧은 시야로
      천리 밖을 심판하려
      재판석에 앉으려는 너는 누구냐?[559]

82   성서가 너희 위에 있지 않았더라면,
      나와 세세히 따지려는 자가
      의심할 것이 태산과 같을 것이다.

85   오, 지상의 동물들이여! 오, 둔한 정신들이여!
      그 자체로 선한 최초의 의지는
      최고의 선인 자기 자신으로부터 절대 떠나지 않았다.

88   그것에[560] 부합하는 것만 정의롭다.
      어떤 창조된 선도 그것을 자신에게 끌어내리지 않는다.
      그것이 비추면서 창조된 것의 근거가 된다."[561]

---

559 "하느님을 반문하는 사람인 네가 누구냐(o homo tu quis es qui respondeas
     Deo)" (로마서 9.20).
560 최초의 의지에.
561 최초의 의지가 비쳐 내려와 창조된 선의 근거가 되지, 창조된 선이 최초
     의 의지를 끌어내릴 수 없다. 최초의 의지에 부합하는 데 정의가 있다.

91   황새가 새끼를 먹인 후
        둥지 위를 돌며 날자,
        먹이를 먹은 새끼가 어미를 올려다보듯이,

94   수많은 의지들이 함께 움직이며
        그렇게 하는 날개의 그 축복된 형상을
        나는 내 눈을 들어올려 바라보았다.

97   그것이 돌면서 노래하며 말했다.
        "네가 내 노래를 이해할 수 없는 것과 같이,
        영원한 심판이 너희 피조물들에게 그러하다."

100   성령에 불타는 불빛들이,
        세상에서 경외받던 로마인들의
        표상에서[562] 다시 조용해진 후,

103   독수리가 다시 말을 시작했다. "그리스도께서
        나무에 못박히시기 전이든 후이든
        그를 믿지 않았던 자들은 이 왕국에 절대 오르지 못했다.

106   그러나 보거라. '그리스도여, 그리스도여'를 외치는 많은 자들이
        그리스도를 알지 못하는 이들보다 심판의 날에
        그리스도로부터 훨씬 더 멀리 떨어져 있을 것이다.

———

562 로마 제국의 상징인 독수리.

109   영원한 부자와 빈자로 두 부류로 나뉘어 질 때

에디오피아 사람이[563]

그런 그리스도인들을 정죄할 것이다.[564]

112   너희의 왕들의 모든 치욕들이

적힌 책이 펼쳐져 있는 것을 보고

페르시아인들이 무어라 말하겠는가?

115   거기서,[565] 알브레히트의 소행들 중에서

프라하 왕국을 황폐시킨 일이

곧 쓰여지게 될 것을 볼 것이다.[566]

---

563 그리스도를 알지 못하는 사람.

564 "또 너희에게 이르노니 동서로부터 많은 사람이 이르러 아브라함과 이삭과 야곱과 함께 천국에 앉으려니와 그 나라 본 자손들은 바깥 어두운 데 쫓겨나 거기서 울며 이를 갈게 되리라" (마태복음 8.11-12).

565 "거기서(Li)"가 세 번 반복된다. "거기서"부터 시작되는 다음 9연으로 퍼져있는 유럽 각국의 왕들은 "L"로부터 시작하는 3연과 "U/V"(라틴어에서 같은 알파벳)와 "E"로 시작하는 각각 다음 3연에서 "LUE," 즉 라틴어로 "역병으로"라는 아크로스틱(acrostic: 두문자어, 즉 각 행 첫글자가 모여 만든 말) 뒤를 따르고 있다. 정의의 영혼들의 빛이 독수리의 형상을 이루듯, 그들의 한 목소리가 만들어낸 두문자어가 불의의 왕들을 당시 유럽 전역으로 퍼진 역병으로 표시하고 있다. 역병은 교만과(123행) 정욕과(126행) 탐욕/인색의(133행) 세 가지 악덕들로 구성되어 있다. 참으로, "어떤 목소리가 담지도, 어떤 잉크가 쓰지도 못했"던 (천국 19.8) 것을 순례자가 듣고 시인이 써낸 것이다.

566 합스부르크 가문 출신의 알브레히트 1세가 1304년 프라하가 수도였

118   거기서, 화폐를 위조하여

       센 강 위로 고통을 끌어들이고,

       돼지 껍질에 차여 죽을 자를 볼 것이다.[567]

121   거기서, 스코틀랜드인과 영국인을 사납게 하여

       자기 영토 안에서 견디지 못하게 하는[568]

       저 목마른 교만을 볼 것이다.

124   덕을 알지도 알고자 하지도 않았던

       스페인 왕과 보헤미아 왕의[569]

       음탕하고 의지 없는 삶을 볼 것이다.[570]

127   예루살렘의 절름발이의

       선행은 I로 그 반대는 M으로

던 보헤미아 왕국을 침략하고 벤체스라우스 2세(재위: 1278-1305)를 폐
위시킨다.

567 돼지에 차인 말에서 떨어져 죽은 프랑스의 필립 4세(재위: 1285-1314)의
부패를 시인이 비난하고 있다.

568 스코틀랜드와 잉글랜드 사이의 그치지 않는 분쟁.

569 스페인의 페르디난도 4세(재위: 1295-1312)와 보헤미아의 벤체스라우
스 2세 (재위: 1278-1305).

570 원문에서 "LUE"의 아크로스틱을 이루는 두 번째 글자 "V"는 "Vedrassi"
로 "네가 볼 수 있을 것이다"라는 이태리어 동사이다. 우리말에 동사가
문장의 끝에 오는 이유로 역자는 "볼 것이다"로 3연을 동일하게 마친다.

표시되는 것을 볼 것이다.[571]

130   안키세스가 긴 생애를 마쳤던
        저 불의 섬을[572] 지키는 자의
        인색함과 비겁함을 볼 것이다.[573]

133   그리고[574] 그가 얼마나 야박한지 말해주기 위해,
        작은 공간에 가득 채워 쓰여질
        글자들이 잘릴 것이다.[575]

---

571   예루살렘의 왕을 자칭하고 "절름발이 샤를"(Carlo lo Zoppo)의 별칭으로 불렸던 나폴리의 왕 샤를 2세(재위: 1285-1309)의 선행은 하나만 악행은 천 개가 적혀있을 것이다. 알파벳 I와 M은 1과 1000을 가리키는 로마 숫자들이다.

572   아이네아스의 아버지가 죽은 화산이 있는 섬 시칠리아.

573   시칠리아의 왕 페데리고 2세.

574   "그리고"의 원문인 "E"가 "LUE"의 마지막 알파벳을 다음 3연의 첫머리에서 3번 반복한다.

575   페데리고 2세의 야박함에 적당한 작은 공간이 넘치도록 쓰여진 그 많은 죄들의 글자들이 잘려나갈 것이다. 단테 시인이 여기 기록한 왕들 중 유일하게 2연으로 넘치는 왕이 인색한 페데리고 2세이다. 아마 글자들이 잘리지 않도록 한 시인의 의도를 암시하는 것으로 해석될 수 있다.

136   그리고 수염쟁이와[576] 형이[577]
       훌륭한 혈통과 두 왕관에 흠집을 낸
       추잡한 행실이 모두에게 드러날 것이다.

139   그리고 포르투갈과 노르웨이의 왕,[578]
       베네치아의 주화를 나쁘게 변조시킨
       라쉬아의 왕을 거기서 알게 될 것이다.[579]

142   오, 더이상 잘못 끌려다니지 않는다면
       축복 받을 헝가리여![580] 오, 둘러싸인 산으로
       무장했었더라면 행복했을 나바르여![581]

---

576 여기 "수염쟁이"는 "숙부"를 가리키는 방언이다. 페데리고 2세의 숙부
     였던 마요르카의 왕 자우마 2세(재위: 1276-86; 1295-1311)는 프랑스와
     아라공 사이의 실력 분쟁 사이에서 10년 동안 왕위를 잃었다.

577 페데리고 2세의 둘째 형이었던 아라곤의 왕 자우마 2세는 페데리고 2
     세 전에 시칠리아를 그리고 마요르카 왕 자우마 2세 대신 마요르카를
     통치하기도 했다.

578 포르투갈의 왕 디오니시우스(재위 1279-1325)와 노르웨이의 왕 하콘 5
     세(재위: 1299-1319).

579 라스키아(세르비아 지역을 일컫는 라틴어) 왕 스테판 우로스 2세(재위:
     1282-1321)는 변조된 베네치아 화폐를 유통시켰다.

580 헝가리 왕 안드라스 3세(재위: 1290-1301)를 샤를 마르텔의 아들이 승계
     하기를 단테는 바란다.

581 피레네 산맥이 프랑스를 막았다면 행복했을 나바르 왕국.

145   이미 이것의 증거로, 니코시아와 파마고스타가

그들의 짐승 때문에 한탄하며 울부짖고 있다는 것을[582]

모두가 믿어야 한다.

148   그 짐승은 다른 짐승들의 곁에서 멀리 있지 않다."

---

582   니코시아와 파마고스타 시로 대표되는 키프로스가 프랑스에서 온 앙
      리 2세(재위: 1285-1324)의 사나운 폭정에 시달리고 있었다. 폭군들이
      짐승들로 표현되고 있다. 교만과 (천국 19.123) 정욕과 (천국 19.126) 탐
      욕/인색의 (천국 19.133) 세 가지 악덕들이 사자와 (지옥 1.44) 표범과 (지
      옥 1.33) 암늑대로 (지옥 1.51) 지옥에서 나타났다.

천국 20곡 목차 (목성천)

1-15: 해가 지면 더욱 빛나는 별들처럼, 독수리가 침묵하자 더욱 빛나며
노래하는 영혼들
16-30: 천상의 목소리들이 침묵하자, 독수리의 목소리가 다시 말한다.
31-78: 독수리의 눈동자와 눈썹에서 빛나는 다윗, 트라야누스, 히스기
야, 콘스탄티누스 대제, 굴리엘모 2세, 리페우스.
79-99: 하느님의 사랑과 사람의 희망과 하느님의 뜻
100-129: 희망이 초래한 트라야누스의 기적과 하느님의
심오한 사랑으로 구원된 리페우스
130-148: 하느님의 뜻에 따르는 감미로움

천국 20곡

1   온세상을 비추던 해가
       우리 반구로부터 내려가
       사방의 낮을 꺼버리면,

4   여태 해로만 켜져있던 하늘이,
       순식간에 한 해가 반사된
       수많은 빛들로[583] 다시 비친다.

7   하늘의 이런 움직임이 내 마음에 떠올랐다.
       세상과 그 지도자들의 표상이
       축복받은 부리 안에서 침묵하고,

10   그 모든 살아 있는 빛들이
       더욱더 빛나며 내 기억으로부터
       달아나버린 노래를 시작했을 때.

---

583   별들에 의해.

13   오, 미소에 감싸인 감미로운 사랑이여,
      오직 신성한 사고들만 불어내던 그 피리들 속에서
      얼마나 뜨겁게 타오르는 듯 보였던가![584]

16   여섯 번째 빛을 장식하던
      귀하고 찬란한 보석들이
      천사들의 노래를 침묵시키자,[585]

19   저 위에서 넘쳐나는 원천을 보여주며
      아래 돌과 돌 사이로 맑게 내려오는
      강물의 속삭임을 내가 듣는 듯했다.

22   비파의 목에서 소리가
      형태를 이루듯이, 피리 구멍에
      바람이 스며들어 소리가 나오듯이,

25   독수리의 속삭임이
      비어 있는 목을 타고
      거침없이 올라왔다.

---

584 불타는 사랑으로 넘치는 신성한 목소리를 내며 미소를 피우는 빛들.
585 영혼들의 천상의 목소리가 멈추었을 때.

28 　거기서 목소리가 되고
　　　말의 형태가 되어 부리를 통해 나왔고
　　　기다리던 내 가슴에 그것을 적어 넣었다.

31 　"필멸의 독수리들이 해를 보고 견디는
　　　나의 한 부분에,"[586] 그것이 내게 말을 시작했다.
　　　"촛점을 맞추어 보아라.

34 　나의 형상을 이루는 불꽃들 중에서
　　　나의 머릿속의 눈을 반짝이게 하는 이들이
　　　가장 고귀하신 분들이다.

37 　눈동자의 한가운데에서 빛나시는 분은
　　　성궤를 도시에서 도시로 옮겨다니시던
　　　성령의 가인이셨다.[587]

40 　이제 그는 당신의 노래의 가치를 아신다.
　　　자신의 의지로 인한 결과였던 만큼[588]
　　　그만큼 크게 되돌아온 보상을 통해서.

586 　독수리의 눈이 해를 견딜 수 있다고 믿었다.

587 　여호와의 궤를 다윗성까지 옮긴 다윗왕 (사무엘하 6.1-12). 시편을 지은
　　　가인으로 간주되었다.

588 　성령의 영감에 더해진 시인의 재능의 결과물.

43   내 둥근 눈썹을 만드시는 다섯 분들 중에서

내 부리에 가장 가까우신 분은

아들을 잃은 과부를 위로하셨다.[589]

46   이제 그는 이 감미로운 삶과 그 반대의 삶을

경험함으로써[590] 그리스도를 따르지 않은

대가가 얼마나 큰지 아신다.

49   내가 말하는 둘레에서 올라가는

곡선을 따르시는 분은

진정한 뉘우침으로 죽음을 늦추셨다.[591]

52   이제 그는 참된 기도가 저 아래에서

오늘을 내일로 만들 때도

영원한 심판은 변하지 않는다는 것을 아신다.

55   다음에 따르시는 분의 선의가

나쁜 열매를 맺었으니, 목자에게 양보하기 위해

법과 나와 함께 그리스인이 되신 분이다.[592]

---

589 트라야누스 황제.

590 교황 그레고리우스 1세의 기도로 구원되기 전 지옥의 경험.

591 눈물의 기도로 15년의 생을 여호와로부터 더 선사받은 히스기야 왕 (열
     왕기하 20.1-6; 이사야 38.1-20).

592 로마 황제 콘스탄티누스 1세가 로마의 법과 상징(독수리)을 그리스의 식

58   이제 그는 그의 선행에서 파생된 악이

        세계를 파괴했다 해도

        그를 해치지 않는다는 것을 아신다.

61   내려가는 곡선에서 네가 보는 분은

        굴리엘모 왕이셨다. 살아 있는 카를로와 페데리고

        때문에 우는 그 땅이[593] 그를 애도한다.[594]

64   이제 그는 하늘이 정의로운 왕을

        얼마나 사랑하시는지 아신다.

        그의 찬란한 모습에서 그것을 아직 볼 수 있다.

67   트로이인 리페우스가[595] 이 원 안에

        다섯 번째 신성한 빛일 것이라고

        저 아래 세상에서 헤매고 있는 누가 믿겠는가?

민 도시였던 비잔티움으로 옮긴 후, 로마 교황의 위상과 부정이 높아지고 깊어져, 황제의 선의가 결국 악의 열매를 맺었다.

593 샤를 2세와 페데리고 2세 아래서 우는 나폴리와 시칠리아 왕국.

594 정의로웠던 시칠리아의 왕 굴리엘모 2세 (재위 1166-1189).

595 베르길리우스의 서사시(《아이네이스》 2.426)에서 '가장 정의로운 사람(Ripheus justissimus)'으로 단 한 번 언급된 일개 이교도 병사가 성서 속의 그리고 역사적인 군주들과 함께 천국에 구원되어 있다. 영원한 심판의 정당성과 심오함에 대한 단테의 의문(천국 19.70-78)에 대한 한 구체적인 답이 될 수 있다.

70   이제 그는 세상이 볼 수 없는
      하느님의 은총을, 비록 그 심연은
      볼 수 없으나, 충분히 아신다.”

73   허공 속을 떠다니며 처음에 노래하던
      작은 종달새가 만족스런 마지막 감미로움에
      취해 침묵하는 것처럼,

76   모든 것이 있는 그대로 되도록 바라는
      그분의 영원한 기쁨으로[596]
      그 형상이 새겨진 것이 내게 보였다.

79   비록 내가 내 의심에 대하여 거기서
      입힌 색을 그대로 드러내는 유리와 같았을지라도,[597]
      침묵하며 시간을 기다릴 수 없어,

82   내 입에서 “이것들이 무엇입니까?”라는 말이
      그 무게에 실려 밀려 나왔다.
      번쩍이는 빛의 대축제를 내가 보았기 때문이다.

85   나를 놀란 채 두지 않으려고

------

596 하느님의 뜻에 따라.
597 속생각이 항상 유리를 통해서처럼 비쳐나왔다.

그 축복된 표상이 더 빛나는 눈으로
이내 내게 대답했다.

88   "내가 말하니 이 일을 네가 믿지만,
네게 숨겨져 있는 이유를
네가 볼 수 없다는 것을 내가 본다.

91   네가 사물의 이름은 잘 알지만,
누가 해명해주지 않으면
그 본질을 보지 못하는 것과 같다.

94   하늘의 왕국은 뜨거운 사랑과
살아 있는 희망으로부터 폭력을 겪는다.
이 두 가지가 하느님의 뜻을 꺾는다.

97   사람이 사람을 이기는 방식과는 달리
하느님의 의지는 지려고 하기에 이기고
짐으로써 하느님의 자비로 이긴다.

100   눈썹의 첫 번째와 다섯 번째 삶이
천사들의 영역을 그리고 있는 것을[598]
네가 보고 놀라워한다.

---

598 천국을 그리고 있는 것을.

103   네가 믿는 것처럼 그들은 이교도가 아니라
      한 사람은 못 박히실 발을, 한 사람은 못 박히신 발을
      굳게 믿는 그리스도인으로 그들의 몸에서 나왔다.[599]

106   선한 의지로 절대 되돌아올 수 없는
      지옥에서[600] 뼈로 되돌아온 한 사람은[601]
      살아 있는 희망에 대한 보상이었다.

109   그를 되살리려 하느님께 드린 기도들 속에[602]
      들어 있던 살아 있는 희망의 힘이
      하느님의 의지를 움직일 수 있기를 기원했다.

112   여기 언급된 영광의 영혼은
      잠시 육신으로 돌아와
      자신을 구원하신 그분을 믿었고,[603]

---

599 십자가에 못박힐 (리페우스) 그리고 못박힌 (트라야누스) 그리스도를 믿
     는 영혼들이 그들의 몸을 떠났다.
600 구원을 위해 참회하는 선한 의지가 영원히 존재하지 않는 지옥.
601 트라야누스의 영혼이 지옥에서 자신의 몸을 되찾아 왔다.
602 정의롭고 자비로웠던 트라야누스 황제의 구원을 위해 드린 교황 그레
     고리우스 1세의 기도.
603 트라야누스가 지옥에서 되찾아온 몸속에서 잠시 되살아나 세례를 받
     았다는 전설은 토마스 아퀴나스도 있을 수 있는 기적으로 인정하였다.

115   믿으면서 진정한 사랑의
       커다란 불꽃 속에 타올라,
       두 번째 죽음에서 이 행복으로 오기에 합당하였다.[604]

118   창조물의 눈이 그 원천까지
       결코 닿을 수 없는 심연에서
       솟아오르는 은총으로 다른 사람은,

121   그의 모든 사랑을 저 아래의 정의로움에 바쳤고,
       은총에 은총을 더해서, 우리 미래의 구원에
       하느님께서 그의 눈을 뜨게 하셨다.[605]

124   그 믿음으로, 그는 더이상
       이교의 썩은 냄새를 견디지 못했고,
       비뚤어진 자들을 비난했다.

---

604 세례를 위해 잠시 되살아났던 트라야누스가 두 번째 죽은 후 천국으로 왔다.

605 은총으로 정의에 불타던 리페우스가 또 은총으로 그리스도를 예견하여, 교회나 세례의 외부적 조건 없이도 순수히 내부적인 믿음만으로 구원되었다. 토마스 아퀴나스도 따랐던 교리인 "암묵적인 계시 (implicit revelation)"를 논하고 있다. 하느님의 사랑의 심오함을 다시 전제한다.

127   세례가 생기기 천 년보다도 전에,[606]

       네가 오른편 바퀴에서 본

       세 여인들이 그의 세례에 있었다.[607]

130   오 예정이여, 너의 뿌리가

       얼마나 멀리 떨어져 있는지,

       제일 원인 전부를 그 눈들이 볼 수가 없다!

133   너희 필멸자들이여, 판단의

       고삐를 팽팽히 쥐어라.[608] 하느님을 보는

       우리도 아직 모든 선택된 사람들을 알지 못한다.

136   모자란 것이 우리에겐 감미롭다.

       이 선 속에서 우리의 선이 정화되어

       하느님의 뜻을 우리가 따르기 때문이다.”

139   그렇게 그 신의 형상이

       내 짧은 시야를 밝혀주기 위해

       달콤한 약을 처방해 주었다.

606　트로이 전쟁이 기원전 1200년경에 일어난 것으로 중세는 추정했다.

607　순례자가 연옥 꼭대기에서 본 세 여인들이 상징하는 신학적 덕목들인
　　　믿음, 희망, 사랑을 하느님이 리페우스의 내면에 직접 내리셨다.

608　판단을 쉽게 내리지 말아라.

142   좋은 연주자가 좋은 가인을 따라
      줄을 튕겨
      노래의 기쁨을 더하듯이,

145   그것이 말하는 동안 내가 본 것을 기억한다.
      두 눈들과 같이 깜빡이는
      두 축복된 빛들의 작은 불꽃들이

148   한마디 한마디 말들과 함께 움직이고 있었다.

천국 21곡

1 내 눈들이 이미 내 마음과 함께
   내 여인의 얼굴에 고정되었고,
   다른 모든 것에 주의를 끊었다.

4 그러나 그녀는 미소 짓지 않았다.
   그리고 내게 말을 시작했다. "내가 미소 짓는다면,
   너는 세멜레처럼 재가 될 것이다.[609]

7 왜냐하면 네가 보았듯이,
   영원한 궁정의 계단을 타고 더 높이 오를수록,
   점점 증가하는 내 아름다움은

10 만약 조절하지 않는다면, 너무나도 밝게 빛나,
   네 필멸의 힘은 그 빛살 앞에서
   번개에 산산히 부서지는 나뭇가지와 같을 것이다.

---

609 유피테르의 가장 약한 번개를 보고 재가 되어버린 여인 세멜레 (지옥
   30.2 참조).

13   우리가 일곱 번째 빛에 올라왔다.
        불타는 사자자리의 가슴 아래에서
        이제 자신의 힘을 섞어 아래를 비추고 있다.[610]

16   네 마음을 눈 뒤에 고정하고
        그 눈을 이 거울에 나타날 형상을
        비추는 거울로 삼아라."[611]

19   거룩한 그녀의 얼굴 속에서 내 눈이
        무엇을 맛보았는지 누가 감지한다면,
        내가 주의를 다른 곳으로 옮길 때,

22   이쪽과 저쪽의 무게를 달아보면서,
        내 천상의 안내자에게 순종하는 것이
        내게 얼마나 행복한 것인지를 알 수 있을 것이다.[612]

25   모든 악을 잠재워 세상이 선호한
        왕의[613] 이름을 지니고 지구를 도는

---

610 뜨거운 사자자리에서 아래를 비추는 차가운 토성천에 올라왔다.

611 하느님의 거울에서 반사되어 네 눈들에 비치는 형상에 주의를 집중
     하여라.

612 그녀를 바라보는 행복과 그녀에게서 눈을 돌리라는 그녀의 말에 순종
     하는 행복의 정도가 동일하다.

613 베르길리우스가 노래한 황금시대의 왕 사투르누스 (지옥 14.96 참조).

수정구 안에서 나는 보았다.

28   금빛을 발하며 빛나는
      사다리가 저 높은 곳 속으로 세워져 있어
      내 눈이 더이상 따라갈 수 없었다.[614]

31   계단 아래로 너무나 많은 빛들이 내려오는 것을
      보면서 하늘의 모든 별들이 여기서부터
      퍼져 나온 것이라고 생각했다.

34   자연적 습성에 따라, 날이 밝으면,
      까마귀들이 차가워진[615] 깃털을 데우려
      떼지어 움직일 때,

37   몇몇은 뇌돌아 오지 않고 가버리고,
      몇몇은 제자리로 다시 돌아오고,
      몇몇은 뱅뱅 돌며 머물듯이,

---

614 야곱의 사다리: "[야곱이] 꿈에 땅에서 하늘에 닿는 층계가 있고 그
     층계를 하느님의 천사들이 오르락내리락하는 것을 보고 있었는데…
     " (창세기 28.12).
615 밤새도록 차가워진.

40   그곳에서 한 무리의 불빛들이 내려와
        어느 특정한 계단에 부딪히자 내게
        그들의 그런 모습이 그와 같아 보였다.[616]

43   우리에게 가장 가까이 머물던
        빛이 아주 밝아져 내가 마음속으로 말했다.
        '당신이 내게 나타내는 사랑을 잘 보고 있습니다.

46   그러나 언제 어떻게 내가 말하고 침묵해야 할지,
        내가 기다리는 그녀가 가만히 있으니,
        내 바람과 달리 묻지 않는 것이 좋다고 생각합니다.'

49   모든 것을 보시는 분의 시선으로
        나의 침묵을 본 그녀가 내게 말했다.
        "너의 뜨거운 염원을 풀어라."

52   그리고 내가 말을 시작했다. "당신의 대답을
        들을 만큼 제게 자격이 있는 것이 아니라,
        제게 질문을 허락한 그녀를 위해,

55   당신의 행복 속에 숨어 계신
        축복된 삶이시여, 제게 가까이

---

616   세 무리를 지었다.

오신 이유를 제게 알려 주십시오.

58 그리고 저 아래 다른 하늘들에서 경건하게 울리던
천국의 감미로운 화음이
왜 이 바퀴 안에서 고요한지 말씀해 주십시오.”

61 “너의 청력은 시력과 마찬가지로 필멸자의 것이다.”
그가 내게 대답했다. “그래서 베아트리체가 미소 짓지
않는 것과 같은 이유로 여기서 노래하지 않는다.

64 말로 그리고 나를 두루 감싸고 있는 빛으로
오직 너를 환영하기 위해 이렇게 아래로
신성한 사다리의 계단을 타고 내가 내려왔다.

67 더 큰 사랑이 나를 더 재촉한 것이 아니다.
타오르는 불꽃을 보아 네가 알 수 있듯이
더 크거나 같은 사랑이 여기서부터 저 위로 불타고 있다.

70 그러나 세상을 다스리는 섭리에
우리가 기꺼이 순종하게 하는 최고의 사랑이
네가 보는 것처럼 이곳의 숙명을 정한다.”[617]

---

617 자발적인 사랑이 더 커서가 아니라 최고의 사랑이 정한 숙명에 순종
한다.

73   "거룩한 등불이시여," 내가 말했다.
        "이 궁정에서 영원한 섭리에
        자유로이 따르는 사랑을 제가 잘 볼 수 있습니다.

76   그러나 같은 숙명의 사람들 가운데
        왜 당신에게만 이 소임이 예정되었는지
        제가 이해하기가 힘듭니다."

79   내가 말끝을 먼저 맺기도 전에,
        빛이 가운데를 중심으로 삼는 맷돌처럼
        빠르게 뱅뱅 돌기 시작했다.

82   그 안의 사랑이 이내 대답했다.
        "하느님의 빛살이 태중에 들어 있는[618]
        나를 뚫고 내 위에서 꽂혀,

85   그 힘이 내 시력과 결합해,
        나를 내 자신 위로 가장 높이 들어 올려
        그 힘이 흘러 나오는 최상의 본질을 보게 한다.

88   내가 불꽃처럼 타오르는 이 기쁨이 여기에서 온다.
        내가 더 밝게 볼수록

---

618 영혼을 싸고 있는 빛.

내가 더 밝게 불타기 때문이다.

91   그러나 하늘에서 가장 밝은 영혼도,
        하느님께 눈을 가장 고정시키고 있는 세라핌도
        너의 질문을 만족시킬 수 없을 것이다.

94   네가 묻는 것은 영원한 원리의
        심연 속으로 사라져
        피조물의 시력으로 닿을 수가 없다.

97   필멸의 세상으로 되돌아가면
        이것을 전해 감히 그런 목표로
        발을 옮기지 못하도록 하여라.

100   여기서 정신이 빛나지만 지상에서 연기를 뿜어낸다.[619]
        하늘이 들어올린 정신도 할 수 없는 것을
        저 아래에서 어떻게 할 수 있을지 잘 생각해 보아라."

103   그분의 말씀이 내게 그토록 엄격히 한계를 그어,
        나는 질문을 그만 두고 겸손히 물러나
        누구신지 물었다.

---

619 감각에 덮혀 희미하다.

106   "이탈리아 두 해안[620] 사이 네 고향에서[621]
       그리 멀지 않은 곳, 바위들이 높이 치솟아서[622]
       천둥조차 그보다 낮게 치는 곳이다.[623]

109   이름이 카트리아인 한 산등성이가 있고,[624]
       그 아래에 기도와 명상을 위한
       신성한 수도원이 세워졌다."[625]

112   그렇게 내게 세 번째 설교를 시작하셨다.[626]
       그리고 계속 말씀하셨다. "그곳에서
       나는 흔들림 없이 하느님을 섬겼고,

115   올리브 기름만 묻은 음식만으로[627]
       더위와 추위를 가볍게 넘기며
       묵상에 전념하고 만족하였다.

---

620   동서 해안.

621   피렌체.

622   아펜니노 토스코 에밀리아노 산맥.

623   구름보다 높이 치솟아 있다.

624   카트리아 산.

625   폰테 아벨라나 수도원.

626   숙명에 대한 두 질문 다음 자신의 생애에 대해 말씀하신다.

627   가장 소박한 음식만으로.

118   그 수도원이 이 하늘을 향해 풍부한 수확을
        이루곤 했다. 그러나 이제 불모지가 되어
        곧 실상이 드러나게 될 것이다.[628]

121   그곳에서 나는 피에트로 다미아노였고,
        아드리아 해안가의 성모의 집에서는[629]
        피에트로 페카토르였다.[630]

124   내 필멸의 삶이 얼마 남지 않았을 때,[631]
        내가 불려 나와 악에서 더 나쁜 악으로 채워지는[632]
        그 붉은 모자를 쓰게 되었다.[633]

127   게파가 왔고, 성령의 큰 그릇이 왔으니, [634]
        그들은 마르고 맨발로 아무 처소에서나
        음식을 받아 먹었다.

---

628 하느님의 분노가 드러날 것이다.

629 라벤나에 가까운 포르토에 있는 산타 마리아 수도원.

630 피에트로 다미아노의 필명.

631 50세의 나이에.

632 점점 더 나쁜 사람들로 채워지는.

633 추기경 자리에 강요되었다.

634 베드로와 바오로: "예수께서 보시고 이르시되 네가 요한의 아들 시몬
     이니 장차 게바라 하리라 하시니라 (게바는 번역하면 베드로)" (요한복음
     1:42); "나의 그릇" (사도행전 9.15).

130   지금 목자들은 너무나 무거워서
       이쪽저쪽에서 받히고 당기고
       뒤에서 올려주기를 바란다.

133   그들의 외투가 안장 올린 말들을 덮어버리니
       한 가죽 아래에서 두 짐승이 돌아 다닌다.
       오 얼마나 많이 참으시는 인내이신가!"[635]

136   이 목소리에 나는 더 많은 불꽃들이
       층층으로 내려와 도는 것을 보았다.
       돌면 돌수록 더 아름다워졌다.

139   그 불꽃들이 그의 주변을 돌다 멈추더니,
       높디 높은 소리로 함성을 질렀다.
       여기서는 비유조차 할 수도 없고

142   내가 이해할 수도 없는 그 천둥이 나를 압도했다.[636]

천국 22곡 목차 (토성천/ 항성천)

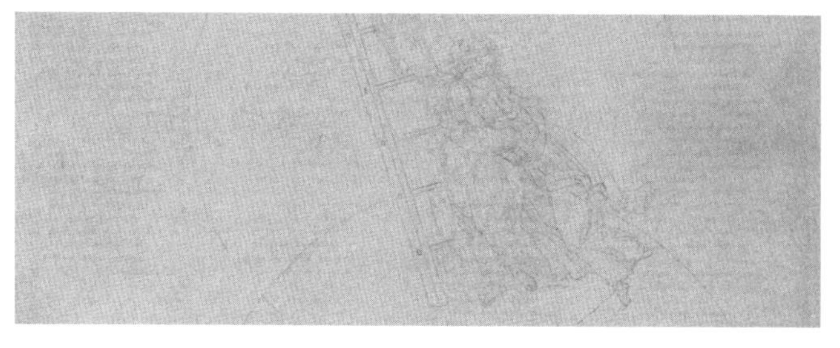

천국 22곡

1   겁에 질린 아이가 가장 안심할 수 있는
     곳으로 달려가듯, 나는
     나의 인도자에게 몸을 돌렸다.

4   새파랗게 질리고 숨가쁜 아들에게
     곧장 달려가 달래는 어머니의
     온화한 목소리로 그녀가

7   내게 말했다. "네가 하늘에 있음을 모르느냐?
     네가 온 하늘이 거룩함을 모르느냐? 그리고
     여기 모든 것이 선의의 열정에서 비롯됨을?

10   함성이 너를 그렇게 흔들어 놓은 후,
     그들의 노래와 나의 미소가 너를 어떻게
     바꾸어 놓았을지 이제 생각할 수 있을 것이다.

13   함성 속의 그들의 기도를 알아 들었다면,
     네가 죽기 전에 볼 복수를[637]

---

637 교황 보니파티우스 8세가 1303년에 아나니 사건으로 당한 치욕과 그
    이후의 죽음을 포함할 수 있다.

알아챌 수 있었을 것이다.

16   여기 위의 칼은 서두르지도 미루지도 않고
      자른다. 그러나 그것을 바라거나 두려워하며
      기다리는 자에게 그렇게 보이지 않는다.[638]

19   이제 너의 시선을 다른 영혼들에게 돌려라.
      내 말대로 네 눈을 돌리면
      여러 훌륭한 영혼들을 보게될 것이다.”

22   그녀가 원하는 대로 내 눈을 돌렸다.
      수백의 작고 둥근 빛들이 서로의 빛으로
      서로의 아름다움을 함께 더하고 있었다.

25   너무 지나칠까 두려워하여 묻지 않고
      호기심을 억누르는 사람처럼
      나는 서 있었다. 그러자,

28   그 진주들 중 가장 크고 가장 밝은
      빛이 앞장서서 그에 대한
      내 호기심을 만족시켜 주려했다.

---

638 복수는 바라는 자에게는 늦게, 두려워 하는 자에게는 너무 일찍 온다.

31   그 빛 안에서 목소리가 들렸다. "우리 사이에서
        불타오르는 사랑을 네가 나처럼 볼 수 있다면,
        네 생각은 이미 표현되었을 것이다.

34   네가 기다리면서 높은 목적지에
        늦지 않도록, 네가 묻길 주저하는
        생각에 내가 답하겠다.

37   카시노가 중턱에 자리한
        그 산봉우리는 거짓 신앙에
        빠진자들이 오르내렸던 곳이다.

41   우리를 그토록 높이 올리시는 진리를
        지상에 내려 가져오신 분의 이름을
        그 산봉우리 위로 내가 처음 가지고 올라갔다.

43   그토록 큰 은총이 내 위로 비쳐서,
        세상을 유혹한 불경한 우상숭배로부터
        주변 마을들을 내가 끌어내었다.[639]

46   여기 다른 불꽃들은 모두 성인의

---

639 몬테카시노의 대사원을 성 베네딕투스(480-547)가 아폴로 신전 대신
    세웠다.

꽃과 열매들을 탄생시키는 열정에
불타 올랐던 명상가들이었다.

49   여기에 마카리우스가,[640] 여기에 로무알두스가 있고,[641]
      여기에 내 형제들이 있다.
      이들은 수도원 안에 발을 묶고 강직한 마음을 지켰다.”

52   그리고 나는 그에게 말했다. “당신이 저와 말씀하시며
      보이시는 사랑과, 제가 불타는 모든 영혼들에서
      보고 알 수 있는 자비로운 모습이,

55   마치 해가 장미를
      활짝 피우는 것처럼,
      제 믿음을 활짝 피게 하였습니다.

58   그러므로, 아버지시여, 당신의 숨겨지지 않은
      형상을 제가 볼 수 있는 그런 큰 은총을
      제가 받을 수 있도록 확인해 주십시오.”

---

640 성 안토니우스(251-356) 수도승의 동일한 이름의 두 제자들 중 이집트
     의 마카리우스나(-391) 알렉산드리아의 마카리우스(-395) 혹은 둘 다
     가리킨다. 베네딕투스의 전세대를 말한다.
641 카말돌리 수도원을 세운 성 로무알두스(약 951-1025/7). 베네딕투스의
     후세대를 말한다.

61   그리고 그가 말했다. "형제여, 너의 높은 갈망은
      다른 모든 이들의 갈망과 나의 갈망을 채우는
      저 위 가장 높은 하늘에서 채워질 것이다.

64   거기서 모든 소망은 완벽하고
      성숙하고 온전하다. 오직 거기에서만
      모든 부분이 변함없이 존재한다.

67   공간도 움직임도 없기 때문이다.
      우리의 사다리가 그곳까지 닿아 있기에
      너의 시야에서 그렇게 사라진다.

70   족장 야곱은 사다리의 가장 높은 부분이
      저 위 꼭대기에 닿아 있고, 그렇게 많은
      천사들로 붐비는 것을 보았다.[642]

73   그러나 이제 사다리를 오르려고 아무도
      땅에서 발을 떼지 않고, 내 규칙서는
      종이만 남용한 채 남아 있다.

76   수도원이었던 담들은

---

642 천국 21.28-30 참조.

도둑 소굴이 되었고,[643] 수도복은
썩은 밀가루의 자루가 되었다.

79   아무리 가혹한 고리대금도, 신의 뜻을 거스르며
      약탈하는 정도가, 수도승들의 마음을
      미치게 하는 열매만큼[644] 크지 않다.

82   교회가 지키는 모든 것은
      하느님께 비는 사람들의 것이지
      친척이나 더 추잡한 다른 자들의 것이 아니다.

85   필멸자들의 육신은 너무나 약해,
      저 아래에서의 좋은 시작만으로는 참나무가
      태어나 도토리를 맺을 만큼의 여유가 없다.[645]

---

643 "예수께서는 성전 뜰 안으로 들어가 거기에서 팔고 사고 하는 사람들
     을 다 쫓아 내시고 환금상들의 탁자와 비둘기 장수들의 의자를 둘러
     엎으셨다. 그리고 그들에게 '성서에 "내 집은 기도하는 집이라고 불러
     라"라고 했는데 너희는 이 집을 "강도의 소굴"로 만들었다' 하고 나무
     라셨다"(마태복음 21.12-3).

644 가난한 사람들이 하느님께 바치는 것을 가로채는 도둑질.

645 심고 이십 년 정도 지나면 자연스럽게 도토리 열매를 맺는 참나무보다
     사람의 육신이 약해, 그 짧은 시간에 썩어, 좋은 열매를 맺지 못한다.
     그 짧은 이십 년 정도의 시간에 부패되는 사람들을 베아트리체도 원
     동천에서 비판한다. "믿음과 순수함은 아이들에게서만/ 찾아볼 수 있
     고, 뺨에 수염이 나기도 전에/ 하나씩 다 달아난다"(천국 27.121-138).

88   베드로는 금도 은도 없이,
      나는 기도와 단식으로,
      프란체스코는 겸손으로 수도원을 시작했다.

91   만약 네가 각각의 시작을 보고,
      그 뒤 흘러간 지금의 모습을 다시 보면,
      흰색이 누래진 것을 볼 것이다.

94   참으로 하느님의 뜻으로 요르단 강이
      거꾸로 흐르고 바다가 갈라졌으니,
      여기서의 도움보다 더 큰 기적도 보았다.”[646]

97   그렇게 내게 말한 후 그는 그의 형제들에게
      가까이 다가갔고, 꼭 붙어 모인 형제들은
      회오리 바람처럼 모두 함께 위로 솟구쳐 올라갔다.

100   다정한 여인이 단 한 번의 눈짓으로
      그들 뒤로 나를 그 사다리 위로 밀어 올리니,
      그녀의 힘이 내 자연의 힘을 압도했다.

103   자연적으로 오르내리는 여기 아래에서는,
      그 어느 것도 내 날개처럼 그렇게 빨리

---

646   베아트리체의 비판도 예언으로 마친다 (천국 27.139-148).

움직일 수 없다.

106   독자여, 내가 종종 내 죄들에 울고,
        내 가슴을 치며 되돌아 가고파하는
        그 경건한 승리에서,[647]

109   그대의 손가락을 불 속에서 뺏다 넣는 것보다[648]
        더 빨리, 나는 황소자리 다음 별자리를[649]
        보자마자 그 안에 들어가 있었소.

112   오 영광의 별들이여, 오 큰 힘을
        품은 빛이여, 내 재능이 어떠할지라도
        모두 그대들로부터 비롯된 것을 압니다.[650]

115   모든 필멸의 생명의 아버지가[651]
        그대들과 함께 떠오르고 저물었을 때,[652]
        나는 처음 토스카나의 공기를 느꼈습니다.

---

647 승리의 교회가 있는 천국.

648 항성천으로 "들어가는" 순례자의 경험을 더 실감시키기 위해 "넣었다
     뺐다"의 순서를 시인이 바꾸어 은유하고 있다.

649 쌍둥이자리.

650 단테가 재능을 타고난 별자리.

651 해.

652 해가 쌍둥이 별자리에서 뜨고 질때, 즉 5월 21일에서 6월 21일 사이에
     단테가 피렌체에서 태어났다.

118   그리고 내가 자비로운 은총을 입고
       그대들을 돌리는 저 높은 바퀴 속으로 들어갔을 때,
       그대들의 영역에 내가 배정되었습니다.

121   힘든 고비를 넘길 수 있는 힘을
       얻기 위해 내 영혼이 그대들에게
       이제 경건히 간청합니다.

124   "최후의 구원에 가까워졌으니,"
       베아트리체가 말을 시작했다.
       "눈을 밝고 날카롭게 떠야한다.

127   하지만 더이상 그 안으로 너를 들이기 전에,
       내가 벌써 얼마나 많은 세상을 네 발 밑에
       두었는지 다시 아래를 내려다 보아라.

130   그러면, 이 둥근 아이테르로[653] 기쁘게 오는
       승리의 군단을[654] 가능한 한 가장 기쁜 마음으로
       네가 맞이하게 될 것이다."

133   시선을 돌려 일곱 하늘을 모두 살피고,

---

653 아리스토텔레스부터 중세에 이르기까지 상정한 영원히 변함없는 천
     상의 제5원소.
654 지상의 악을 압도하고 승리한 하늘의 영혼들.

이 지구를 보니 그 작은 모습에

나는 미소를 지었다.

136   이 세상을 가장 작게 여기라는 충고가

가장 좋다고, 다른 세상을 생각하는 사람을

진정으로 현명하다고 부르는 것에 나는 찬성한다.

139   라토나의 딸이[655] 한때 내가 그것이 흐리고

진하다고 믿게 만들었던 그 그림자 없이

환희 빛나고 있는 것을 보았다.

142   휘페리온이여, 당신의 아들의 모습을 나는

거기서 견뎌낼 수 있었소.[656] 그리고 나는 그의 주변

가까이를 도는 마이아와[657] 디오네를[658] 보았다.

145   목성이 아버지와 아들 사이에서 온도를

조절하는 것이 내게 보였고, 그들의

다양한 위치 변동이 확연히 보였다.[659]

---

655   달.

656   휘페리온의 아들 헬리오스, 즉 해를 견디며 순례자가 바라볼 수 있
       었다.

657   마이아의 아들 수성.

658   디오네의 딸 금성.

659   차가운 토성과 뜨거운 화성 중간의 목성.

148   모든 일곱 하늘들이 얼마나 크고
       얼마나 빠르고 얼마나 서로 멀리
       자리 잡고 있는지 내게 보여주었다.

151   영원한 쌍둥이자리 별들과 함께 돌고 있는
       내게, 우리를 그렇게 사악하게 만드는 그 꽃밭의
       언덕으로부터 강어귀까지 모두가 보였다.

154   그리고 나는 눈길을 아름다운 눈으로 되돌렸다.

천국 23곡 목차 (항성천)

천국 23곡

1   정든 잎새 사이에서, 사랑스러운
새끼들 둥지 곁에 앉아, 세상을
우리에게 숨기는 밤을 지샌 새가

4   보고픈 모습들을 보려고, 그리고
새끼들에게 먹일 먹이를 찾으려고,
고된 노고가 기쁨이 되기에,

7   시간을 재촉하며 탁 트인 가지 위로 올라와,
해를 애타게 기다리며 새벽이 될 때까지
눈을 떼지 않듯이,

10   내 여인은 그렇게 꼿꼿이 서서,
집중하며, 해가 서두르지 않는
천정을[660] 바라보고 있었다.

13   그녀가 사로잡혀 소망하는 것을 보면서,
나도 소망면서 다른 것을 원하고,

---

660 대낮에 하늘 꼭대기에 있는 해는 지거나 뜨는 해보다 덜 빨리 움직이
는 듯 보인다.

희망하면서 만족하고 있었다.[661]

16   하지만 내가 기다리는 순간과
        하늘이 점점 더 밝아지는 것을 보는
        순간 사이는 짧았다.

19   베아트리체가 말했다. "보아라, 저 부대들을,
        그리스도의 승리와 이 하늘들의 회전에서
        수확된 모든 열매들을!"[662]

22   내가 말로 표현할 수 없을 정도로,
        그녀의 얼굴은 온통 타오르고
        그녀의 눈은 기쁨으로 가득차 보였다.

25   고요한 보름달 밤 하늘을
        구석구석 수놓는 영원한 요정들 사이에서
        트리비아가 미소 짓듯이,[663]

---

661 나도 그녀가 기다리는 것을 기다리며 희망에 가득차 있었다.
662 개선장군인 그리스도를 승전한 영혼들(하늘의 영향력이 맺은 좋은 열매
     들)이 따라오고 있다.
663 보름달(트리비아 혹은 디아나)이 고요한 하늘의 별들 사이에서 미소 짓
     듯이.

28   우리 해가 저 위 별들에게 하듯이,[664]
        수천 개의 등불 위로 해가
        그 모든 등불을 밝히는 것을 나는 보았다.

31   살아 있는 빛을 통해 빛나는
        빛의 실체는[665] 너무나 밝아
        내 눈이 견딜 수 없었다.[666]

34   오, 베아트리체, 부드럽고 사랑스러운 인도자여!
        그녀가 내게 말했다. "너를 압도하는
        그 힘은 아무것도 막아낼 수 없다.

37   그렇게 오래 소망한 길,
        하늘과 땅 사이의 길을 여신
        지혜와 권능이[667] 여기에 계신다."

40   불이 구름에 갇히지 않고
        뻗으며 빠져나와 자신의 본성에서
        벗어나 아래 땅으로 떨어지듯이,

---

664 해가 별들을 불붙이듯이.
665 해의 빛의 실체는 부활한 그리스도의 하늘에서의 영광스러운 몸이다.
666 베아트리체와는 달리 단테의 눈은 아직 빛의 실체를 이겨내지 못한다.
667 "하느님의 힘이며 하느님의 지혜"이신 그리스도 (1코린토 1.24).

43   성찬에[668] 초월된 내 정신은
      내 자신에서 빠져나가 내가 무엇을 했는지
      기억할 줄 모른다.[669]

46   "눈을 떠서 내가 어떤지 바라보아라.
      그렇게 강력한 것을 본 너는
      내 미소를 견딜 수 있게 되었다."

49   사라진 꿈에서 다시 깨어나
      헛되이 그것을 다시 기억하려
      애쓰는 사람과 같았다.

52   내가 이 제안을 들었을 때 나의
      감사함은 과거를 기록하는
      책에서 절대 사라지지 않을 것이다.[670]

55   폴리힘니아가 그녀의 자매들과[671] 그녀들의
      가장 달콤한 젖으로 가장 살찌운 그
      모든 언어들이 지금 울려 퍼진다 해도,

---

668   천국의 맛.

669   구름 속에서 나와 아래로 떨어진 번개처럼, 자신 속에서 나와 초월된
      정신을 자신이 기억할 수 없다.

670   감사한 마음만은 기억에서 사라지지 않는다.

671   서정시의 뮤즈와 다른 뮤즈들.

58   그 성스러운 미소와 그 순수한 얼굴을
        노래하는 나를 도와준다 해도, 그
        진실의 천분의 일도 미치지 못할 것이다.

61   그렇게 천국을 그리는 데,
        끊어진 길을 건너뛰듯
        신성한 시가 뛰어넘어 간다.[672]

64   그러나 필멸의 어깨가 진
        무거운 주제를 생각하면,
        그 아래에서 떠는 것을 비난하지 않을 것이다.

67   작은 뱃머리가 당돌하게 헤쳐갈,
        제 몸을 사리는 사공이 갈
        뱃길이 아니다.

70   "왜 내 얼굴에 빠져
        그리스도의 빛 속에서 피어나는
        아름다운 정원으로 네 눈을 돌리지 않느냐?

----

672   천국을 완벽히 담아내지 못하는 인간의 언어.

73   신의 말씀이 그 속에서 육신이 된[673]
       장미와 그 향기로 우리를 바른길로 걷게 하는
       백합들이[674] 그곳에 피어있다.”

76   베아트리체의 조언에 완전히
       준비된 나는 다시 한번 빈약한
       내 눈꺼풀의 전투 속으로 들어갔다.

79   갈라진 구름 사이로 퍼지는 햇살 아래
       그림자에 덮힌 내 눈들이 언젠가
       보았던 꽃밭처럼,

82   수많은 무리의 빛들이 위에서 타내리는 불빛에
       반짝이는 것을 보았다.
       불빛들의 근원은 볼 수 없었다.

85   오, 자비로운 힘이시여, 그들을 비추시고
       높이 오르시어 당신을 볼 힘이 없었던
       내 눈에 그곳의 자리를 내주셨습니다.[675]

---

673 “말씀이 사람이 되셔서” (요한복음 1.14).
674 마리아와 성인들.
675 부활 후 승천하신 그리스도.

88   내가 항상 아침저녁으로 부르는
        아름다운 꽃의 이름이 가장 큰 불꽃을[676]
        보려는 내 마음을 온통 사로잡았다.

91   여기 아래에서처럼 저기 위에서 압도하는
        살아 있는 별의[677] 밝기와 크기가
        내 두 눈에 그려졌을 때,

94   하늘을 가로질러 한 횃불이[678]
        왕관처럼 둥글게 내려와
        그 별 주변을 돌며 둘러쌌다.[679]

97   여기 아래에서 가장 감미롭고
        영혼을 사로잡는 그 어떤 선율이라도
        찢어진 구름 사이의 천둥소리처럼 들릴 것이다.

100   가장 밝은 하늘을 사파이어빛으로 물들이는
        저 아름다운 사파이어의 왕관을 울리는

---

676 마리아.

677 장미와 백합처럼 별도 마리아를 상징한다.

678 가브리엘 천사.

679 "한 여자가 태양을 입고 달을 밟고 별이 열두 개 달린 월계관을 머리에
     쓰고 나타났습니다" (요한계시록 12.1). 하늘의 여왕 마리아를 상징하는
     것으로 전통적으로 해석되었다.

그 선율에 비한다면.

103   "나는 천사의 사랑입니다.
       우리의 소망이 머무신 태중에서
       불어 나오는 최고의 기쁨을 저는 맴돕니다.

106   하늘의 여신이시여, 당신의 아드님을 따라
       최고의 하늘에 드시어 그곳을 더 밝게
       비추실 때까지 저는 당신을 맴돌 것입니다."

109   맴도는 선율이 그렇게 끝나자,
       다른 모든 빛들이
       마리아의 이름을 울리게 했다.

112   하느님의 입김과 운영 안에서
       가장 왕성하고 뜨거운, 세상의
       모든 하늘들 중 가장 고귀한 외투의[680]

115   속자락이[681] 우리 위에서 아주 멀어,
       내가 있는 그곳에 그 모습은
       아직 보이지 않았다.

---

680 원동천.
681 원동천과 청화천의 경계.

118   그래서 당신의 씨앗 가까이 따라 오르시는[682]
       관을 쓴 불꽃을 따라갈 힘이
       내 눈에 없었다.

121   그러나, 젖을 빤 후 갓난아기가
       엄마에게 팔을 뻗듯,
       불타는 정신이 밖으로 뻗쳐 나와,

124   모든 하얀 불빛들이 위를 향해 뻗으니,
       마리아를 향한 그들의 높은 사랑이
       내게 확연히 보였다.[683]

127   그러고 나서 그들은 내 시야에 그대로 남아
       '하늘의 여왕'을 그렇게 감미롭게 노래하니,
       그 기쁨은 영원히 나를 떠나지 않을 것이다.

130   아, 여기 아래에서 씨를 뿌리던
       좋은 농부들로 가득한 그 곡창들의
       풍성함은 얼마나 거대한가!

---

682 그리스도를 따라 승천하시는 성모.
683 성모를 향한 성인들의 사랑의 모습이 어미 새의 "보고픈 모습"(천국
     23.4)을 상기시킨다.

133   바빌론의 유배지에서[684]
       황금을 멀리하며 울면서 얻은 보화를
       거기서 누리며 산다.

136   하느님과 마리아의 높으신 아드님 아래서
       거기서 그의 승리를 기뻐한다.
       구약과 신약의 회의와 함께,[685]

139   영광의 열쇠들을 진 그분이시다.[686]

---

684 예루살렘의 유대인들의 유배지인 바빌론이 천국의 성인들의 유배지인
     지상으로 비유되고 있다.
685 구약과 신약 성인들로 구성된 진정한 교회의 회의.
686 첫 번째 교황 성 베드로.

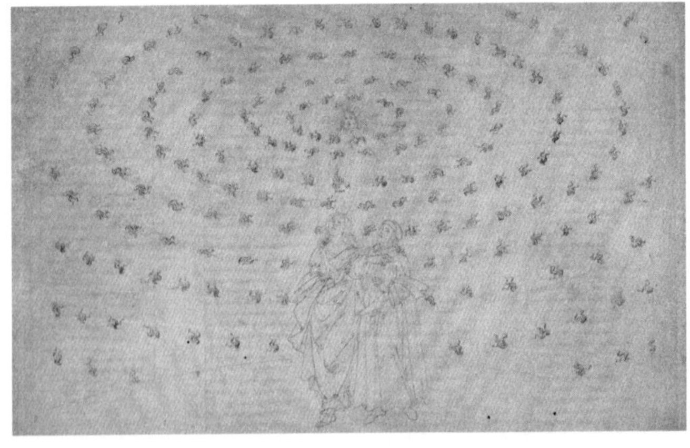

천국 24곡

1   "오 당신들의 소망을 항상 가득히 채우시며
        당신들을 먹이시는 축복된 어린양의
        만찬에 선택된 회의여,[687]

4   하느님의 은총으로 이 사람이
        당신들의 식탁에서 떨어지는 것을
        죽음이 이미 정해놓은 시간 전에 미리 맛보려 하니,

7   그가 생각하는 것의 원천을[688]
        변함없이 마시는 당신들이
        그의 끝없는 갈증을 조금 적셔주소서."

10   베아트리체가 그렇게 기도하자, 기쁨의 영혼들은
        혜성처럼 불타며 고정된 축들 위를
        맴도는 천구들이 되었다.[689]

---

687 그리스도께서 승천하신 후의 예루살렘 회의를 상기시킨다 (사도행전
     15).
688 하느님의 지혜.
689 혜성처럼 불꽃의 꼬리를 발하며 제자리에서 맴돌았다.

13   시계 바퀴들이 조화롭게 도는 것을
        눈여겨 보면, 처음 바퀴는 조용하고
        마지막 바퀴는 나는 듯 보이듯이,[690]

16   서로 다르게, 빠르게 그리고 느리게
        도는 춤들로 성인들의 서로 다른
        풍요로움을 내가 잴 수 있었다.

19   가장 충만해 보이던 춤 중에서
        기쁨의 불꽃이 나오는 것을 보았다.
        남아 있는 다른 무엇보다도 더 밝았다.

22   그리고 내 환상으로는 다시 말할 수 없는
        그런 신성한 노래로
        베아트리체 주변을 세 번 돌았다.

25   그래서 글로 적지 않고 건너뛴다.
        우리의 환상과 말이 그런 주름들을[691]
        그리기에 너무 색이 생생하기 때문이다.

28   "오 내 성스런 누이여, 당신의 불타는

---

690   일정한 시간에 다른 속력으로 도는 작은 시계 바퀴부터 큰 것까지.
691   옷의 주름들은 옷 자체보다 더 섬세한 색으로 그려진다.

사랑으로 경건한 기도가
나를 저 아름다운 천구로부터 불러내었습니다.”

31   그 축복의 불꽃이 멈춰선 후
내 여인에게 내가 말한 것을
숨결로 내쉬었다.

34   그리고 그녀가, “오 위대한 인간의 영원한 빛이시여,
우리 주님께서 이 놀라운 행복으로부터 아래로 가져오신
열쇠들을 당신에게 맡기셨습니다.

37   당신을 바다 위를 걷게 했던[692]
그 믿음에 관해 당신이 좋으실 대로
가볍고 무거운 질문들로[693] 이 사람을 시험해 보십시오.

40   그의 올바른 사랑과 올바른 희망과 믿음이
당신에게 숨겨져 있지 않습니다. 당신은 모든 것이
그려져 있는 곳을 바라보고 있기 때문입니다.

---

692 “예수께서 ‘오너라’ 하시자 베드로는 배에서 내려 물 위를 밟고 그에게
로 걸어갔다” (마태복음 14.29).
693 중세 스콜라 철학 논의의 형식은 중요한 일차적 질문과 이차적 질문
으로 정리된다.

43   그러나 이 왕국에서는 진실한 믿음으로
        시민들이 되니, 그 믿음을 영광되게 하기 위해
        여기 도착한 이가 그것에 대해 말하는 것이 맞습니다."

46   교수가 질문을 던지기 전까지,
        결론을 짓기 위해서가 아니라 증명하기 위해,[694]
        자신을 무장하고 말하지 않는 학사처럼,

49   그녀가 말하는 동안 그런 질문자와
        그런 고백에 대비하기 위해 나는
        모든 논점들로 나를 무장시키고 있었다.

52   "말하라. 진실한 그리스도인임을 명백히 하라.
        믿음이 무엇인가?" 이것이 불어 나오는
        그 빛 속으로 나는 고개를 들었다.

55   그리고 내가 돌아보니 베아트리체는
        준비된 자태로, 내 내면의 샘에서
        나오는 물을 뿌리라 하였다.

58   내가 시작했다. "고귀한 백인대장에게
        저를 고백하게 해주신 은총이시여,

---

694 중세 대학 구두 시험에서 학생이 증명한 후 교수가 결론을 짓는다.

제 생각들이 잘 표현되게 해주소서."

61   그리고 계속했다. "아버지시여, 당신과
        함께 로마를 바른 길로 인도하신 당신의
        소중한 형제가[695] 쓰신 진실한 글처럼,

64   믿음은 희망하는 것들의 실체이며
        보이지 않는 것들의 논증이니,[696]
        이것이 제겐 믿음의 본질로 보입니다."

67   그리고 나는 들었다. "그가 믿음을
        실체로 그리고 논증으로 대답한 이유를
        잘 이해한다면 네 생각이 옳다."

70   내가 바로 대답했다. "여기서 심오한 것들이
        내게 그들의 모습을 아낌없이 보여주나,
        저 아래 눈들에게 아주 숨겨져 있어,

---

695 "사랑하는 형제 바오로" (베드로 2서 3.15).

696 "믿음은 우리가 바라는 것들을 보증해 주고 볼 수 없는 것들을 확증
     해 줍니다 (est autem fides sperandorum substantia rerum argumentum non
     parentum)" (히브리서 11.1). 단테는 성 바오로의 말을 글자 그대로 반복
     한다.

73   그들의 존재는 믿음 안에만 있고,
        믿음 위에 높은 희망을 세웁니다.
        그렇게 실체를 이해합니다.[697]

76   그리고 이 믿음으로 다른 것을
        보지 않고 논쟁해야 하므로
        논증으로[698] 이해합니다.”

79   그리고 나는 들었다. “저 아래에서
        어떤 교의라도 받아들일 때, 그렇게 이해된다면
        궤변가들의 논리가 설 자리가 없을 것이다.”

82   그 불타는 사랑이 그렇게 내쉬었다.
        그리고 덧붙였다. “이 동전의 성분과 무게가[699]
        이미 아주 잘 검토되었다.

85   네 지갑 안에 그것을 가지고 있는지 말해 보아라.”
        그래서 내가, “네, 가지고 있습니다. 아주 빛나고 둥글어
        그 주조에 아무런 의심이 없습니다.”[700]

---

697 천국에서 보기를 희망하는 것의 존재는 지상에서 믿음 안에만 있다.
698 볼 수 없는 지상에서 믿음 자체가 증거로 거론될 수 있다.
699 동전같은 믿음의 보석이 잘 구성되고 그 중요함이 측정되었다.
700 믿음의 동전의 진가가 확실하여 위조의 여부가 없다.

88   거기서 빛나고 있던 심오한 빛으로부터
        바로 목소리가 나왔다. "모든 덕의 토대가 되는
        이 소중한 보석이 네게 어디에서 왔는가?"

91   그리고 내가 말했다. "구약과 신약 양피지[701]
        위를 적시는 성령의
        자비로운 비가

94   나의 믿음을 가장 예리하게 결론짓는
        삼단논법이라, 이에 비하면
        모든 논증들이 내겐 우둔해 보입니다."

97   그리고 나는 들었다. "너를 그렇게 결론짓게 하는
        구약과 신약의 명제를 너는 왜
        하느님의 말씀으로 여기는가?"

100   그리고 내가 말했다. "진리를 내게 드러낸 증거는
        자연이 쇠를 달구지도 모루를 두들기지도 않고도
        뒤따라 생긴 일들입니다."[702]

---

701 중세 시대에는 처리된 양의 가죽 위에 글을 많이 썼다.
702 기적들.

103   내게 답했다. "그 일들이 생겼다는 것을
       누가 보증하는지 말해 보아라. 다른 것도 아닌
       네가 증명하려는 것 자체가 너를 정당화하고 있다."

106   "세상이 그리스도교에," 내가 말했다.
       "기적 없이 귀의했다는 사실 하나만으로도
       다른 기적들은 거기에 백분의 일도 미치지 못합니다.

109   당신이 가난하고 굶주린 채 밭에 들어가셨습니다.
       좋은 나무의 씨앗을 뿌려
       포도가 달리던 덩굴이 이젠 가시 덩굴이 되었습니다."[703]

112   말을 마치자 고귀하고 신성한 궁정의
       '우리는 하느님을 찬미합니다'가 저 위에서 노래하는
       선율로 하늘들에 울려퍼졌다.

115   가지에서 가지로 나를 시험하며
       이끌어서 우리가 마지막 잎새들에
       가까워질 때 남작이[704] 시작했다.

118   "너의 정신을 사랑하는 은총이

---

703 가난하고 굶주리며 세상에 오신 분을 온 세상이 기적도 없이 따르는 것
     이 세상에서 가장 큰 기적이다.
704 천국의 성인들이 제국의 귀족들로 종종 은유된다.

네 입을 열어주어 여기까지
마땅히 열어야 했던 방식으로 입을 여니,

121   밖으로 나온 것을 나는 승인한다.
       그러나 이제 네가 믿는 것이 무엇인지
       어디서부터 너의 믿음이 제공되었는지 말해야 한다.”

124   “오 거룩한 아버지시여, 당신께서 믿으셨던 것을
       보시는 영혼이시여,[705] 당신은 그 믿음으로
       무덤을 향하는 젊은 요한의 발걸음을 이기셨습니다.”[706]

127   내가 말을 시작했다. “저의 주저하지 않는 믿음의
       실체를 알리라 하십니다. 그리고
       그 믿음의 원인도 물으셨습니다.

130   제가 대답합니다. 유일하시고 영원하신
       그리고 온 하늘을 사랑과 소망으로 움직이시고,
       움직여지지 않는 하느님을 저는 믿습니다.

---

705   지상에서 믿으신 것을 천국에서 보신다.
706   “그는 [요한] 몸을 굽혀 수의가 흩어져 있는 것을 보았으나 안에 들
       어 가지는 않았다. 곧 뒤따라 온 시몬 베드로가 무덤 안으로 들어가
       …” (요한복음 20.5-6).

133 그런 믿음에 저는 물리적이고 형이상학적인
     증거들만 가지고 있는 것이 아닙니다. 여기
     비로 내리는 진리[707] 또한 내게 믿음을 줍니다.

136 모세를 통해, 예언자들과 시편들을 통해,
     그리고 뜨거운 성령의 성인들이 되신 후
     당신들께서 쓰신 복음을 통해.

139 그리고 영원한 삼위를 저는 믿습니다.
     삼위의 하나이고 셋인 일체를 믿습니다.
     그들과 그가 동시에 허락됩니다.

142 지금 내가 언급하는 하느님의
     심오한 상태에 대해 복음서의 교리가
     여러번 내 정신에 각인시킵니다.

145 이것이 원천입니다. 이것이
     살아 있는 불길로 이후에 번지는 불꽃입니다.
     하늘의 별처럼 제 안에서 반짝입니다."[708]

---

707 성서에 내려온 진리.
708 사도신경의 시적 표현.

148   기쁜 소식을 들은 주인이,
       하인이 말을 마치자, 그 소식을
       축하하며, 그를 껴안듯이,

151   내가 말을 멈추자, 나를 축복하는 노래를 부르며,
       사도의 빛이 나를 세 번 감싸 주었다.
       그렇게 그의 명에 따라

154   내가 한 말에 그는 기뻐하였다!

천국 25곡 목차 (항성천)

천국 25곡

1   하늘과 땅이 손을 대어,[709]
        몇 년 동안 나를 야위게 한
        신성한 시가,

4   어린 양과 적인 전쟁하는 늑대들이
        내가 어린 양으로 잠들었던 그 아름다운 양우리 밖에다
        나를 가둔[710] 잔인함을 언젠가 승리로 이겨내면,

7   그때는 다른 목소리의, 다른 양털의[711]
        시인으로 되돌아가, 나는 내 세례의
        우물 위에서[712] 면류관을[713] 받을 것이다.

---

709 하늘의 은총과 사람의 재능이 함께 지어.

710 나를 쫓아내고 망명 생활에 가둔.

711 성숙해진 시와 흰 머리로.

712 순례자가 세례를 받은 피렌체의 산 조반니 세례당으로 시인이 금의환
     향할 것을 확신한다. 생전 다시 돌아가지 못한 시인의 '다른 목소리'와
     '다른 양털 (vello),' 즉 신성한 시와 생후 지금까지도 거두는 승리는 진
     실로 드러나고 있다고 해석될 수 있다.

713 황제의 왕관처럼 시인의 최고의 영예를 상징한다.

10   영혼들을 하느님께 알려지게 하는 그 믿음 안으로
        나는 그곳에서 들어갔고,[714] 그리고 이제
        바로 그 믿음 때문에 베드로가 내 머리를 감싸주었다.[715]

13   그리스도께서 남기신 대리자들 중에서
        일인자가 나온 그 천구로부터
        한 빛이 우리를 향해 움직였다.

16   기쁨으로 가득찬 내 여인이
        내게 말했다. "보세요, 여기 남작님을 보세요.
        그를 위해 저 아래에서 갈리시아를 순례합니다."[716]

19   비둘기가 동무 곁에 내려와,
        그 주위를 구구거리며 돌면서,
        서로의 우정을 나태내듯이,

22   영광스런 한 왕자가 다른 왕자를
        맞이하여, 저 위에서 그들을 살찌우는
        양식을 찬양하는 것을 보았다.

---

714 단테의 믿음이 세례당에서 시작되었다.
715 지상의 고향 대신 천상의 고향을 믿는 순례자의 머리 위에 성 베드로
     가 축복의 면류관을 씌운다.
716 성 야고보의 무덤이 있는 스페인 갈리시아 지방의 산티아고 데 콤포스
     텔라는 로마와 예루살렘과 함께 손꼽히는 순례지이다.

25   서로 축하 인사를 마친 후,
        말없이 내 앞에 멈춰서니
        타는 불이 내 시야를 압도했다.

28   미소를 지으며 베아트리체가 말했다.
        "우리 천국의 자비로움을
        글로 쓴 고귀한 삶이여,[717]

31   희망이 이 높은 곳에서 메아리치게 하소서.
        예수께서 셋을 가장 소중히 하신 만큼,[718]
        희망을 상징하시는 당신이 아닙니다."

34   "고개를 들고 확신하여라.
        필멸의 세상에서 여기 위로 온 것은 무엇이든
        우리의 빛 안에서 성숙해진다."

---

717 "아무도 나무라지 않으시고 모든 사람에게 후하게 주시는 하느님" (야
     고보 1.5).

718 "예수께서 제자들과 함께 겟세마네라는 곳에 가셨다 … 베드로와 제배
     대오의 두 아들만을 따로 데리고 가셨다" (마태복음 26.36-38). 베드로,
     야고보, 요한은 세 신학적 덕목들로 전통적으로 해석되었다.

37   이런 위안이 두 번째 불에서
      내게로 와서, 이전에 과중한 무게로[719] 내 눈을 굽혔던
      산들을 향해[720] 내 눈을 들어올렸다.

40   "우리 황제께서 은총으로, 네가
      죽기 전에, 가장 비밀스러운 방에서
      백작들을 대면하길 바라시어,

43   이 궁정의 진실을 보고난 후,
      저 아래에서 올바르게 사랑하는
      희망이 너와 다른 이들 안에서 굳건해 진다.

46   희망이 무엇인지, 어떻게 네 마음이
      희망을 피우는지, 어디에서 네게 오는지 말해 보아라."
      두 번째 빛이 그렇게 말을 더 이었다.

49   내 날개의 깃털들이 그렇게 높이

---

719 "내 시야를 압도하던 불" (천국 25.27)
720 순례자의 노래: "이 산 저 산 쳐다본다./ 도움이 어디에서 오는가?
     (Levavi oculos meos in montes unde veniet auxilium meum)" (시편 121.1). "
     내 도움이 오는 곳" (unde veniet auxilium meum)을 "conforto … mi venne"
     으로, 내 눈을 산으로 들어 올렸다" (Levavi oculos meos in montes)를
     "ond'io leväi li occhi a' monti"로 "신성한" 시인이 성서를 시적으로 인
     용한다.

날도록 인도하고 보살펴 온 여인이
내 대답에 앞서 말했다.

52   "우리 무리 전체를 비추는 해 속에
적혀 있듯이, 무장 교회에서[721] 그보다
더 큰 희망을 지닌 아들은 없습니다.

55   그래서 그에게 미리 주어진 싸움이 끝나기 전에,
이집트에서 예루살렘으로[722] 나와서 보는 것이
그에게 허락되었습니다.

58   두 질문을 아시기 위해서가 아니라,
당신이 이 미덕에 얼마나 기뻐하시는지
그가 알리도록 물으셨습니다.

61   그에게 내가 맡깁니다. 그에게 힘들지도
자랑거리도 아닙니다. 그가 대답하고,
하느님의 은총이 그와 함께 하길 빕니다."

---

721   지상에서 전투하는 교회.
722   지상에서 천국으로.

64   전공자인 제자가 스승의 질문에
        준비되어 자유로이 바로 답하며
        자신의 장점을 드러내듯이,

67   "희망은," 내가 말했다. "하느님의 은총과
        과거의 공덕에서 오는 미래의 영광에
        대한 확실한 기대입니다.

70   많은 별들로부터 제게 이 빛이 왔습니다.
        그러나 최고 지도자의 최고 가인이[723]
        먼저 내 가슴속에 방울진 이 빛을 떨어뜨렸습니다.

73   '당신 안에서 희망하게 하소서,' 그의 신곡에서[724]
        그가 말합니다, '당신의 이름을 아는 그들이.'[725]
        저와 같은 믿음을 지닌 자면 누가 모르겠습니까?

76   그의 빛방울과 함께 당신의 서신도[726]

---

723 하느님을 노래하신 시편의 시인 다윗.

724 하느님(teo)의 노래(dia): "teodia."

725 단테의 "신성한" 시 구절("Sperino in te color che sanno il nome tuo")은 성
     서의 시편을 옮겨 읊는다: "sperent in te qui noverunt nomen" (Psalmus
     9.11).

726 "시련을 견디어 내는 사람은 행복합니다. 시련을 이겨 낸 사람은 생명
     의 월계관을 (coronam vitae) 받을 것입니다. 그 월계관은 하느님께서
     당신을 사랑하는 사람들에게 주시겠다고 약속하신 것입니다" (야고보

나를 그렇게 적시니, 내가 넘쳐흘러,

다른 사람들에게 당신들의 비를 다시 뿌립니다."[727]

79 　　내가 말하는 동안, 그 불꽃의 살아 있는

가슴속에 한 등불이 번개처럼

갑자기 반복하며 번쩍거렸다.[728]

82 　　그가 말을 숨결처럼 내쉬었다. "싸움터[729]를 나와서

종려나무까지[730] 나를 따라왔던 덕을

아직도 불태우는 사랑이[731] 나로 하여금

85 　　희망을 사랑하는 네게 다시 말을 내쉬게 한다.

희망이 네게 약속한 것이 무엇인지

말해주었으면 좋겠다."

1.12); "그러므로 형제 여러분, 주님께서 오실 때까지 참고 기다리십시 오. 농부는 땅이 귀중한 소출을 (pretiosum fructum) 낼 때까지 끈기있게 가을비와 봄비를 기다립니다" (야고보 5.7).

727　성령에 젖은 성서와 성서에 젖은 "신성한" 시인.

728　기쁨으로 가슴이 뛰는 듯한 불빛.

729　지상의 싸움터를 떠나.

730　순교의 월계관.

731　희망을 불태우는 사랑.

88   그리고 내가 말했다. "신약과 구약 성서들이 드러낸
       하느님이 사랑하신 영혼들의 표시가
       제게 희망이 약속한 것을 가리킵니다.

91   자신의 땅에서 영혼은 두 겹의 옷을
       입는다고 이사야가 말합니다.[732]
       자신의 땅은 이 달콤한 삶입니다.

94   그리고 당신의 형제가 흰 두루마기들을
       다루는 곳에서, 훨씬 더 명확하게 풀어 설명하며,
       이 묵시를 우리에게 드러냅니다."[733]

---

732 "저희 땅에서 받을 상속은 갑절이나 되고 (in terra sua duplicia
     possidebunt)" (이사야 61.7). 이 성경 구절은 "자신의 땅," 즉 하느님의 나
     라로 되돌아가면 영혼 뿐만 아니라 몸도 영광스러워 지는 것으로 중
     세시대에 해석되었다.

733 " …흰 두루마기를 입고 손에 종려나무 가지를 들고서 옥좌와 어린양
     앞에 서 있었습니다 (amicti stolas albas et palmae in manibus eorum . . .
     Deo nostro qui sedet super thronum et agno)" (요한계시록 7.9). 구약의 이사
     야보다 신약의 요한이 영광스러운 몸을 더 구체적으로 흰 두루마리로
     표시하고 있다. 하느님이 사랑하시는 영혼에게 약속하신 영광스러운
     몸을 단테는 희망한다. 피렌체의 세례당에서 순례자의 믿음과 함께 시
     작된 지상에서 가장 큰 희망으로 (천국 25.52-54) 천상으로의 금의환향
     을 바라는 시인의 '다른 목소리'가 '신성한 시'라면, '다른 양털 (vello)'
     은 영광스러운 흰 두루마기로 해석될 수 있다.

97   그리고 먼저, 이 말들이 끝나자마자,
'당신 안에 희망하게 하소서'가 우리 위에서 들려왔고,
모든 춤들이 그것에 화답했다.

100   그런 다음, 춤들 사이에서 한 빛이 너무나도
밝아져, 게자리에 그런 수정(水晶)이 있었다면,
겨울 한 달 동안 낮만 지속되었을 것이다.[734]

103   행복한 숫처녀가 다른 저의에서가 아니라,[735]
오직 새 신부를 축하하기 위해
일어나 춤 속으로 걸어 들어가듯,

106   그 밝아진 빛이 그들의 불타는
사랑을 담은 노래에 따라 돌고 있는
그 둘에 다가가는 것을 나는 보았다.

109   그곳의 노래와 바퀴 속으로 그가 들어갈 때,
내 여인은 그들을 바라보며
새 신부처럼 말과 움직임이 없었다.

---

734 겨울에 해가 지면 올라오는 게자리가 그런 빛을 지니고 있었다면, 밤이
낮처럼 밝았을 것이다. 해처럼 밝은 빛을 말한다.
735 자신을 자랑하거나 내세우기 위해서가 아니라.

112   "이분이 우리의 펠리컨의[736] 품에

       기대었던 분이시며, 저 위 십자가로부터

       막중한 임무를 맡도록 선택되신 분이시다."[737]

115   내 여인이 이렇게 말하였으나,

       그녀의 말 이전과 이후에도 지켜보는

       그녀의 눈은 조금도 움직이지 않았다.

118   눈을 모아 부분 일식을 보려고

       애쓰는 사람이 보려다

       눈이 먼 사람이 되는 것처럼,[738]

121   그 마지막 불에 내가 그렇게 되자,

       이렇게 들렸다. "어찌하여 너는 여기에

       없는 것을 보려다 눈이 머느냐?

---

736 "지붕 위의 외로운 새 (adsimilatus sum pelicano deserti factus sum quasi
     bubo solitudinum…)" (시편 102.7). 전설에 의해 자신의 가슴의 피를 쪼
     아 죽은 새끼들을 되살리는 새(pelicano)는 전통적으로 그리스도를 상
     징하는 것으로 해석되었다.

737 "예수께서는 당신의 어머니와 그 곁에 서 있는 사랑하는 제자를 보시
     고 먼저 어머니에게 '어머니, 이 사람이 어머니의 아들입니다' 하시고
     그 제자에게는 '이 분이 네 어머니시다' 하고 말씀하셨다" (요한복음
     19.26). 해가 지고난 어두움을 밝히는 막중한 임무를 진 요한을 말한다.

738 부분 일식을 보려다 눈이 머는 사람처럼.

124   지상에서 내 몸은 흙이고, 우리의 수가
영원한 섭리의 수를 달성할 때까지,[739]
다른 몸들과 같이 거기에 머물 것이다.

127   오직 두 빛만이 두겹의 두루마리를
두르고 신성한 수도원으로 올라왔다.
이 진실을 네가 너희 세상에 전하라."[740]

130   이 목소리에, 세 숨결 소리가 섞여
만들어내던 감미로운 화음도
불타던 춤과 함께 조용해졌다.

133   피곤함이나 위험을 피하기 위해,
물을 젖던 노들이 일제히
한 호각 소리에 멈추는 것과 같았다.

136   아, 내 마음은 얼마나 요동쳤는가!
내가 베아트리체를 보려고 돌아보았으나,
그녀를 보지 못했을 때,

---

739 성인들의 수가 하늘에서 떨어진 천사들의 수와 일치할 때까지.

740 영광스러운 영혼과 육체의 두 두루마기로 하늘로 오른 분들은 오직 성
자와 성모 두 분 뿐이시다. 성 요한의 몸도 이미 승천했다고 믿던 일부
지상의 오류를 하늘에서 직접 보지 못한 단테가 수정한다.

139   그녀 가까이에서도, 행복한 세상에서도![741]

741   단테의 궁극적 희망인 영광스러운 몸을 다시 한번 강조하고 있다. 가까
       이에서도 아직 볼 수 없는 영혼들 사이에서 유일하게 볼 수 있었던 베
       아트리체도 순간적으로 눈이 먼 순례자가 보지 못해 당황한다.

천국 26곡

1   눈 먼 내가 두려워할 때,
　　　눈부시게 비치던 불꽃으로부터
　　　한 줄기 숨결이 나와 내 주의를 사로잡으며

4   말했다. "네가 내 속에서 소실된 네 시력을
　　　되찾을 동안, 말하면서 시력을
　　　대신하는 것이 좋으니,

7   네 영혼이 어디를 향하고 있는지
　　　말하기 시작해 보아라. 그리고 네 시야가
　　　흩어졌으나 사라지지 않았음을 염두에 두어라.

10   이 눈부신 곳을 통해 너를 인도하는
　　　여인의 눈길 속에는
　　　아나니아[742] 손이 지닌 힘이 있기 때문이다."

742　"아나니아는 곧 그 집을 찾아가서 사울에게 손을 얹고 이렇게 말하였
　　　다. '사울 형제, 나는 주님의 심부름으로 왔습니다. 그분은 당신이 여
　　　기 오는 길에 나타나셨던 예수님이십니다. 그분이 나를 보내시며 당
　　　신의 눈을 뜨게 하고 성령을 가득히 받게 하라고 분부하셨습니다" (사
　　　도행전 9.17-18).

13   내가 말했다. "그녀의 뜻에 따라, 빠르게든 천천히든,
        제 눈들이 치유되길 빕니다. 그 눈은 저를 변함없이
        태우는 불처럼 그녀가 들어왔던 문입니다.

16   이 궁정을 만족시키는 선은,
        사랑이, 약하든 강하든, 내게 읽어주는
        모든 글들의 알파와 오메가입니다."[743]

19   순식간에 소경이 된 나의
        두려움을 덜어주던 똑같은 목소리가
        나를 또 말하게 하며

22   말했다. "더 가는 체로
        너를 걸러 내야 함이 명백하니, 누가
        너의 활을 그 과녁으로 겨누게 하는지 말해 보아라."

25   그리고 내가, "철학적 논증들과
        여기에서 내리는 권위를 통해[744]
        그런 사랑이 내 안에 새겨져야합니다.

---

743 "하느님께서 '나는 알파요 오메가다' 하고 말씀하셨습니다" (요한계시록
     1.8). "선"(lo ben)과 "사랑"(Amore)도 하느님이다.

744 성서.

28   선이 선으로 이해 되자마자,
      사랑의 불을 피우고, 더 큰 선이 그 속에
      담겨 있을수록 더 큰 사랑을 피웁니다.

31   그래서 그 커다란 선 밖의
      모든 선은 그 빛의 반사일 뿐이기에,
      그 선의 본질을 향해야만 하고,

34   이 증거의 기반인 진리를 인식하는
      모든 이의 정신은 다른 것보다 그 본질을
      사랑하며 나아가기 마련입니다.

37   영원불멸의 모든 실체들의
      첫 번째 사랑을 내게 보여주신 분이[745]
      그런 진리를 내 지성에 전합니다.

40   '내가 모든 선을 네가 보게 할 것이다'[746]라고
      모세에게 당신 자신에 대해 말씀하신
      진리의 저자의 목소리가 그것을 전합니다.

----

745 "최초의 운동자가 필수적으로 존재하고, 필수적으로 존재하는 한, 그
     존재의 방식은 선하고, 이런 의미에서 최초의 원리이다" (아리스토텔레
     스,《형이상학》1072b).
746 "내(야훼) 모든 선한 모습을 네 앞으로 지나가게 하며(ego ostendam omne
     bonum tibi)" (출애굽기 33.19).

43   이곳의 심오함을 저 아래에서

        다른 모든 복음 위에서, 시작하며, 외치는

        당신의 고귀한 선언이 그것을 내게 전합니다."[747]

46   그리고 내가 들었다. "인간의 지성을 통해

        그리고 지성과 양립하는 권위를 통해

        너의 최고의 사랑이 하느님을 향해 본다.

49   하느님을 향해 너를 끄는 다른 끈들을 느끼는지

        이제 더 말해 보아라. 얼마나 많은 이빨로

        이 사랑이 너를 무는지 소리쳐 보아라."

52   그리스도의 독수리의[748] 신성한 의도가

        숨겨져 있지 않아서, 그가 내 고백을

        어디로 이끄는지 나는 확연하게 깨달았다.

747　"태초에 말씀이 계셨습니다. 말씀은 하느님과 함께 계셨습니다. 하느
　　　님이 말씀이셨습니다. 태초에 하느님과 계셨던 말씀을 통해 모든 것
　　　이 이루어졌습니다(In principio erat Verbum et Verbum erat apud Deum et
　　　Deus erat Verbum. hoc erat in principio apud Deum. omnia per ipsum facta
　　　sunt)" (요한복음 1.1-3).

748　요한계시록에 (4.7) 열거된 네 동물들 중 독수리가 요한을 상징한다.

55   그래서 내가 다시 시작했다. "하느님을 향해
        마음을 돌리도록 쥐어뜯는 모든 것들이
        내 사랑에 함께 합류하였습니다.

58   세상의 존재와 저의 존재,
        저를 살리시려고 그분께서 겪으신 죽음,
        그리고 저와 같은 모든 신자들의 희망이,

61   이미 말한 살아 있는 지식과 함께,
        비뚤어진 사랑의 바다로부터 저를 끌어내어,
        올바른 사랑의 바닷가에 내려놓았습니다.[749]

64   영원한 정원사의 정원을 온통
        무성하게 하는 잎새들을 그것들에게 베푸신
        하느님의 선만큼 저는 사랑합니다."

67   내가 침묵하자, 더없이 감미로운 노래가
        하늘에 울려 퍼졌고, 내 여인과
        다른 이들이 말했다. "거룩하다, 거룩하다, 거룩하다!"

70   막(膜)에서 막으로 뚫고 들어오는 빛에 맞서

---

749 우리를 창조하시고 우리를 위해 죽음을 겪으시고 우리에게 희망을 주
     신 하느님의 사랑과 이성적 사고로 올바른 사랑을 시작하게 된 단테.

달려가며 보려는 정신 때문에,
날카로운 불빛에 깨어난 사람이,

73   갑자기 잠에서 깨어나서 보는 것에
어리둥절하고, 인식력이
도울 때까지 분별력이 없듯이,

76   천리 밖에서도 빛나는
베아트리체의 눈빛에
내 눈의 모든 티끌이 사라져,

79   전보다 더 잘 볼 수 있었고,
깜짝 놀라서 우리 사이에 보이는
네 번째 빛에 대해 내가 물었다.

82   그리고 내 여인이 대답했다. "저 빛 속에
최초의 힘이 처음 창조한
최초의 영혼이[750] 자신의 창조자를 열망하고 있다."

85   스쳐 지나가는 바람에 굽혀진
나뭇가지 꼭대기가 이내
제 힘으로 다시 솟아오르듯이,

---

750 아담.

88   그녀가 말하는 동안,
         나는 놀라움에 빠져 있었으나,
         말하려는 열망이 나를 다시 확신시켰다.

91   그리고 내가 시작했다. "오 유일하게 성숙한 채[751]
         맺힌 열매시여, 태고의 아버지시여,
         당신에게 모든 신부가 딸이며 며느리입니다.[752]

94   제게 말씀하시도록 진심으로 간청합니다.
         제 소원을 보시고 계시니, 당신의 말을
         얼른 듣기 위해서 저는 말하지 않겠습니다."

97   덮개 속의 동물이 움직일 때,
         그것에 따라 움직이는 덮개를 통해
         그것의 감정이 표현되기 마련이다.

100   그와 비슷하게 최초의 영혼이
         얼마나 기꺼이 나를 기쁘게 하려 오는지
         덮개를[753] 통해 내게 나타내었다.

103   그리고 그가 숨을 내쉬었다. "네가 말하지 않아도,

---

751 하느님이 인간 중 유일하게 성인으로 창조하셨다.
752 모든 인류의 아버지.
753 빛.

네가 가장 확신하는 그 무엇보다도
네 소원을 내가 더 잘 알고 있다.

106   다른 모든 것들을 당신 자신 안에 비추지만
그 어떤 피조물도 그분을 온전히 비출 수 없는
진리의 거울 속에서 그것을 보기 때문이다.

109   이 여인이 너를 위해 그토록 긴 사다리를 놓은[754]
높은 정원에[755] 하느님이 나를 언제 거기에 두셨는지
네가 듣고 싶어 한다.

112   얼마나 오래 내 눈이 기뻐했는지,[756]
크나큰 분노의 진정한 이유를,
그리고 내가 사용하고 만든 언어를.

115   자, 내 아들아, 나무 열매를 맛본 것 자체가 아니라,
오직 한계의 표시를 넘어선 것이[757]
길고 긴 망명의 원인이었다.

---

754 천국으로 오르는 사다리.
755 단테가 천국에 오르도록 베아트리체가 준비시킨 지상 천국.
756 얼마나 낙원에 머물렀는지.
757 불복종의 교만.

118   네 여인이 베르길리우스를 움직인 곳에서,[758]

       해가 사천삼백두 번을 회전하는 동안[759]

       나는 이곳을 그리워했다.

121   내가 지상에 있는 동안,

       해가 궤도 위의 모든 빛들로

       구백삼십 번 되돌아오는 것을 보았다.[760]

124   내가 말했던 언어는

       니므롯의 백성들이 추구하던

       이룰 수 없는 일[761] 이전에 모두 사라졌다.

127   하늘에 따라 새로 바뀌는 사람들의

       취향 때문에, 어떤 이성적 산물도

       절대 변함없이 지속될 수 없었다.

130   사람이 말하는 것은 자연스러운 일이다.

       그러나 이렇게 저렇게 하는 것은 자연이

---

758   림보.

759   에우세비오스에 의하면, 4302년 (아담 사망 후 그리스도 사망까지) = 5198
       년 (아담 창조 후 예수 탄생까지) − 930 (아담 사망) + 34년 (그리스도 사망).

760   지상에 태어나 930년을 살았다.

761   바벨탑.

너희가 좋아하는 대로 하게 둔다.[762]

133   나를 감싸는 행복이[763] 흘러나오는 최상의 선을,
      내가 지옥의 고통 속으로 내려가기 전에,[764]
      지상에서 'I'라고 불렀다.

136   그 후[765] 'El'이라 불렀다. 자연스러운 일이다.
      필멸자들의 관습은 가지의 잎새와 같아,
      하나가 지면 다른 것이 피기 때문이다.

139   파도로부터 가장 높이 치솟은 그 산속에서,[766]
      순수한 삶과 부정한 삶을 살며 나는
      첫 번째 시간부터 여섯 번째 다음 시간까지

142   해가 사분의 일을 바꿀 때까지 있었다."[767]

---

762   다른 언어들의 독단적 발생.

763   빛.

764   아담이 죽기 전.

765   아담이 죽은 후.

766   연옥의 산꼭대기에서.

767   해가 지평선에서 (0도 혹은 180도) 떠서 90도 (30도가 2시간 정도에 상응),
      즉 원의 4분의 1일을 돌아 육시, 즉 정오를 넘을 때까지, 여섯 시간 남
      짓 아담이 낙원에 머물렀다. 그리스도는 정오에 숨을 거둔다.

천국 27곡 목차 (항성천, 원동천)

천국 27곡

1   '성부와 성자와 성령께
        영광을!' 그렇게 온 천국의
        황홀한 찬가가 날 도취시켰다.

4   내가 보던 것이 마치 온 누리의
        하나의 미소가 되어, 그 황홀함이
        나의 청각과 시각으로 스며들었다.

7   아, 환희여! 아, 말할 수 없는 기쁨이여!
        아, 사랑과 평화의 온전한 삶이여!
        아, 더이상 바라고 의심할 여지없는 풍족함이여!

10   내 눈앞에 불타고 있던
        네 개의 횃불 중 맨 먼저 왔던
        횃불이[768] 더 활활 타오르기 시작했다.

---

768 베드로.

13   그리고 그 모습이 그렇게 변해,
        목성과 화성이 새가 되어 서로
        깃털을 바꾼 것처럼 보였다.[769]

16   성인들의 합창단의 차례와 역할을
        배정하는 섭리가 온 천국에
        침묵을 내렸을 때,

19   내가 들었다. "내가 색깔이 바뀌어도
        놀라지 말아라. 내가 말하는 중에
        여기 모든 색이 변하는 것을 볼 것이다.

22   하느님의 아들의 존재 안에서 부재 중인
        내 자리를, 지상의 내 자리를, 내 자리를
        가로챈 그자가[770]

25   내 무덤 자리를[771] 피와 오물의
        하수구로 만들어, 이 위에서 타락해
        저 아래로 떨어진 자를[772] 충족시키고 있다."

---

769 목성의 은빛이 화성의 붉은 빛으로 변한 듯했다.
770 보니파티우스 8세.
771 베드로가 묻힌 성 베드로 대성전.
772 하느님의 아들이 아니라 루키페르에 충실하다.

28   아침저녁으로 맞는 해에
        물드는 구름처럼 온 천국이
        붉게 젖어드는 것을 보았다.

31   의심할 여지없이 순수한 여인이
        남의 허물을 듣기만 해도
        부끄러움에 낯을 붉히듯,

34   베아트리체의 얼굴빛도 그렇게 변했다.
        하늘의 일식이 그랬으리라 믿는다.
        그 최고 권력자가 고난을 겪으셨을 때.

37   그리고 이어진 그의 말들의
        목소리가 그렇게 변해,
        변한 모습에 못지 않았다.

40   "그리스도의 신부는[773] 나와
        리누스와 클레투스의 피로 키워졌으니,[774]
        금전을 착취하기 위해서가 아니라,

---

773 그리스도 교회.
774 순교한 첫째 둘째 셋째 교황들.

43   이 행복한 삶을 얻기 위해,
        식스투스, 피우스, 칼리스투스, 우르바누스가[775]
        많은 눈물 다음에 그들의 피를 뿌렸다.

46   우리 승계자의 오른편에 그리스도 백성 중
        일부가 앉고 일부는 다른 편에 앉는 것은
        우리의 의도가 아니었다.[776]

49   그리스도께서 내게 맡기신 열쇠가
        세례받은 자들과 전쟁하는
        깃발의 상징이 되기 위해서도 아니었다.[777]

52   또한 내가 사고 팔리는 거짓된 특권들의
        인장 속의 형상으로 새겨져 있으니,
        내 얼굴에 자주 열이 나고 불이 난다.

55   이 위에서 보면 모든 목장들이
        양치기의 옷을 입은 늑대들로 득실거린다.
        아, 하늘이시여, 왜 보고만 계십니까?

---

775 순교한 것으로 중세에 믿었던 교황들.
776 궬피와 기벨리니의 당파 싸움을 비판한다.
777 평화의 상징이 전쟁에 남용되어서도 안된다.

58   카오르와[778] 가스콘냐의[779] 무리들이 우리의 피를
      마실 준비를 한다. 아, 그렇게 순수하게 시작했던 네가
      이렇게 비참한 종말로 치달아야만 하는 것인가!

61   그러나 스키피오와 함께 로마를 지켜내어
      세상의 영광을 보존하셨듯이,[780] 하느님의 섭리가
      곧 구원하실 것을 나는 안다.

64   그러니, 아들아, 육신의 무게로 인해
      다시 아래로 되돌아가게 되면, 네 입을 열어
      내가 숨기지 않은 것을 숨김없이 말하거라.”

67   하늘의 염소 뿔이 해와 닿으면,
      얼어붙은 수증기가 우리 대기 속에서
      송이송이 피어나 아래로 내리듯이,[781]

____

778 프랑스 카오르 출신이자 아비뇽 유수 교황 요하네스 22세.
779 프랑스 가스콘냐 출신이자 아비뇽 유수 교황 클레멘스 5세.
780 로마의 적 카르타고의 한니발 장군을 무찔러 로마가 제국으로 성장하
     는 발판을 마련한 로마 최고의 장군, 스키피오 아프리카누스.
781 염소자리가 해와 만나는 동지로부터 시작하는 겨울 한 달에 눈이 내
     리듯이.

70   여기 우리와 함께 머무르던
        승리의 영혼들이 저 위쪽 아이테르 속을
        반짝반짝 장식하며 위로 오르는 것을 보았다.

73   내 눈길이 그 모습들을 따라갔다.
        사이가 너무 크게 벌어져
        더이상 그 너머를 볼 수 없을 때까지.

76   내가 위를 주시하는 눈길을 떼자,
        여인이 내게 말했다. "눈길을 아래로 던져,
        네가 얼마나 돌아왔는지 보아라."

79   내가 처음 보았던 그 시각으로부터[782]
        첫째 기후 구역의 중간에서 끝까지 이르는
        원주의 사등분을 완전히 돈 것을 보았다.[783]

---

782 쌍둥이자리에 처음 들어왔을 때, 순례자가 일곱 하늘들과 지구를 내려
     다 보았다 (천국 22.133-53).

783 중세 아랍 천문학자가 나눈 일곱 기후 구역들 중 적도에 가장 가까운
     첫째 기후 구역은 동쪽의 갠지스와 서쪽의 카디스 중간에 예루살렘을
     두고 180도의 반원 혹은 12시간을 이룬다. 처음 보았을 시각에 예루
     살렘 위에 있던 단테가 올리세스가 사람이 살지 않는 대서양으로 항
     해를 시작하던 스페인 해변을 보는 이 시각은 90도 즉 6시간이 지난
     시각이다.

82   저기 카디스 너머로 울리세스의
        광적인 뱃길을 보았다. 에우로페가
        감미로운 짐이 된 여기 해안쪽까지.[784]

85   그러나 내 발 아래에서 태양이
        한 별자리보다 더 멀리 나아가니[785] 내게
        이 꽃밭을 더는 밝혀주지 않았다.

88   사랑에 빠진 내 정신은 그 어느 때보다도
        변함없이 바라보고픈 내 여인 쪽으로
        눈길을 돌리려고 애태웠다.

91   자연이든 예술이든 시선을 사로잡고,
        정신을 점유하려고, 인간의 육체나
        그림 안에서 매혹을 마련하였다 한들,

---

784 울리세스가 지성적 오만을 상징한다면, 유피테르가 페니키아 해변에서
     납치해 간 에우로페의 "감미로운 짐"은 정욕을 상징하여, 인간의 모든
     죄들이 한번의 시야에 들어오는 위치에 단테가 올라왔다.
785 단테가 있는 쌍둥이자리에서 "한 별자리보다 더 멀리 나아가" 있는 해
     는 황소자리보다 더 먼 양자리에 있다. 각 별자리 사이의 거리는 30도
     혹은 2시간이므로 해가 서쪽에서 진 후 두 시간도 더 지나, 예루살렘에
     더 가까운 동쪽의 페니키아 해변부터 사람들이 사는 그 작은 "꽃밭"이
     보이기조차 않기 시작한다.

94   그 모든 매혹들을 다 하나로 모아도 내가
        그녀의 미소 짓는 얼굴로 돌아섰을 때 내게 비친
        그 신적인 기쁨에 비하면 아무것도 아닐 것이다.

97   나를 보는 데 빠지게 한 그 원동력이
        레다의 아름다운 둥지로부터[786] 나를 들어 올려
        가장 빠르게 도는 하늘로[787] 나를 밀어 넣었다.

100   그곳의 가장 생기 있고 드높은 부분들이
        모두 균일하여, 베아트리체가 나를 위해
        어떤 부분을 선택했는지 말할 수 없다.

103   그러나 나의 소망을 본 그녀가 말하기 시작했다.
        그녀의 미소가 그렇게 기쁨으로 가득차,
        하느님이 그녀의 얼굴 안에서 기뻐하는 듯했다.

106   "중심을 고요히 두고 그 주위의 모든 것을 움직이는
        우주의 원리가 마치 출발점처럼
        여기서부터 시작한다.

---

786 그리스 신화에 의하면, 레다의 알에서 태어난 쌍둥이 카스토르와 폴룩
     스의 둥지인 쌍둥이 별자리.
787 원동천.

109 그리고 이 하늘은 하느님의 정신에만 자리할 뿐이고,
그 속에서 사랑이 불타 올라 이 하늘을 움직이고
그 속에서 솟아나는 권능의 비를 이 하늘이 내린다.

112 빛과 사랑이 이 하늘을 또 이 하늘이
다른 하늘들을 둘러싸고, 이 하늘을 둘러싼
그분만이 이 하늘이 둘러싸인 것을 이해하신다.

115 이 하늘의 움직임이 다른 움직임과 다른 것이 아니라,
다른 움직임들이 이것에 의해 달라진다.
십이 그것의 반과 오분의 일로 측정되듯이.[788]

118 어떻게 시간이 이 하늘 속에 뿌리를 심고
다른 곳들에서 잎을 틔우는지,
이제 네게 분명해졌을 것이다.

121 아, 탐욕이여, 필멸자들을
그토록 깊이 가라앉혀, 누구도
그들의 눈을 너의 파도 위로 끌어낼 힘이 없구나![789]

---

788 소수 5와 2의 곱셈이 합성수 10을 낳는 것과 비교된다.
789 탐욕의 파도 속에서 사람들이 질식하고 있다.

124   사람들에게 의지의 꽃은 잘 피어난다.
      그러나 끊임없는 비가
      참된 자두를 까짜로 변질시킨다.[790]

127   믿음과 순수함은 오직 아이들에게서만
      찾아볼 수 있고, 뺨에 수염이 나기도 전에
      하나씩 다 달아난다.

130   아직 말을 더듬으며 금식하나,
      혀를 놀리게 되면, 아무 음식이나
      때를 가리지 않고 게걸스럽게 삼켜버리고,

133   옹알거릴 때는 어머니를
      사랑하고 따르나, 말을 잘 하게되면,
      어머니를 묻어버리고 싶어한다.

136   아침을 가져오고 저녁을 남기는 이의[791]
      아름다운 딸의[792] 첫 모습에서

---

790 좋은 꽃이 핀 후 지속된 비가 좋은 열매를 질식시킨다. 선한 의도라도
     과도한 욕심에 빠지면 올바른 행동을 낳지 못한다.

791 해.

792 달. 하느님의 딸이자 우리들을 아침 저녁으로 이끄시는("아침 저녁으로
     부르는 아름다운 꽃": 천국 23.88-9) 순수한 어머니 마리아이자("동정녀신
     어머님, 당신 아드님의 따님이시여": 천국 33.1) 아가서의 검은 신부(아가서

　　　　이처럼 하얀 피부도 검어진다.

139　　지상에 이끄는 이가 없어,
　　　　인간 가족이 길을 잃은 것을
　　　　생각하면 네가 놀랄 것도 없다.

142　　그러나 저 아래에서 간과된 백분의 일 때문에
　　　　정월이 겨울을 다 나기도 전에,[793]
　　　　이 둥근 하늘들이 이렇게 빛을 비치니,

145　　그렇게 기다리던 행운이
　　　　고물을 이물이 있던 곳으로 돌려,
　　　　함대가 직진으로 달릴 것이다.

148　　그리고 꽃이 핀 후 참된 열매가 맺을 것이다."

1.5) 등을 상징한다.

793　기원전 46년에 제정된 율리우스력이 간과했던 하루의 백분의 일, 약 12
분이 쌓여 중세에 이르면 춘분이 12월 말에 생겨 1월이 봄을 가리키게
된다. 1582년에 개정된 그레고리우스력이 이 오차를 수정한다.

천국 28곡 목차

천국 28곡

1   내 정신을 천국으로 만드는 여인이
      현세 사람들의 비참한 삶에 맞서
      진실을 열어 보여준 후,

4   마치 보거나 생각하기도 전에,
      등 뒤에 켜진 촛대의 두 촛불이
      거울 속에 비친 것을 보고,

7   거울이 자신에게 진실을 말하는지 보려고
      돌아서서, 음이 박자와 맞는 것처럼,
      거울이 진실을 반사하는 것을 보듯이,

10   사랑이 나를 사로잡기 위해 밧줄을 내렸던[794]
      그 아름다운 두 눈들을 바라보며
      내가 했던 것을 나는 기억한다.

13   내가 돌아섰을 때 내 눈이,
      그 하늘의 회전 안을 잘 들여다볼 때,
      언제나 볼 수 있는 것에 닿았다.

---

794 밧줄을 내려 천국에 온 라합의 모습이 스며들어 있다.

16   한 점을 보았다. 그곳에서 너무나 날카로운
        빛살이 내려와 눈을 태우니
        그 강한 예리함에 눈을 감아야 했다.

19   여기에서 가장 작아 보이는 별도
        별과 별을 나란히 놓듯
        이 점 옆에 두면 달처럼 크게 보일 것이다.

22   아마도 빛을 담은 수증기가 가장 짙을 때,
        달빛을 에워싸는 달무리가
        그리는 거리만큼이나 가깝게,

25   그 점에 그렇게 딱 붙어 불타는
        해무리가 그렇게 빨리 돌아 아마
        세상을 가장 빨리 도는 속도를 초과했을 것이다.

28   그 원은 다른 원에 의해 둘러싸여 있었다.
        둘째 원은 셋째에, 셋째는 넷째에,
        넷째는 다섯째에, 그리고 다섯째는 여섯째에 의해.

31   그 위로는 일곱째가 따랐는데,
        그 너비가 이미 너무 넓어서

헤라의 전령[795] 전체가 좁을 정도였다.

34   그렇게 여덟째와 아홉째도 퍼져 나갔고,
    숫자상으로 하나에서 더 멀어질수록,
    각각은 더 천천히 돌아가고 있었다.

37   그리고 그 순수한 빛에서 가장 적게 떨어질수록,
    더 진실한 불꽃이 타고 있었다. 그 빛의 진리에
    더 깊이 참여하기 때문이라 믿는다.

40   의심으로 꽉 찬 나를 보고 내 여인이
    말했다. "하늘과 모든 자연이
    저 점에 의존하고 있다."

43   저 점에 가장 근접한 저 원을 바라보아라.
    불타는 사랑에 솟구쳐 저렇게 빨리
    움직이고 있다는 것을 알아라."

46   그리고 내가 그녀에게 말했다. "세상이
    이 바퀴들에서 보이는 순서대로 정렬돼 있다면,
    내게 제시된 것으로 만족하리다.

---

795 무지개.

49   그러나 감각 세계에서는
        저 둥근 하늘들이 중심에서 더 멀수록
        더 신성하게 봅니다.

52   그래서, 오직 사랑과 빛으로 완성된
        이 놀라운 천사들의 성전 안에서
        내 소망을 달성하기 위해,

55   원형과 모사가 동일한 방식으로
        움직이지 않는 이유를 아직 들어야만 합니다.
        홀로 헛되이 관조에 잠기기 때문입니다."

58   "네 손가락이 그 매듭을 풀기에
        충분하지 않음을 자탄하지 마라.
        시도조차 하지 않아 그 매듭이 너무나 굳어졌다!"

61   내 여인이 그렇게 말했다.
        "네가 만족하려면, 내 말을 잘 새겨듣고,
        거기에 세심한 주의를 기울여라.

64   물질적인 하늘의 원들은
        모든 부분들에 미치는 힘의
        크고 적음에 따라 넓기도 좁기도 하다.

67   만약 각 부분들이 동등하게 완전하면,
      더 큰 선(善)은 더 큰 구원을 이루고,
      더 큰 구원은 더 큰 몸체를 차지한다.

70   그러므로 온 우주를 자신과 함께 순식간에
      휩쓸어 가는 이 몸체가[796]
      가장 사랑하고 가장 잘 아는 원에 상응한다.

73   둥글게 보이는 표면이 아니라,
      실체의 내재적 힘을 둘러싸서
      네 자로 네가 재어 보면,

76   하늘이 더 클수록 지성이 더 많고
      하늘이 더 작을수록 지성이 더 적은
      놀라운 조화를 너는 볼 것이다.”

79   보레아스가 더 약한 뺨 쪽에서
      바람을 불 때,[797] 북반구의 대기가
      맑고 밝게 남는 것처럼,

---

796 원동천.
797 의인화된 북풍의 오른쪽 뺨이 덜 매서운 북동풍을 불 때.

82 이전에 방해하던 딱지를 벗기고 씻어내어,[798]

하늘이 구석구석의 아름다움으로

그렇게 웃는 것처럼,

85 내 여인은 내게 명백한 답을 수여하여,

하늘의 별처럼 진리를 본

나를 그렇게 만들었다.

88 그리고 그녀가 말을 마치자,

끓는 쇠가 불똥을 튀기듯,

둥근 원들이 불꽃을 튀겼다.

91 수많은 불빛들이 불꽃을 따라 일어나니,

그들의 수가 체스 판의 네모들의 제곱의

수천 배보다 더 많았다.[799]

94 합창단에서 합창단으로 이어지는 호산나를 들었다.

그들을 거기서 사로잡고 변함없이 사로잡을 것이며

끊임없이 사로잡았던 그 고정된 점을 향한 것이었다.

---

798 부드러운 바람이 나병 껍질을 벗기고 씻어내는 듯이.

799 체스를 발명한 사람이 페르시아 왕으로부터 보답으로 원한 곡식 알의 수가 체스판의 64개 자리들 속에서 매번 제곱으로 늘어나는 $1 + 2 + 4 + \cdots 2^{63} = 2^{64} - 1$, 즉 1800경보다 더 많았다는 이야기가 삽입되어 있다.

97   내 마음속의 의심스러운 생각들을 들여다 본
      그녀가 말했다. "첫 번째 원들은
      네게 치품천사와 지품천사들을 보여주었다.

100   그 점에 사로잡혀서 그렇게 빨리 쫓아간다.
      그 점과 최대한 비슷해지려고 돈다.
      그 점을 볼 수 있는 높이만큼 비슷해 질 수 있다.

103   그들 주위를 도는 다른 사랑들은
      신의 얼굴의 좌품천사들이라 불리고,
      그들이 세 상품천사들을 완성한다.

106   모든 천사들은 모든 지성이 충족되는
      진리 속을 들여다 보는 깊이만큼
      기쁨을 누린다는 것을 알아라.

109   그러므로 축복은 보는 행위에
      근거하지, 그 뒤를 따르는 사랑하는 행위에
      있는 것이 아님을 알 수 있다.

112   그리고 보는 것의 척도가 공덕이고,
      공덕은 은총과 선의 의지가 낳고,
      그렇게 단계에서 단계로 나아간다.

115   밤의 양자리가 떨어뜨리지 못하는,[800]
        변함없는 봄의 꽃들처럼 피어나는
        다른 세 중품천사들은,

118   세 가지 계급들로 이루어진 세 가지 축복 속에서
        세 가지 선율로 '호산나'를 울리게 하며
        끊임없는 봄을 노래한다.

121   이 품계 안에 다른 신들이 있으니,
        첫째가 주품, 다음이 역품,
        세 번째 계급이 능품천사이다.

124   다음으로 권품과 대천사들이
        끝에서 두 번째 환호 속에서 돌고 있고,
        마지막은 천사들의 놀이이다.

127   모든 천사들이 위를 경외하며
        아래를 압도하니, 신을 향해
        모두가 이끌리고 모두를 이끈다.

130   디오니시우스가 너무나 크게 갈망하며
        천사의 계급들을 관조하기 시작하여,

---

800 양자리가 밤에 보이고 잎을 떨어뜨리는 가을 없이 변함없는 봄.

나처럼 그들에게 이름과 품계를 부여했다.

133   그러나 후에 그레고리우스는 그와 달리 구분하여,
       이 하늘에서 눈을 뜨자마자,
       자기 자신에 대해 웃었다.[801]

136   이렇게 숨겨진 진리를 지상의
       필멸자가 널리 알렸다고 해도 놀라지 마라.
       여기 위에서 보신 분이 그에게 밝혀주신 것이다.[802]

139   이 원들의 또 다른 많은 진리들과 함께.”

---

801 교황 그레고리우스 1세가 스스로의 오류를 승인했다.
802 위(僞) 디오니시오스 아레오파기테스를 중세는 살아서 하늘에 올라갔
     던 성 바오로의 제자로 간주했다 (천국 10.115-7 참조).

천국 29곡 목차 (원동천)

천국 29곡

1   라토나의 두 아이들이[803]
     양자리와 천칭자리 아래에서[804]
     지평선을 함께 허리띠로 삼을 때,[805]

4   천정이 균형을 잡는 그 순간부터,
     제각각 그 띠에서 벗어나 반구를 바꾸며,
     균형에서 벗어날 때까지,

7   그만큼의 순간 동안,[806] 미소 띤 얼굴로,
     베아트리체가 침묵했다. 나를
     압도했던 그 점을 뚫어지게 바라보며.

10   그러고 나서 말하기 시작했다. "묻지 않고 내가 말한다.
     모든 공간과 시간이 일치하는 점에서
     네가 듣고 싶어하는 것을 내가 보았기 때문이다.[807]

---

803 해와 달의 신들인 아폴로와 디아나.

804 양자리와 천칭자리는 서로 정반대에 있다.

805 지평선의 정반대에 있는 두 천구의 적도를 지평선이 허리띠처럼 두를 때.

806 해와 달이 멈추지 않고 움직이므로, 한순간도 되지 않는 순간이 천문학
     적, 신화적, 그리고 시적으로 표현되어 있다.

807 베아트리체는 하느님 안에서 단테의 생각을 볼 수 있다.

13   자신에게 선을 더하기 위해서가 아니라,
        그럴 수도 없지만, 자신의 빛이 반사하며
        '나는 존재한다'라고 말할 수 있도록,[808]

16   시간 밖의 그 영원성 속에서,
        모든 공간의 한계를 넘어서, 영원한 사랑이 기뻐하며,
        새로운 사랑들 속에서 사랑을 펼쳤다.[809]

19   그분이 그 이전에 한가히 누워계시지 않았다.
        이 물 위에서 하느님의 움직임은
        이전도 이후도 없이 진행되었기 때문이다.

22   형상과 질료 그리고 그들의 순수한 결합이,[810]
        세 줄의 활시위의 세 화살처럼,
        결함이 없는 존재로 나왔다.

25   유리, 호박 또는 수정 속으로
        빛이 들어와 빛날 때,
        순식간에 전체로 퍼지듯이,

---

808   하느님이 천사를 창조하신 이유.
809   하느님이 천사를 시간 밖에서, 공간의 한계를 넘어 창조하신다.
810   하느님이 천사를 창조하신 방법.

28   조물주의 이 세 가지 피조물들은
        모두 함께 부분적으로 구분없이
        그 존재 속에 빛났다.

31   질서와 구조가 실체들과 함께 창조되었다.
        순수 행위의 실체들은[811]
        세상의 가장 높은 곳에 있었고,

34   순수한 잠재성은 가장 낮은 부분을 차지했다.[812]
        그 중간에는 잠재성이 행위와 그렇게
        꼭 묶여 있어서[813] 아무도 그것을 풀 수 없다.

37   세상이 만들어지기 수세기 전에
        천사들이 창조되었다는 긴 글을
        히에로니무스는 너희에게 썼다.

40   그러나 네가 주의를 잘 기울이면,
        성령의 저자들의 많은 글들 속에서
        이 진리를 찾아볼 수 있을 것이다.

---

811   순수 지성의 천사들.
812   지상 세계.
813   하늘들.

43   그리고 이성도 이것을 어느 정도 본다.
        회전자들이 회전 행위의 완벽함 없이
        그렇게 오랫동안 존재했으리라 인정하지 않을 것이다.

46   이제 너는 언제 어디서 그리고 어떻게
        이 사랑들이 창조되었는지 알았으니, 너의
        세 가지 애타는 열망이 소각되었다.

49   숫자를 세어도 스물에 이르기 전에
        그토록 빠르게 천사들의 일부가
        너희들의 가라앉은 원소를 동요시켰다.[814]

52   다른 이들은 남아, 네가 보고 있는
        이 활동을 기꺼이 시작했고,
        그 회전에서 절대 떠나지 않는다.

55   타락의 원인은 네가 보았듯이
        세상의 온 무게에 짓눌린 자의
        저주 받은 교만이었다.

---

814 창조된 후 스물을 세기도 전에 일부 천사들이 땅에 떨어졌다.

58   여기서 네가 보는 이들은 겸손하여서
      그들에게 그렇게 고귀한 지성을 베푸신
      자비로움으로부터 비롯된 자신들을 인정하였다.

61   그리하여 빛을 비추는 은총과 그들의 공덕으로
      그들의 시야는 그렇게 높아졌고, 이곳에서
      그들의 의지는 온전하고 확고하다.

64   은총을 받는 것이 공덕이 된다는 것은
      그들의 마음이 사랑에 열린 만큼 상응함은
      의심할 여지없이 확실하다.

67   다른 도움이 없이도 내 말을 이해하면,
      이제 이 천사회의에 대해서
      너는 잘 관조할 수 있다.

70   그러나 지상의 학파들에서
      천사의 세 가지 본성은
      지성과 기억과 의지라고 가르쳐,

73   동일한 용어를 다른 이론에 사용하여
      저 아래에서 희미해진 진리를
      네가 맑게 볼 수 있도록 내가 덧붙여 말하겠다.

76   하느님의 얼굴에 기뻐한 이 실체들은
        아무것도 숨기지 않는 그 얼굴에서
        눈을 돌리지 않아,

79   그들의 바라봄이 새로운 대상에 의해
        끊어지지 않아, 시간적으로 나누어진
        개념을 기억할 필요가 없다.

82   그렇게 저 아래에서 잠도 자지 않고 꿈을 꾼다.
        진리를 말한다고 믿으면서 혹은 믿지 않으면서.
        하지만 한쪽이 더 죄가 많고 부끄러운 일이다.

85   너희가 저기 아래에서 철학하면서
        한 길로 가지 않는다. 외면에 대한 집착과
        그것에 대한 잡념으로 길을 헤맨다.

88   그러나 그것보다 성서를 외면하고
        남용하는 것이 여기 위에서는
        더 많은 경멸로 외면받는다.

91   얼마나 많은 피가 성서의 씨를 세상에 뿌리는지,
        성서를 겸손하게 따르는 자를 얼마나 많이 아끼시는지,
        저기 아래에서 너희는 염두에 두지 않는다.

94   모두가 돋보이기 위해 지어내고 꾸며낸 것을
        설교자들이 반복하여 펼치나,
        복음은 말이 없다.

97   그리스도의 수난 동안 달이 뒤로 되돌아가
        해를 막아 햇빛이 저 아래에
        닿지 못했다고 어떤 자는 말한다.

100   거짓이다. 빛이 스스로 자신을 숨긴 것이다.
        그래서 유대인들뿐만 아니라
        스페인과 인도인들에게도 일식이 일어난 것이다.

103   피렌체에서 한 해 동안 여기저기
        설교단에서 꾸며내어 외치는 이야기들이
        라포와 빈도보다 더 많다.[815]

106   그래서 무지한 어린 양들은
        풀밭에서 바람을 먹고 돌아온다.
        간과된 피해로 용서될 수 없는 일이다.

---

815 피렌체에서 가장 흔하던 이름들.

109   그리스도께서 당신의 첫 공동체에게
       '온세상에 가서 헛소리를 선포하라'고 말하지 않으셨고,
       그들에게 진리의 토대를 주셨다.

112   그 진리가 그들의 뺨 속에서 그렇게 울려 퍼지니,
       신앙의 불을 지피려는 전쟁에서
       복음은 방패와 창이 되었다.

115   그러나 이제는 농담과 익살로
       설교하러 다니니, 그저 웃음꽃을 피우기만 하면
       부푸는 수도복 이상을 요구할 수 없다.

118   그리고 그 고깔 모자 안에 둥지를 튼 새를[816]
       보통 사람들이 본다면, 누구의 은혜를
       그들이 입고 있는지 볼 수 있을 것이다.

121   지상에 그러한 어리석음이 너무나 커져,
       아무런 증명의 증거도 없이,
       사람들은 온갖 약속으로 달려든다.

124   이로 인해 위조된 돈으로 지불하면서,
       성 안토니오는 돼지와 돼지보다

---

816   악마.

더한 다른 많은 이들을 살찌운다.[817]

127   이제 우리가 너무 많이 둘러 왔으니,
        눈을 바른길로 돌려,
        거리와 시간을 줄이자.

130   이 실체들의 수는 인간의 말과
        개념이 따라갈 수 없을 정도로
        팽창한다.

133   네가 다니엘을 통해 계시된 것을 보면,
        그의 수천 명[818] 속에 정해진 수가
        숨겨진 것을 볼 수 있을 것이다.

136   최초의 빛은 전체를 비추고,
        비치는 빛을 반사하는 것들의 수만큼 많은
        다양한 방식으로 모두가 받아들인다.

817 안토니오 수도승들이 기르는 돼지보다 더 더러운 자신의 식솔들의 살
     을 찌운다.

818 "천만 신하들이 떠받들어 모시고"(다니엘 7.10)에서 "천만" (라틴어로
     "milia milium"). 베아트리체가 성서의 절대적 진리로 논증한다.

139   이해하는 행위에 사랑이 따르고,
       사랑의 감미로움은 천사들 속에서
       서로 다양하게 뜨겁기도 따뜻하기도 하다.

142   이제 보아라, 영원한 권능의
       지극히 높으심과 넓으심을. 그토록 많은
       거울들을 만들고 자신을 나누신 후 당신은

145   이전처럼 당신 안에서 하나로 머무신다."

천국 30곡 목차 (청화천)

1-13: 여명에 숨어드는 별들처럼 원동천 주변을 돌던 천사들이 사라진다.

14-36: 눈을 돌려 바라본 베아트리체의 아름다움이 시인이 더이상
말로 이룰 수 없는 극치에 이른다.

37-45: 원동천에서 나와 청화천에 도착한 단테가 천국의 두 군대를
볼 것이라 베아트리체가 알려준다.

46-60: 청화천의 빛이 단테 자신을 능가하는 새로운 시력을 부여한다.

61-87: 빛의 강에서 넘치는 불꽃들의 '그늘진 서경'을 더 생생히
보기 위해, 단테가 빛의 강물을 엄마의 젖을 빨듯 재빨리 마신다.

88-96: 길게 흐르던 강물이 둥글게 보이고 하늘의 두 군대가
시야가 변한 단테에게 보였다.

97-99: 하느님께 시인이 본 것을 시로 담을 힘을 빈다.

100-132: 광대한 둥근 빛이 수천 층으로 솟아올라 이룬 장미 모양 속으
로 들어간 단테에게 베아트리체가 수많은 영혼들을 보여준다.

133-148: 황제 하인리히 7세와 교황 클레멘스 5세에 대해
베아트리체가 예언한다.

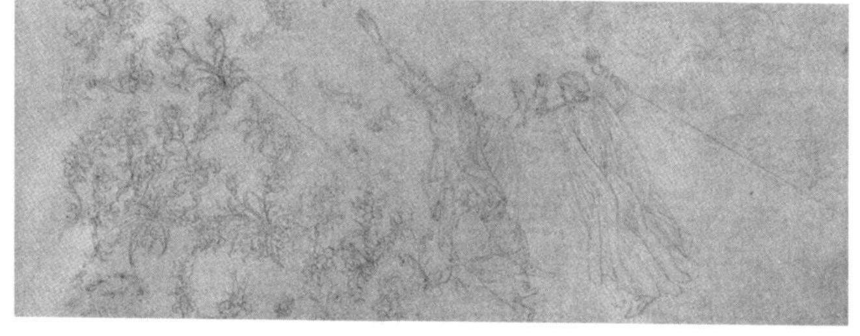

천국 30곡

1.   아마도 육천 마일쯤 저 먼 곳에
     육시의 열이 빛나, 이 세상이
     그림자를 이제 거의 지평선 위로 지울 때,

4   우리에게 높이 치솟은 하늘 한가운데가
     그렇게 밝아지기 시작하면, 몇몇 별들의
     모습은 이 아래 깊숙한 곳까지 닿지 않는다.[819]

7   해의 가장 맑은 하녀가[820] 더 다가와
     하늘의 별들을, 가장 아름다운 별까지,[821]
     하나씩 하나씩 끄는 것처럼,

---

819 알프라가누스에 따라 지구 둘레를 20400마일로 보는 단테가 해가 뜨
     겁게 비치는 한낮(여섯 번째 시각)으로부터 약 6000마일 먼 곳에서 펼쳐
     지는 여명을 묘사하고 있다. 아직 한 시간쯤 지평선 아래에 있는 해에
     비쳐 생긴 지구의 그림자가 지평선에 닿는 하늘 가장자리만 어둡게 남
     아있고 밝고 높은 하늘 속의 별들이 아래에서 바라보는 우리에게 희
     미해지고 있다.
820 햇살이 가장 맑은 새벽 시간. 단테는 하루의 시간들을 시녀들로 종종
     의인화해서 부른다.
821 해가 뜨기 전에 가장 밝게 빛나는 샛별, 금성, 비너스.

10   나를 압도한 그 점 둘레를 끊임없이
        돌면서, 둘러싼듯 보이지만 둘러싸인 채,
        승리를 합창하던 천사들이

13   조금씩 조금씩 내 시야에서 사라져 갔다.
        그래서 아무것도 볼 수 없음과 사랑으로 인해
        내 눈이 베아트리체에게 돌아갈 수 밖에 없었다.

16   지금까지 그녀에 대해 말해진 모든 것들을
        하나의 찬가에 모두 모아도,
        이번 일을 완수하기엔 모자랄 것이다.

19   내가 본 그녀의 아름다움은 그렇게 변해서
        우리의 한계를 넘어 정녕 그 아름다움을
        조물주만이 완전히 향유하리라 믿는다.

22   이 대목에서 내 패배를 인정한다.
        그 어떤 희극이나 비극 시인도 이렇게
        한 쟁점에서 압도당하진 않았을 것이다.

25   왜냐하면, 햇빛에 눈이 부시는 것처럼,
        그런 감미로운 미소의 기억이
        내 생각을 내 자신에게서 앗아가기 때문이다.

28   그녀의 얼굴을 이 세상에서 처음 본 날부터,
      지금 이 모습까지, 그 어떤 것도
      노래하며 따라가는 나를 멈추지 못했다.

31   하지만 이젠 그만 놓을 때다.
      내 시가 더이상 그녀의 아름다움을 따라갈 수가 없다.
      자신의 한계에 이른 모든 예술가들처럼.

34   그래서 힘든 주제를 마무리 짓는
      내 나팔보다 더 큰 악대에게
      그녀를 내가 놓아준다.

37   사임하는 선두자[822]의 몸짓과 목소리로
      그녀가 다시 말하기 시작했다. "우리는 가장 큰
      몸체에서 나와 순수한 빛의 하늘로 들어왔어요.

40   사랑이 가득한 지성의 빛,
      환희가 가득한 진정한 선의 사랑,
      모든 감미로움을 초월하는 환희.

43   여기서 천국의 두 군대를 볼 거예요.

----

822 같은 청화천에서 공존하는 단테에게 베아트리체는 더이상 스승이 아
     니라 동등하게 존중하는 동료가 된다. 그래서 그에 대한 그녀의 태도
     와 말투가 변한다.

그 하나는 최후의 심판일에 당신이
보게 될 모습이에요."

46   갑작스런 번개가 보는 정신을
     산만시켜, 눈이 가장 뚜렷한 것도
     볼 수 없게 만드는 것처럼,

49   그런 생생한 빛이 나를 둘러싸며 빛났고,
     눈부신 베일이 나를 감싸니,
     나는 아무것도 볼 수 없었다.

52   "이 하늘을 고요하게 하는 사랑이
     늘 들어오는 이들에게 하는 인사예요.
     자신의 촛불을 켤 수 있게 하려고요."

55   이 짧은 말들이 그렇게 빨리 내 안으로
     들어오자마자, 내가 내 자신의 능력 위로
     넘어서고 있음을 나는 알았다.

58   새로운 시력이 나에게 켜져,
     그 어떤 순수한 빛도
     내 눈들이 감당할 수 있었다.

61   붉고 노란 금색처럼 찬란한 빛이 강처럼
      흐르는 것을 보았다. 두 강변에는
      빼어난 봄꽃들이 물들어 있었다.

64   그 강물에서 생생한 불꽃들이 솟아져 나와,
      강변 양쪽 꽃들 주변으로 흘러넘쳤다.
      금으로 테를 둘러싼 루비 같았다.

67   그리고 향기에 취한 듯,
      다시 신비한 샘 속으로 깊이 빠졌다.
      하나가 들어가면 다른 하나가 밖으로 튀어나왔다.

70   "지금 보고 있는 것의 의미를 알고 싶어
      애태우는 당신의 갈망이
      더 부풀어 오를수록 난 더 기쁩니다.

73   하지만 갈증을 풀기 전에
      이 물을 마시세요."
      내 눈의 태양이 그렇게 말했다.

76   그리고 덧붙여 말했다. "강과 그 강을
      들어가고 나오는 황옥들 그리고 풀들의 웃음은
      그들 진실의 그늘진 서경(序景)들이에요.

79   이들 자체가 미숙해서가 아니라,
      아직 고귀한 것에 많이 익숙치 않은
      당신 눈의 불찰입니다.”

82   젖먹이가 여느 때보다 아주 늦게 잠에서
      깨어나, 엄마 젖으로 얼굴을 돌려
      바로 묻어버리는 것보다도,

85   난 더 빨리 그 흐르는 물에 무릎을 꿇었다.
      우리를 더 나아지게 하려고 흘러내리는 물로
      내 눈을 더 나은 거울들로 만들기 위해서였다.

88   내 눈꼬리가 물을 마시자,
      길게 흐르던 강물이
      둥글게 변한 것처럼 보였디.

91   그리고, 가면을 쓰고 있던 사람들이 가면을 벗으면,
      가면 속으로 사라졌던 자기 모습을
      처음과 다르게 드러내는 것처럼,

94   그렇게 내 눈앞에서 꽃들과 불꽃들이
      성대한 축제로 변하니, 내게
      하늘의 두 궁정이 뚜렷이 보였다.

97   오 신의 빛이여, 그 빛을 통해
      참다운 왕국의 최고의 승리를 보았습니다.
      어떻게 그곳을 보았는지 말할 힘을 제게 주소서!

100   저 위에 빛이 있습니다. 그 빛은
      창조주를 창조물에게 보이게 합니다.
      창조물의 평화는 창조주를 보는 것에만 있지요.

103   그 빛이 둥근 모양으로 퍼져 나가죠.
      너무 커서 그 둘레가
      태양 테두리보다 더 넓을 거예요.

106   그 모든 빛이 한 줄기 빛이 되어
      원동천 꼭대기에 반사되어요.
      원동천은 거기서 삶과 원동력을 얻게 되죠.

109   푸른 풀과 만발한 꽃들로 장식된 언덕이,
      마치 기슭 아래 호수에 비치는
      단장한 자신의 모습을 보려는 것처럼,

112   그 빛 위로 사방에 층층이 솟아올라,
      우리의 하늘로 돌아온 수많은 영혼이 천 개 이상의
      계단에 거울처럼 비치는 것을 보았습니다.

115   가장 낮은 층계가 이렇게 큰 빛에
      둘러싸여 있으니, 이 장미의 가장 가장자리
      꽃잎까지 그 넓이는 얼마나 될지!

118   그 폭과 높이 속에서도 나는 시야를
      잃지 않았으며, 그 기쁨의
      양과 질을 모두 만끽했습니다.

121   거기에는 원근의 차이가 없어요.
      신이 매개 없이 조정하니,
      자연법칙이 적용되지 않습니다.

124   영원히 봄을 반복하는 해를 향해 찬양하는
      향기를 내뿜으며 온 사방으로 점점 퍼져나가는
      그 불멸의 장미의 노란 심상 속으로,

127   말하려 해도 말이 떨어지지 않는 나를
      베아트리체가 데려가며 말을 했습니다. "보세요,
      얼마나 많은 하얀 옷들이 이곳에 모여 있는지!

130   보세요, 우리 도시의 둘레가 얼마나 넓은지.
      보세요, 우리 자리들이 얼마나 많이 찼는지,
      그래서 이제 아주 적은 사람들만을 기다려요.

133   이미 왕관이 그 자리 위에 놓여 있어서

       당신의 눈길을 끄는 저 큰 자리에는,

       당신이 이 혼례상을 맛보기 전에,[823]

136   이탈리아가 준비되기 전에,

       바로 잡으려고 올 고귀한 하인리히

       황제의 영혼이 앉을 것입니다.[824]

139   눈먼 탐욕에 홀려버린 너희들은

       배가 고파 죽어가는 젖먹이가

       유모를 떼버리는 짓을 저질렀지.

142   게다가 신성한 법정의 우두머리는,[825]

       겉으로든 속으로든,

       그 황제와 같은 길을 걸어가지 않을 것이지.

---

823   단테가 죽어 천국에 다시 오기 전에: "하느님 나라에서 잔치 자리에 앉
       을 사람은 참으로 행복하겠습니다" (누가복음 14.16).

824   궬피와 기벨리니 당파 싸움으로 심하게 분열되어 있던 이탈리아를 신
       성 로마 제국이 통일시킬 수 있기를 바랐던 단테의 소망에 반해, 황제
       하인리히 7세는 궬피 도시였던 시에나 공격 일주일 만에 말라리아에
       걸려 40세의 이른 나이로 1313년에 사망하였다.

825   황제에 대적하고 교황만을 지지했던 궬피와 손을 잡고 하인리히 7세
       에 반대했던 교황 클레멘스 5세.

145   그래도 하느님은 그 신성한 자리에서 조금 후에
       그를 거둘 것이고, 그는 마술사 시몬이
       벌을 받고 있는 곳으로 떨어져,

148   아나니 생 교황을 더 아래로 떨어뜨릴 것이지."[826]

---

826 교황 클레멘스 5세도 곧 죽어 교황 보니파티우스 8세가 있는 지옥으로
     떨어질 것이라고 (지옥 19.73-84 참조) 독자들에게 예언하며 마치는 베
     아트리체의 마지막 말이다.

천국 31곡

1   그리스도께서 피로써 삼으신 새 신부,
    성인의 군대가 하얀 장미의 모양으로
    마침내 제게 나타났습니다.

4   하지만 천사의 군대는 날아다녔습니다.
    사랑으로 이끄시는 주의 영광을 바라보며
    창조주의 헤아릴 수 없는 자비로움을 노래합니다.

7   마치 벌떼가 꽃 속으로 들어갔다가,
    그 노고가 향기로운 결실을 맺는 곳으로
    다시 돌아오듯이,

10 수많은 꽃잎들로 장식된 그 거대한 꽃 속으로
    내려갔다가, 무한한 사랑이 영주하는 곳으로
    그들은 다시 올라갔습니다.

13. 얼굴은 살아 있는 불빛으로,
    날개는 금빛으로, 다른 부분들은
    눈보다 더 하얗게 빛났습니다.

16   꽃 속으로 하얗게 하얗게 내려가며,
하느님의 평화와 사랑을,
퍼뜩이는 날개로 퍼뜨렸습니다.

19   저 높은 곳과 꽃 사이에
그렇게 많은 벌들이 날아다녀도,
보이는 빛은 변하지 않았습니다.

22   하느님의 빛은 저마다의 존엄성에 따라
우주를 관통하니,
아무것도 그것을 막을 수가 없습니다.

25   이 평안하고 평온한 왕국이,
구약과 신약 사람들로 가득차,
눈길과 사랑을 모두 한 점에 모으고 있었습니다.

28   오 세 겹의 빛이여, 오직 한 별 안에서
그들의 눈을 가득히 반짝이네!
이 아래 우리의 대소동을 굽어살피소서!

31   헬리케가 사랑하는 아들과 하늘을
매일 맴돌며 덮어주는
그 북녘땅에서 온 문맹인들이,

34   하늘로 치솟는 로마의 건축물들과

       현세를 초월하는 라테라노를

       보고 압도당했다면,[827]

37   인간적인 것에서 신성한 것으로,

       시간적인 것에서 영원한 것으로,

       피렌체에서 의롭고 바른 사람들에게로 온 난,

40   얼마나 큰 경이로움에 사로잡혔을까!

       정녕 그 압도감과 기쁨 사이에서

       난 듣지도 말하지도 않았다.

---

827 고대 그리스 문명인들은 그리스어를 할 수 없는 외국인들을 "문맹인
    들"(i barbari)이라 불렀다. 같은 맥락 속에서 로마 문명인들도 라틴어를
    모르는 북유럽인들을 그렇게 불렀다. 그러나, 단테는 하늘과 땅이 아
    직 원시적이지만 순수하게 맞닿고 전원적으로 아름답은 북유럽의 자
    연 풍경을 로마 제국의 팽창을 상징하는 기념물들과 예술품들이 세워
    져 하늘과 땅 사이가 벌어진 로마와 압축적으로 대조되시키고 있다. 그
    리고 당시의 교황청 라테라노(Laterano)를 로마 제국의 현세의 성공을
    이세로 팽창시키는 연속성에서 풍자하고 있다. 게다가 헬리케와 그녀
    의 사랑하는 아들이 마리아와 예수를 상징하며 그들의 보호를 매일 받
    는 "반문명인들"의 하늘과 별과의 가까운 삶에 대한 단테의 그리움이
    비쳐지고 있다. 북녘에서 내려왔던 하인리히 7세와 라테르노를 지키던
    클레멘스 5세를 떠올리게도 한다. 헬리케(큰 곰자리)와 그녀의 아들(작은
    곰자리)은 아홉명의 뮤즈들이 천국의 시인에게 가리키는 별들이기도 하
    다. "아홉 뮤즈들이 곰자리들을 내게 가리키오" (천국 2.9).

43   그리고 한 순례자가
서원한 성전을 즐거이 사찰하며,
본 모습을 장차 자신이 전하기를 희망하듯이,

46   저 위에 살아 있는 빛 속을 거닐며,
나는 내 눈길을 층계들에 돌렸다.
위, 아래, 주변으로 차례차례.

49   하느님의 빛과 자신의 미소로 치장된,
사랑을 심는 얼굴들을 보았다.
그들의 거동에는 존엄이 가득했다.

52   천국의 전체 형체를
벌써 다 내 시각으로 파악했으나,
구체적으로 아직 어느 한 곳에 고정하지는 못했다.

55   그래서 알고 싶은 마음에
다시 떠오르는 질문을 하려
내 여인에게 몸을 돌렸다.

58   기대와는 다른 대답이 응답했다.
베아트리체를 보리라 믿었는데 한 노인을 보았다.
영광스러운 이들과 같은 옷을 입으신 듯했다.

61   자비로운 평온이 눈과 얼굴에
        자자했고, 자애로운 자태는
        온화한 아버지와 같았다.

64   내가 바로 말했다. "그녀는 어디에 있습니까?"
        그가 말했다. "너의 소망을 충족시키려고
        베아트리체가 나를 불러 여기로 보냈다.

67   저 위 최정점으로부터 세 번째 원형 안을
        들여다 보면, 그녀의 덕에 타당한
        옥좌 위에 그녀가 보일 것이다."

70   말없이 고개를 들어 그녀를 보았다.
        영원한 빛들이 그녀로부터 반사되어
        후광을 이루었다.

73   천둥 치는 저 높디 높은 곳에서부터
        파도치는 저 깊숙한 바닷속까지,
        세상의 어떤 거리도 그렇게 멀지 않을 것이다.

76   베아트리체와 나 사이만큼.
        하지만 아무것도 나를 막을 수 없었다.
        그녀의 모습은 고스란히 내게 내려왔다.

79   "아, 내 희망을 키우는 여인이여,
       나를 구원하려고 지옥까지 마다하지 않고
       당신의 발자국을 남겼습니다.

82   내가 볼 수 있었던 그 많은 것들에서,
       당신의 힘과 당신의 은혜 덕분에,
       은총과 힘을 인식했습니다.

85   당신이 할 수 있었던
       그 모든 방법과 길을 통해,
       나를 노예 상태에서 자유로 이끌었습니다.

88   당신의 자비로움을 내 안에 보존하소서.
       당신이 치유한 영혼이 몸의 족쇄를 풀 때,
       당신을 기쁘게 하렵니다."

91   그렇게 나는 기도했다. 그리고 그녀는 그 먼 곳에서도,
       나를 다시 바라보고 미소 지었다.
       그리고 영원한 샘으로 돌아갔다.

94   그리고 그 노 성자가 말했다.
       "네 길을 끝까지 가게 하도록,
       성녀의 기도와 사랑이 나를 보냈다.

97   눈으로 이 정원을 날아 보아라.
      정원을 보면 너의 시야가
      하느님의 빛을 따라 더 오를 것이다.

100   그리고 하늘의 여왕이 우리에게 그 모든
      은총을 베풀 것이다. 나는 그분의 사랑으로
      변함없이 불타는 베르나르두스이다."[828]

103   마치 어떤 이가 아마도 크로아티아처럼 먼 곳에서
      우리 베로니카를 보러와서,[829]
      그렇게 오래된 갈증을 풀지 못해서,

106   잠시만 바라보다가, 속으로 말하는 것처럼,
      '나의 주님 예수 그리스도여, 진정한 하느님이여,
      당신의 얼굴이 진정 이렇게 생겼습니까?'

---

828 성모 마리아에 대한 헌신과 기도로 알려진 시토회 수도승 성 베르나르
     두스 (Bernardus Claraevallensis, 1090-1153)

829 못박히시기 전에 십자가를 끌고 가시던 예수의 얼굴을 닦아주던 성 베
     로니카의 수건 위에 기적적으로 남겨진 것으로 여겨지는 예수의 모습
     이 종종 진열되던 성 베드로 성당으로 많은 사람들이 순례길을 오르
     곤 했다. "바다 건너 그곳에서 자주 종려나무(la palma) 잎을 들고 오는
     이들은 종려 순례자들(palmieri)이라 불린다" (단테, 〈새로운 삶〉 40.7).

109   그렇게 나는 진정 살아 있는 그 사랑을
       보며 감탄했다. 이 세상에서, 관조하시며,
       저 세상의 평화를 감미하신 분이었다.

112   "은총의 아들아," 그분이 시작하셨다.
       "이 축복에 이르려면,
       눈을 여기 아래에만 두지말고,

115   저 가장 멀고 둥근 곳을 바라보아라.
       여왕이 앉아 있는 모습이 보일 것이다.
       이 왕국은 그분에게 주어지고 바쳐졌다."

118   눈을 들어올렸다. 마치 아침에
       지평선 동녘이 해가 지는 서녘보다
       더 밝게 빛나는 것처럼,

121   마치 골짜기를 지나 산으로 올라가던
       내 두 눈으로, 정상의 햇살이
       그 모든 정면을 정복하는 것을 보았다.

124   그리고 파에톤이 잘못 몰았던 수레를
       기다리는 곳에서[830] 가장 밝게 불타오르고
       여기저기 빛이 점점 약해져 가는 것처럼,

---

830   해 (지옥 17.106. 연옥 4.72 참조).

127   그렇게 그 평화의 오리플람은[831]
       한복판에서 번뜩이고, 사방으로
       점점 불길이 줄어들었다.

130   그런 한가운데에서 날개를 펼치며
       축제를 펼치는 수천의 천사들을 보았다.
       저마다 다른 불빛과 재주를 부렸다.

133   그들의 놀이와 노래에
       미소 짓는 한 아름다움이 그 모든 성인들의
       눈 속의 기쁨임을 보았다.

136   아무리 내 말이 내 상상력만큼 풍부하다
       할지라도, 그 기쁨의 일부도 떼어내어
       감히 말할 수 없을 것이다.

139   베르나르두스는, 내 눈이 그 열정의
       뜨거움 속으로 쏠리며 빠져 들어가는 것을 보고,
       그토록 깊은 사랑으로 그의 시선을 그녀에게[832] 돌리니,

142   그 모습이 바라보는 내 눈길을 더욱 불태웠다.

---

831   중세 프랑스 군대가 전쟁시 불길 모양처럼 날리던 붉은 깃발.
832   마리아.

천국 32곡 목차 (청화천)

1-3: 베르나르두스가 명상을 시작한다.

4-18: 마리아가 가장 위에, 이브가 바로 그 아래, 라헬과 베아트리체가 그 아래, 그리고 사라, 레베카, 유딧, 룻을 비롯한 헤브라이 여인들이 승계적으로 앉아있다.

19-27: 구약과 신약의 성인들이 꽃 양쪽을 다르게 채우고 있다.

28-39: 마리아 맞은 편에 앉은 세례 요한 아래에 프란체스코, 베네딕투스, 아우구스티누스와 다른 성인들이 앉아있다.

40-84: 창세 초기에 부모님들의 믿음만으로 구원된 순수한 아이들이 원의 중간 아래에 있다. 은총의 시대에 다른 은총으로 태어나 세례 없이 서둘러 온 아이들은 아래 지옥에 머문다.

85-93: 하느님과 가장 닮으신 마리아의 얼굴에 사로잡힌 단테

94-114: 가브리엘 천사

115-138: 아담, 베드로, 요한, 모세, 루치아를 본다.

139-144: 하느님의 빛에 눈을 돌릴 시간

145-151: 마리아께 드리는 기도를 베르나르두스가 시작한다.

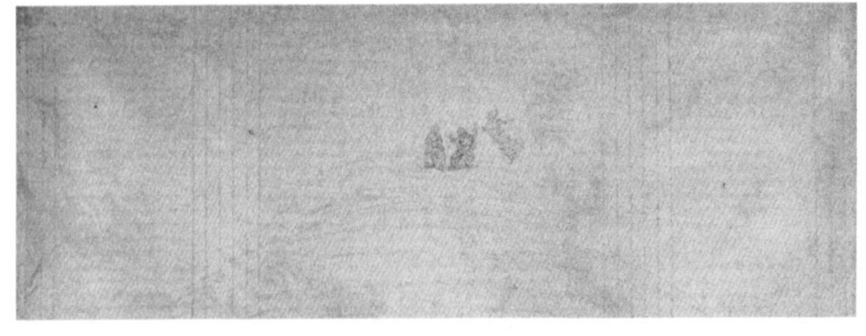

천국 32곡

1 기쁨에 빠진 그 명상가는 자진하여
   자비로운 스승의 직무를 떠맡아,
   이 거룩한 말씀을 시작하셨다.

4 "마리아가 아물게 하고 치료한 상처를
   열고 사무치게 했던 그 아름다운 여인이[833]
   마리아의 발 밑에 앉아 있다.

7 순서에서 세 번째 자리들에서,
   저분 아래에 라헬과
   베아트리체가 보인다.

10 사라, 레베카, 유딧, 그리고
   죄의 고통으로 '저를 불쌍히 여기소서'를
   노래한 이의[834] 증조모가[835] 그 아래에 보인다.

---

833 이브.

834 시편을 노래한 다윗.

835 다윗의 증조모 룻.

13   너는 층층이 내려가며 볼 수 있다.
      내가 각자의 이름을 부르며
      장미의 잎에서 잎으로 내려가듯이.

16   또 그렇게 일곱 번째 층 아래로도, 위에서처럼,
      헤브라이 여인들이 계속 이어서 내려오며,
      모든 꽃잎들을 두 부분으로 나누었듯이.

19.   왜냐하면, 그리스도의 믿음이 보는 방향에 따라,
      이 꽃잎들이 성인의 계단들을 나누는
      벽이 되기 때문이다.

22   꽃잎들이 만발한 이쪽에는,
      그리스도께서 오실 것을 믿었던 이들이[836]
       앉아 있고,

25   반면에 빈 부분이 보이는
      반원에는, 그리스도께서
      오신 것을 본 분들이[837] 자리 잡고 있다.

---

836 구약 성인들.
837 신약 성인들.

28   그리고 이쪽에서 천상의 여인의
        영광스런 옥좌와 그 아래 다른 성좌들이
        그런 큰 벽을 만드는 것처럼,

31   저 맞은편에 사막과 순교를
        그리고 지옥에서 이 년을 한결같이 견뎌낸[838]
        위대한 성인 요한의 성좌가 있고,

34   그 아래 프란체스코, 베네딕투스, 아우구스티누스
        그리고 다른 성인들이 이 둘레를 따라 차례로
        아래까지 내려오며 벽을 만든다.

37   자, 하느님의 엄숙한 섭리를 바라보아라.
        왜냐하면 믿음의 두 양상이 동일하게
        이 정원을 채울 것이기 때문이다.

40   그리고 두 구분을 가로지르는
        중간 계단 아래에는
        자신의 선행으로가 아니라,

---

838 그리스도보다 이 년 전에 죽어 림보에 있던 성 요한을 그리스도가 천국
     으로 해방시켰다 (지옥 4.52-61 참조).

43   제한된 조건하에, 다른 이들의 덕행으로,
       거기에 앉아 있다. 그들은 참된 선택을
       하기도 전에 풀려난 영혼들이기 때문이다.

46   네가 잘 보고 들어보면,
       아이들의 얼굴과 목소리를
       충분히 짐작할 수 있을 것이다.

49   너는 의심스러워서 말이 없구나.
       짧은 생각에 사로잡힌 너의
       엉킨 매듭을 내가 풀어주겠다.

52   이 광대한 왕국의 전역에
       우연은 한 치도 자리를 차지할 수 없다.
       슬픔이나 목마름이나 굶주림이 없듯이.

55   네가 보는 모든 것이 영원한 법칙으로
       정해져 있어, 반지가 손가락에 꼭 맞듯
       각자의 자리가 정확히 들어맞는다.

58   진실한 삶으로 서둘러 온 사람들이
       여기서 서로 간에 다르게 탁월한 것은
       이유가 없지 않다.

61   아무것도 더 바랄 수 없는
      왕의 사랑과 기쁨 속에서
      이 왕국은 평안하다.

64   모든 영혼들을 축복 속에서
      창조하시고, 저마다 다른 은총을
      베푸심에 만족할 뿐이다.

67   성서에 명확히 표현되어 있듯이
      어머니의 배 속에서 벌써
      쌍둥이들이 싸웠다고 한다.[839]

70   그러므로, 지극히 높은 빛이
      그러한 은총으로 서로 다른 머리카락 색깔에
      걸맞는 관을[840] 내리는 것이 당연하다.

73   그러므로, 자기 자신의 선행 없이,
      다르게 타고난 예리함만으로도,
      다른 층에 배치되어 있는 것이다.

---

839   천국 8.130 참조.
840   후광.

76   창세 초기에는⁸⁴¹ 부모의
        믿음만으로도 순수한 아이들을
        구원할 수 있었다.

79   그 첫 시대가 끝난 후에는 할례가⁸⁴²
        사내아이들에게 순수한 날개를
        달아주는 힘이 되었다.

82   그리고 은총의 시대가 온 후에는,
        그리스도의 완벽한 세례 없이는
        그 어떠한 순수함도 저 아래에 머물렀다.

85   이제 그리스도와 가장 닮은 얼굴을
        바라보아라. 그분의 빛으로만 너는
        그리스도를 볼 수 있다."

88   저 높이까지 솟아오르도록 창조된
        성인의 정신 속으로 스며드는 그런
        기쁨이 그녀 위로 내리는 것을 나는 보았다.

91   이전에 보았던 그 어떤 것도 나를

———

841   아담에서 아브라함까지.

842   하느님과 아브라함의 계약으로 시작된 할례 (창세기 17.10-14 참조).

이런 감동으로 사로잡지 않았고,
이렇게 하느님과 닮은 분을 보지 못했다.

94   가장 먼저 내려온 그 사랑이[843]
      '은총이 가득하신 마리아님'을 노래하며
      그분 앞에서 날개를 벌리자,

97   그 축복의 궁정의 온 사방에서
      그 성가에 답하자,
      모든 얼굴들이 더욱 밝아졌다.

100   "영원히 예정된 평온한 자리를 떠나,
      저를 동정하시어 여기 아래에 계시는
      거룩한 아버지시여,

103   불타는 사랑과 환희 속에서
      저희 여왕님의 눈을 들여다 보는
      저 천사가 누구입니까?"

106   햇빛에 반사된 새벽별처럼,
      마리아로 인해 아름다워진 그분의
      가르침에 이렇게 나는 또다시 달려갔다.

---

843   천사 가브리엘 (누가복음 1.28).

109   그분이 내게 말씀하셨다. "우리가
       바라는 그 모든 천사와 성인 정신의
       대담함과 섬세함이 그와 함께한다.

112   하느님의 아들이 우리의 몸의
       무게를 지려할 때, 그가 마리아에게
       종려나무 잎을[844] 가지고 내려왔다.

115   이제 내가 말하는 대로 눈길로 따라와,
       이 정의와 자비의 제국의
       위대한 장로들을 잘 보아라.

118   황후 측근 저 위에서
       최상의 축복 속에 자리하신 저 두 분은
       이 장미의 두 뿌리와도 같다.

121   왼쪽에 자리 잡은 분은
       대담한 입맛으로 인류에게 쓴맛을
       보여준 아버지이시다.[845]

124   오른쪽은 그리스도께서

---

844   승리의 상징.
845   아담.

신성한 꽃의 열쇠를 맡기신
거룩한 교회의 첫 아버지이시다.[846]

127 창과 못으로 얻은 아름다운 신부의[847]
역경의 시대를 죽기전 목격한 분이[848]
그 옆에 앉아 계시고,

130 다른 분 옆에는 만나로 연명하며
배은망덕하고 변덕스럽고 반항적이었던
민족을 이끄신 분이다.[849]

133 베드로 맞은편에 앉아 있는 안나는[850]
호산나를 부르며 바라보는 기쁨으로
딸에게서 눈을 떼지 않는다.

136 가족의 가장 위대한 아버지[851] 맞은편에
앉아 있는 루치아는 너의 눈이 파멸에
빠질 때 너의 여인을 움직였다.

---

846 첫 교황 성 베드로.
847 그리스도께서 창과 못에 박히며 구하신 교회.
848 그리스도께서 못박히신 십자가 아래에 있던 성 요한.
849 모세.
850 마리아의 어머니.
851 아담.

139   그러나 너의 잠든 시간이[852] 달아나니,
       재주 있는 재봉사가 있는 천으로 치마를
       맞춰 내는 것처럼 여기서 점을 찍자.

142   그리고 첫사랑에[853] 눈을 돌리자.
       그분을 바라보며, 그 빛으로
       가능한 깊숙이 들어갈 것이다.

145   그렇지만 너의 날개를 움직여
       앞으로 간다고 믿으면서, 뒤로 가지 않도록,
       기도로써 은총을 빌어야 한다.

148   너를 도와주실 수 있는 그분의[854] 은총을.
       그러므로 사랑으로 나를 따라오너라.
       너의 마음이 내 말을 떠나지 않도록."

151   그리하여 이 거룩한 기도를 시작하셨다.

---

852   명상과 환상의 시간.

853   하느님.

854   성모 마리아.

천국 33곡 목차 (청화천)

천국 33곡

1   "동정녀이신 어머님, 당신 아드님의 따님이시여,
     창조물 중 가장 낮고 높으시며,
     영원한 섭리의 필연적 숙명이십니다.

4   당신께서 인간의 본성을
     그토록 고귀하게 만드셨기에, 조물주가
     자신의 피조물이 되기를 마다치 않으셨습니다.

7   당신의 태중에 다시 켜진 사랑의
     뜨거운 열기 속에서 영원한 평화를 누리며
     이 꽃이 이렇게 피어났습니다.

10   당신은 여기 우리에게 한낮에 불타는
     사랑의 횃불이시며, 저 아래 사람들에게는
     희망의 살아 있는 샘이십니다.

13   여인이시여, 당신은 너무나 위대하고 능하시니,
     은총을 원하면서도 당신에게 돌아오지 않으면,
     그의 소망은 날개 없이 날려는 것과 같습니다.

16   당신의 자비로움은 구하는 자에게
      도움을 베풀 뿐 아니라, 번번이
      청하기도 전에 베푸십니다.

19   당신 안에 동정이, 당신 안에 연민이,
      당신 안에 은혜가, 당신 안에
      창조물의 모든 미덕이 모여 있습니다.

22   세상의 가장 깊은 구덩이에서
      여기까지 영혼들의 삶을 하나하나
      본 이 사람이 이제 당신께 간청합니다.

25   당신의 은총으로 그에게 힘을 주시어,
      그가 눈을 더 높이 들어올려,
      궁극의 구원으로 향할 수 있기를.

28   제가 보기 위해 애태우며 하던 기도보다
      더 많은 저의 모든 기도를 당신께 드립니다.
      그를 위한 기도가 부족하지 않기를 바랍니다.

31   당신의 기도로 필멸성의
      모든 안개를 걷어내어,
      최고의 축복을 그의 눈앞에 펼쳐주소서.

34   당신께 또 기도합니다. 원하시면 무엇이든
      하실 수 있는 여왕님, 그렇게 그가 본 후에도,
      그의 마음을 무사히 보살펴 주소서.

37   당신이 그를 인간적 충동으로부터 지켜주소서.
      베아트리체와 얼마나 많은 성인들이 내 기도와 함께
      당신께 두 손을 모으고 있는지를 보소서!"

40   하느님께 사랑과 공경을 받는 그 눈이[855]
      기도하는 이를 응시하며, 경건한 기도에
      많은 기쁨을 표하였다.

43   그리고 영원한 빛으로 향하였다.
      그 빛으로 그 어떤 창조물도
      그렇게 밝은 눈으로 들어갈 수 없다.

46   모든 소망들의 끝에 다다르자,
      마땅히 그래야 하듯, 나는
      나의 갈망을 끝까지 불태웠다.

---

855 마리아의 눈들.

49   베르나르두스가 미소 지으며 내게 손짓했다.
        내가 저 위를 바라보도록. 그러나 나는 벌써
        스스로 그가 원하는 대로 되어있었다.

52   내 시야가 진실해지면서,
        스스로 진리이신 그 높은 빛의
        빛줄기 속으로 점점 더 들어가고 있었다.

55   여기서부터 내가 본 것은 내가
        말로 표현할 수 있는 것을 넘어선다.
        기억력 또한 그토록 엄청난 초월 앞에서 굴복한다.

58   꿈속에서 본 것이,
        꿈꾼 후에 기억나지 않고,
        그 강한 인상만 남아 있듯이.

61   그렇게 내 눈앞에서 모두
        사라졌지만, 아직 내 가슴속에 그
        감미로움만이 떠올라 되살아난다.

64   그렇게 햇볕에 눈이 녹고,
      그렇게 바람에 가벼운 잎들에 적힌
      시빌라의 예언이 흩어지듯이.[856]

67   오, 끝없이 높은 불멸의 빛이시여,
      이 필멸의 정신에 당신의 모습을
      조금만 다시 허락하시고,

70   제 말에 힘을 주시어,
      당신 영광의 한 불꽃을
      후대 사람들에게 남길 수 있게 해주소서.

73   제 기억으로 조금만 돌아오시고
      이 구절들에 조금만 울리시면,
      당신의 승리가 더 소생될 것입니다.

76   헤매지 않으려는 믿음으로,
      살아 있는 빛살의 예리함을 견디며,
      내 눈을 떼지 않았다.

---

856 햇볕에 녹는 눈처럼 바람에 날리는 잎새들처럼, 순례자가 경험한 불멸
     의 순간은 필멸성에서 사라지고 흩어지기 마련이다. 베르길리우스의《
     아이네이스》3.441-51에서 시빌라가 한 권으로 묶지 않은 잎사귀들 위
     에 쓴 예언들이 바람에 불려 날아간다.

79   내 얼굴이 그 무한한 힘에
        더 다가갈수록, 더 매섭게
        내가 불타오른 것을 기억한다.

82   오, 넘쳐 흐르는 은총이시여,
        그 영원한 빛 속으로 제 시선을 꽂아 넣었고,
        그 빛 속에서 감히 소멸하게 하셨습니다.

85   그 심오한 곳에 들어간 나는
        온 우주에 흩어진 것들이
        사랑으로 묶여 한 권의 책으로 된 것을 보았다.

88   실체와 우연 그리고 그것들의 연관성이
        마치 함께 녹아 어울려져 있어, 그런 것을
        표현하려는 내 말은 연약한 불빛에 불과하다.

91   이 매듭의 보편적 형식을 확실히
        나는 보았다. 말하는 순간 더 큰 기쁨이
        넘쳐오르는 것을 느끼기 때문이다.

94   단 한순간이 내게는 더 큰 망각이다.
        이십오 세기 전 넵투누스가 아르고의 그림자에
        경탄했던 그 역사적 사실보다도.[857]

97   그렇게 완전히 황홀경에 빠진 내 정신은
        고정되고 정지된 채 집중하며 응시했고
        바라볼수록 더욱 경탄하며 불타올랐다.

100   그런 빛으로부터 다른 곳으로
        자신을 돌리는 것은 불가능하고
        자신이 동의하지도 않는다.

103   의지의 목적인 선이[858]
        모두 그 안에 모여 있으니, 그 안에서
        완벽한 것이 그 밖에서는 결핍된 것이기 때문이다.

----

857 인간 역사상 최초로 띄워진 이아손의 배 아르고의 그림자를 보고 놀
    라움을 금치 못하던 바다의 신 넵투누스에 대한 기억보다 하늘의 한
    순간에 대한 망각이 단테 순례자를 더 압도한다. 기억할 수 있는 25세
    기의 기나긴 인간 역사보다 망각한 하늘의 한순간이 더 압도적이라
    는 뜻이다.

858 원문 "però che 'l ben, ch'è del volere obietto"는 "좋고 원하는 대상이"로
    쉽고 순수한 일상어로 풀이되고 이해될 수 있다.

106   이제 내가 기억해 옮기려는 말은,
       아직 젖에 젖은 젖먹이의
       주절거림보다 부족할 것이다.

109   내가 바라보던 살아 있는 빛이
       하나 이상의 단순한 형상으로 존재해서가 아니다.
       이전에 존재하던 대로 언제나 존재한다.

112   그러나, 바라보는 동안 내 시력이 강화되면서
       오직 하나인 형상이 내게 변형되었다.
       내가 변해서였다.

115   그 높은 빛의 심오하고 밝은 본질 속에서
       세 개의 원들이 세 가지 색들과
       하나의 원둘레로 내게 나타났다.

118   하나가 다른 하나에, 무지개가 무지개에 반사되듯,
       반사되는 것처럼 보였다. 세 번째 원은 불꽃처럼 보였다.
       이쪽과 저쪽 모두에서 똑같이 불타고 있었다.[859]

---

859   순례자가 본 신비로운 삼위일체를 시인이 시적으로 담아낸다. 불처럼
      보이던 세 번째 원인 성령이 성부와 성자로부터 똑같이 불타고 있다.

121   아, 나의 이해에 비하면 말이란 얼마나 서툰가!
      내가 본 것에 비하면, 이 이해조차도
      '조금'이라고 말하기에도 부족할 정도다.

124   오, 영원한 빛이시여, 당신은 오직 당신 안에 계십니다.
      오직 당신만이 당신을 이해하시고, 당신에 의해 이해되
      시고,
      이해하시는 당신은 당신을 사랑하시고 미소 지으십니다.

127   당신 안에 마치 반사된 빛처럼,
      그렇게 이해되어 내게 나타난 동그라미를
      내 눈으로 얼마 동안 둘러보았다.

130   그 안에 그 자신의 색으로
      우리의 형상이 그려져 있는 것처럼 내게 보여서,
      내 시선은 그 안에 온통 빠져들었다.

133   원을 재려고 온통 몰두하는
      기하학자가 필요한 원리를
      찾지 못해 궁리하는 것처럼,

136   나는 그 새로운 광경 앞에서 그러했다.
      어떻게 그 원에 그 모습이
      어떻게 그 안에 있었는지 보려했다.

139 그러나 내 날개만으로는 할 수 없었다.
그러자 내 정신에 한 줄기 섬광이 번쩍 내리쳐
보려했던 것을 보았다.

142 높은 환상은 여기서 힘을 잃었다.
그러나 이미 내 소망과 의지를
고르게 돌아가는 바퀴처럼 돌리고 있었다.

145 해와 다른 별들을 움직이는 사랑이.[860]

---

860 《희극》의 세 노래들(cantica)은 모두 "별들(stelle)"이라는 말로 마친다. "
별을 보러" (지옥 34.139) 순례자는 지옥을 나오고, "별을 탈 만큼 순수"
해진 (연옥 33.145) 순례자는 연옥을 떠나고, "해와 다른 별들을 움직이
는 사랑이" 천국의 정점에 도달한 순례자의 소망과 의지를 움직인다.

주요 인물 찾아 보기

성서 목록

구약

창세기

출애굽기

레위기

여호수아

판관기

열왕기상

11.1: 천국 10.110

열왕기하

20.1-6: 천국 20.50-51

시편 (Vulgata)

9.10 (Psalmus 9.11): 천국 25.74

102.7(Psalmus 101.7): 천국 25.112

121.1: 천국 25.39

잠언

7.22: 천국 5.82-84

8.27: 천국 19.41

아가

1.5: 천국 27.137

이사야

6.2: 천국 9.76

38.1-20: 천국 20.50-51

61.7: 천국 25.92

에제키엘

47.12: 천국 18.30

다니엘

2.1-46: 천국 4.13-14

7.10: 천국 29.134

토빗

3.25: 천국 4.47

지혜서

1.1: 천국 18.91-2

신약

마태복음

7.15: 천국 9.131

8.11-12: 천국 19.111

9.15: 천국 3.101

13.30: 천국 12.118-120

14.29: 천국 24.37

16.24: 천국 14.106

21.12-3: 천국 22.77

26.36-38: 천국 25.32

27.50: 천국 11.31

누가복음

1.28: 천국 32.95

14.16: 천국 30.135

21.2: 천국 10.107-8

요한복음

1.1-3: 천국 26.44-45

1.14: 천국 23.73

1.42: 천국 21.127

3.29: 천국 3.101

14.6: 천국 7.38

19.26: 천국 25.114

20.5-6: 천국 24.125-6

사도행전

9.15: 천국 21.127

9.17-18: 천국 26.12

15: 천국 24.1-3

17.34: 천국 10.115-7

20.28: 천국 11.32

로마서

9.20: 천국 19.79-81

1코린토

1:24: 천국 23.39

2코린토

12.2: 천국 1.73-75

에페소

4.14: 천국 5.74

히브리서

11.1: 천국 24.64-65

11.31: 천국 9.115

야고보

1.5: 천국 25.29-30

1.12: 천국 25.76

5.7: 천국 25.76

베드로 2서

3.15: 천국 24.63

요한계시록

1.8: 천국 26.18

4.7: 천국 26.52

7.2: 천국 11.51

7.9: 천국 25.94-96

12.1: 천국 23.94-96

교황 목록

베드로 (재위: 30-64/68):

천국 23-27, 27.12, 32.126

리누스 (재위: 64-68 / 76-79):

천국 27.41

아나클레투스 (재위:76-79 / 88-91):

천국 27.41

식스투스 1세 (재위: 115-124):

천국 27.44

피우스 1세 (재위:140-155):

천국 27.44

칼릭스투스 (재위:217-222):

천국 27.44

우르바누스 1세 (재위:222-230):

천국 27.44

실베스테르 1세 (재위: 314-335):

지옥 19.115; 지옥 27.94

아나스타시우스 2세 (재위: 496-498):

지옥 11.9 (이교도)

심마쿠스 (재위:498-514):

지옥 31.59

아가페투스 1세(재위: 531-6):

천국 6.17

그레고리우스 1세(재위: 590-604):

연옥 10.73; 천국 8.35; 천국

20.109; 천국 28.133

인노켄티우스 3세 (재위 1198-1216):

천국 11.92

호노리우스 3세 (재위 1216-1227):

천국 11.98

클레멘스 4세 (재위: 1265-1268)

지옥 23.108 (위선); 연옥 3.125

아드리아누스 5세 (재위: 1276년 7월 11

일-1276년 8월 18일):

연옥 19.97-126

요하네스 21세 (재위: 1276-1277):

천국 12.135

니콜라우스 3세(재위: 1277-1280):

지옥 19.31-87 (성직 매매)

마르티누스 4세 (재위: 1281-1285):

지옥 27.43; 연옥 24.22-24

첼레스티누스 5세(재위: 1294):

지옥 3.59-60 (비겁)

보니파티우스 8세(재위: 1294-1303):

지옥 1.1; 3.59-60;지옥 19.52 (성물

매매); 천국 27.24; 천국 30.148

클레멘스 5세(재위: 1305-1314):

지옥 19.79 (성물매매); 천국 17.82;

천국 27.58; 천국 30.142

요하네스 22세 (재위: 1316-1334):

천국 18.130; 천국 27.58

로마 황제 목록

아우구스투스 (재위: 기원전 27-기원후
　　14): 지옥 1.72; 연옥 7.6;
티베리우스 (재위: 14-37):
　　천국 6.86
네로(재위: 54-68):
　　연옥 32.114
티투스 (재위: 79-81):
　　지옥 23.121; 연옥 21.82; 천국
　　6.93
티투스 플라비우스 도미티아누스 (재위:
　　81-96): 연옥 22.83
트라야누스(재위: 98-117):
　　연옥 10.70-93; 천국 20.44,107
디오클레티아누스(재위: 284-305):
　　연옥 32.114
콘스탄티누스 1세 (재위: 306-337):
　　지옥 19.115; 지옥 27.94; 연옥
　　32.138; 천국 6.1-3
유스티니아누스(재위: 527-565):
　　연옥 6.88; 천국 6.10

신성 로마 황제 목록

샤를마뉴 (재위:800-):
　　지옥 31.16-18; 천국 6.96
콘라드 3세 (재위 1138-1152):
　　천국 15.139 (제2차 십자군 전쟁)
프리드리히 1세(재위: 1155-1190):
　　연옥 18.119
하인리히 6세 (재위: 1191-1197):
　　천국 3.118
프리드리히 2세 (재위: 1220-1250):
　　지옥 10.119
하인리히 7세 (재위: 1312-1313):
　　연옥 6.103; 천국 30.137

시칠리아 왕 목록

궐리엘모 2세 (재위 1166-1189):
천국 20.63

코스탄차 1세(재위: 1194-1198):
연옥 3. 113; 천국 3.120

만프레드(재위: 1258-1266):
연옥 3.103-145

샤를 1세(재위: 1266-1282):
천국 8.75

페드로(재위: 1282-1285):
연옥 3.116

자우마 2세(재위: 1285-1295):
천국 19.136

페데리고 2세 (재위: 1296-1337):
천국 8.70; 천국 19.130-132

나폴리 왕 목록

샤를 2세(재위: 1285-1309):
연옥 5.70; 연옥 20.79-81; 천국 19.127-9 (절름발이 샤를: Carlo lo Zoppo)

로베르토(재위: 1309-1343):
천국 8.76

프랑스 왕 목록

카롤링거 왕조의 마지막 왕 루이 5세

    (재위: 986-987):

      연옥 20.54

위그 카페 (재위: 987-996):

      연옥 20.49

로베르 2세 (재위: 987-1031):

      연옥 20.58

필립 3세(재위: 1270-1285):

      연옥 6.23

필립 4세 (재위: 1285-1314):

      연옥 7; 연옥 20.86-7; 천국

      19.118-120

앙리 2세(재위: 1285-1324):

      천국 19.146